東郷克美

太宰治の手紙

大修館書店

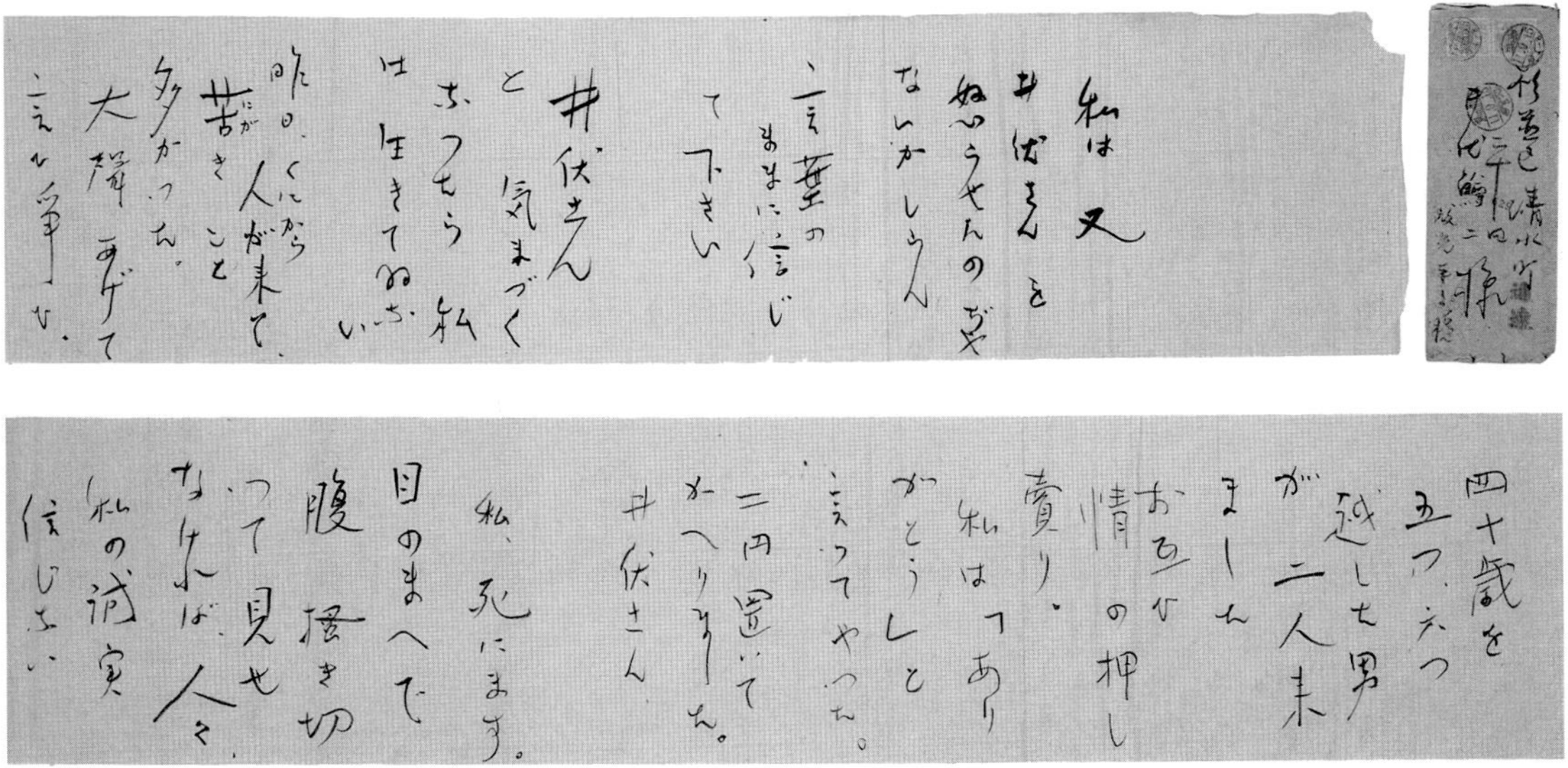

太宰治　井伏鱒二宛書簡（部分）本書116ページ書簡 *12*
昭和11年9月15日付　山梨県立文学館蔵

目次

Ⅲ　再生への道

Ⅳ　無頼派宣言から「人間失格」へ

題字＝太宰治書簡より
カバー写真提供＝近畿大学日本文化研究所／帯写真提供＝日本近代文学館
装幀＝山崎　登

太宰治の手紙

○本書で掲出した太宰治の書簡30通について、文中では「書簡*1*」「書簡*30*」のごとくイタリック数字で示した。
○本書で引用した太宰治の書簡については、原則として決定版『太宰治全集』第十二巻（筑摩書房、一九九九・四）によった。引用に際しては、読みやすくするために、次のような表記がえを行った。
・「常用漢字表」に掲げられている漢字は、新字体に改めた。
○書簡以外の太宰治作品の引用については、原則として山内祥史編〈初出〉『太宰治全集』全十二巻、別巻一（筑摩書房、一九八九・六〜一九九二・四）によったが、必要に応じて決定版『太宰治全集』を参照した。表記については、書簡の場合と同様であるが、振り仮名は適宜省略した。
○今日の人権意識にてらして、不当、不適切と思われる語句や表現については、時代的背景を考慮し、作品の価値をかんがみてそのままとした。

（編集部）

手紙と書簡文学——「手紙」時代の終焉を前に

書きしだい、文字が乾く。手紙文といふ特異な文体。叙述でもなし、会話でもなし、描写でもなし、どうも不思議な、それでゐてちやんと独立してゐる無気味な文体。(「ダス・ゲマイネ」)

特定の相手に自らの意志を伝える重要なメディアとしての手紙は、事務的文書をのぞけば、遠からずその存在意義を失っていきそうな気配である。肉筆ということばがあるように、手紙は本来発信者の筆跡・筆くせという身体的条件と一体のものであったが、パソコンの普及で、それも急速に姿を消しつつある。手紙の「手」は、いうまでもなく手跡の意である。手紙のもつどこか秘密めいた肉感的な味わい。最近の電子メールなるものと、それはどうちがうのだろうか。

筆まめ、筆不精ということばがあるが、太宰治は明らかに筆まめの人であった。というより手紙好きといった方がよい。書簡ないし書簡体への偏愛——直接対面して語るよりは、手紙の間接的表現による豁達な伝達を好んだようだ。それは彼の含羞癖とも関係があるかもしれない。

太宰治の書簡の多くは、ペンで書かれているが、筆による墨書も好きだった。先輩や年長者に対するときや、重要な内容については、折り目正しく巻紙の和紙に書くことも少なくない。筆跡はのびのびとしているが、いわゆる習った字ではない。酔えば好んで揮毫もしたという。巧拙はともかく、筆、い、文、一、致、い、の字である。近年、山岸外史宛書簡八十三通(はがき)が所蔵者の近畿大学日本文化研究所によって『太宰治はがき抄——山岸外史にあてて』(翰林書房)として、すべてカラー写真によって紹介された。そのうち二十通は筆がきである。筆跡はそのときの心身の条件に微妙に左右されるが、この書簡集は、それをよく表している。肉筆のなかでも特に手紙の場合、受信者は、そこに反映された発信者の気分や表情さえも読みとることができるのである。筆跡が一回的なものであるように、特定個人に宛てられた手紙も、一回かぎりのものである。それは客観的叙述でもなく、単なるモノローグでもない。いわば見えない対象への一方的な語りかけであって、太宰作品の語りの文体は、かぎりなく書簡のそれに近い。「潜在的二人称の説話体」という奥野健男の指摘は、その意味でも示唆的である。

決定版『太宰治全集』第十二巻（筑摩書房、平11・4）には、七百九十九通の書簡が収められている。（その後も発見が続いている。）四十歳にみたずに没した昭和の作家としては、よくのこされている方であろう。もとより現存する手紙が、それぞれの受信人への書簡のすべてではない。手紙の残存には偶然性が働くが、それがのこされるにはそれなりの理由もあるはずである。現在収録されている書簡で最も多いのは、山岸外史の百七通でほとんどがはがきである。ついで小山清・五十八通、井伏鱒二・三十八通、堤重久・三十通、久保隆一郎（久保喬）・二十七通、佐藤春夫・二十五通の順である。井伏や佐藤などは、後日のために選択して保存したふしもある。なお、檀一雄、中村地平、保田与重郎などとは当然頻繁な文通があったはずだが、今のところ一通も公開されていない。

生前に刊行がはじまった八雲書店版全集は、全十六巻の予定だったが、途中で著者が没したので、全十八巻に増巻され、その十七巻には早くも「書簡集」が予定されている。ただし全集は第十四回配本で中絶したので、昭和二十七年五月には、そのとき収集された書簡の中から二百十九通を選んで、小山清編『太宰治の手紙』（木馬社）が刊行された。その後の小山清編『太宰治の手紙』（河出書房、昭29・6）には先の木馬社版に未収録のものも含めて百通収められている。昭和三十一年八月には、筑摩版全集第十一巻の書簡集が出るが、その時点ですでに六百二十七通が収録された。このように、死の直後から書簡の収集が企てられたのは、その書簡文のもつ魅力とも無関係ではあるまい。

ところで太宰は早い時期から「書簡集」に関心をもっていたようだ。「もの思ふ葦」（昭10・11）の「書簡集」という一章には次のようにある。

おや？　あなたは、あなたの創作集よりも、書簡集のはうを気にして居られる。――作家は悄然とうなだれて答へた。ええ、わたくしは今まで、ずいぶんたくさんの愚劣な手紙を、はうばうへ撒きちらして来ましたから。（深い溜息をついて、）大作家にはなれますまい。（中略）

読者あるいは、諸作家の書簡集を読み、そこに作家の不用意きはまる素顔を発見したつもりで得々としてゐるかも知れないが、彼等がそこでいみじくも、摑まされたものはこの作家もまた一日に三度三度のめしを食べた、あの作家もまた房事を好んだ、等々の平俗な生活記録にすぎない。

後段の文章は、いま書きつつある書簡をめぐるこの拙文に、先手をうって「言ふさへ野暮な話である」と愚行をたしなめられているようなものだ。しかし、太宰治書簡は、単なる「平俗な生活記録」ではなく、ひとつの作品としても自立しうるものを含んでいる。なかでも昭和十年から十一年にかけての書簡がもっとも面白い。「もの思ふ葦」（昭10・12）には、「ふたたび書簡のこと」とあって「よし、とゆるした私の書簡は私の手で発表する」として、保田与重郎宛書簡と、ある「年長の知人」にあてた私信を公表さえしている。太宰自身、誰よりも書簡について意識的であったことを物語っているではないか。

太宰治には、書簡体小説の試みが早くからある。来簡集というかたちで、空白の中心にある受信者たる主人公の像を浮かびあがらせようとする実験を試みた「虚構の春」（昭11・7）、また「風の便り」（昭和16・11、12）のような往復書簡の形式をとったものや「パンドラの匣」（昭和20・10・22〜21・1・7）のように主人公の一友人への書簡集という構成のものなどもある。作中に登場人物の書簡を引用したものに至っては「斜陽」（昭22・7〜11）をはじめ枚挙にいとまがない。

ここではまず作中人物への手紙文をモチーフにした「猿面冠者」（昭9・11）をみてみよう。この作品はあらゆる「小説の楽屋裏」を知りぬいたような男が、旧稿をもとに新しい小説を書くという設定の、いわば小説の小説である。男が旧稿の中から「通信」という短編をとり出し、それを新しい物語に書きなおしていく過程が、作品の内容になっている。その構想は「主人公が困つてゐるとき、どこからか差出人不明の通信が来てその主人公をたすける、といふ物語」であった。彼は題を「風の便り」と改めて、主人公が三つの通信を受け取る話を書きはじめる。その書き出しはこうだ。

――諸君は音信をきらひであらうか。諸君が人生の岐路に立ち、哭泣すれば、どこか知らないところから風とともにひらひら机上へ舞ひ来つて、諸君の前途に何か光を投げて呉れる、そんな音信をきらひであらうか。彼は仕合せものである。いままで三度も、そのやうな胸のときめく風の便りを受けとつた。いちどは十九歳の元旦。いちどは二十五歳の早春。いまいちどは、つい昨年の冬。ああ。ひとの幸福を語るときの、ねたみといつくしみの交錯したこの不思議なよろこびを、君よ知るや。十九歳の元旦のできごとから物語らう。

しかし、彼が十八歳で新進作家をめざして、みじめな挫折を味わった翌年の元旦の場面で、十枚ほどの賀状の中にあった「差出人の名も記されてない」はがき（「二枚ぶんの」長さ）が引用されるところで作品は突然打ち切られ、第二、第三の通信を受け取る話は書かれない。いわば意図された未完。ただし、その構想を語る段階では、革命運動の果てに牢屋で受けとった第二の通信も差出人不明の女の手紙で、そこに「ああ。様といふ字のこの不器用なくずしかたに彼は見覚えがあつたのである。五年前の賀状を思ひ出したのであつた」という一節が予告的に示されているので、発信人不明の第一の通信の書き手と、第二の通信のそれとは同一人であることが暗示される。また第三の通信についての構想では、主人公はすでに結婚してしがないサラリーマンに落魄しており、その妻がふるさとの彼の父にしたためつつある一葉の手紙をみて、同じく「ああ。様といふ字のこの不器用なくずしかたに彼は見覚えがあつたのである」というまったく同一のフレーズ（字の「くずしかた」という筆跡へのこだわりに注意！）がくりかえされているから、叙述の順序は転倒するが、作品の末尾に引用される差出人不明の第一の手紙も、第二の手紙も今や彼の妻になっている女性のものであったことがおのずとわかる仕掛けになっている。まさに「文学の糞から生れたやうな男」の書きそうな手のこんだ小説の構想だが、一篇の主題は風のように舞い込む書簡というものの魅力に加えて、入れ子型の枠小説によって、小説を書く過程そのものを書くことにあるのである。しかも最終的にはその入れ子型の枠をやぶって、第一の通信の書き手が突如として「風の便り」を書きつつある「男」に呼びかけさえする。そういう表現主体に名づけられたのが「猿面冠者」と自虐的な名前なのである。

「猿面冠者」が、主人公のところに寄せられる差出人不明の音信をめぐる物語を書こうとする話だとすれば、全篇すべて主人公「太宰治」への書簡からなっているのが「虚構の春」(昭11・7)である。受信人の「太宰治」は非在で、彼への虚実雑多な書簡から、空白としての受信人「太宰治」の像がおのずとうかびあがる仕組みが意図されている。意図の成功不成功はともかくとして、その形式においてほとんど前人未踏の独創的実験小説であるといってよい。来簡集という構成自体、反転された過剰な自意識の窮極の表現ではなかろうか。ここには、自己とは他者の言説への反映の総体でしかないというアイロニカルな認識さえ示されているともいえる。いわば裏返された私小説——あるいは、自己言及そのものの小説化。「潜在二人称」というのも、その文体が私信のもっているような、どこか二人だけに通じるインティメートな浸透力(肉声に近いような何か)を有しているということであろう。

書簡、わけても私信というものの第一の特質は、あらためていうまでもなくそのプライヴェートな性格にある。特定の個人に向けられたそれは、封書などにしばしば添えられる「親展」という語が示すように、通常は受信者本人によってのみ開封され、読まれるべきもので、はがきも含めて非公開を原則とする一方向的コミュニケーションであるわけだが、「虚構の春」では、八十余通の書簡のうち、その半数強が、発信者が実在の人物か、仮名であってもその内容から実在が推定できる私信からなっている。(手紙好きは、手紙を受けとることも好きなのだ!) 雑誌発表後、井伏鱒二をはじめ実名を使われた人々から抗議があり、単行本『虚構の彷徨 ダス・ゲマイネ』（昭12・5）所収時に、実名はすべて仮名に変えられた。しかし、それによって少なくとも作者の意図からすれば、その効果は半減したはずである。

ここでは私的な「事実」も、虚構の枠組の中に投入されることで異化され、虚構と等価のものとなる。あるいは逆に「井伏鱒二」や「佐藤春夫」というような実在の人物の書簡の混入によって、仮構の書簡を含む作品全体が、不思議に生々しいリアリティを帯びることにもなるのではなかろうか。これは虚実混交した引用のコラージュであって、語の本来の意味でのテクスト（織られたもの）、正確にいえば書簡というテクストで織られたもうひとつの織物といってもよい。「太宰治」というひとつの固有名とそれにまつわる物語をもった受信者を見えざる縦糸に、有名無名、虚実ないまぜの雑多な来信の全体を横糸として、もうひとつの物語空間を織りあげていく。作品の完成度は別として、今ならさだめし個人情報保護法ないしは著作権法によって訴えられてもしかたがないような作品を発想したこと自体、太宰治に書簡という文体のもつ「不思議」で「無気味な」力に対する格別の思い入れがあったことを物語るものだろう。

臆面もなき倨傲の態度と、仰仰しいまでの恐懼・拝跪の姿勢と、その間を迅速かつ自在に往き来する二人称的スタンスのとり方の絶妙さ——そこに太宰治書簡の魅力の秘密もあるように思うのだが、さて、以下をご一読願いたい。

I　津島修治から太宰治へ

1　工藤永蔵宛

昭和七年六月七日　東京府下中野町小滝四八　川崎想子方　銀吉より
東京府下豊多摩郡野方町新井三三六　工藤永蔵宛

本日（六月七日）お手紙（五月二十五日出し）を拝見しました。元気な由でなによりです。久しく御無沙汰して了ひました。私も色々と事件が重つて、つい失礼してゐたのです。私が少しへまをやつて、うちから送金をとめられてゐます。弱りました。兄貴は大立腹で、私は散々罵しられた。くやしくて涙が出た。此の事件はくわしく言はれませんが、今後どうなるか、今のところさつぱり判りません。私達はそれでも元気ですから御安心下さい。食うだけの事は出来ます。うちでもまさか、このまゝにして、私達を放たらかしにしはしないだらうと存じます、「冷静に而も充分なる屈伸性」をもつてやつたのですが、どうもいけませんでした。私達はしかし楽観してゐます。あなたへの送金は、しかし、必ずつゞけて行きますから、御心配しないで、元気でゐて下さい。

あねさたちは五月上旬四国へ下りました。「一年か二年経験の為に行つて来るならいいが、ずるずるになるな」と皆して言つてやりました。トビ氏の所で送別会をやりました。私とあねさとヒラオカ氏とオカワ氏とトビ氏と五人で会ヒは五〇銭でした。徹夜で呑みました。トビ氏とオカワ氏は昼のつかれで早くねましたが、あとの三人は夜明け迄のみました。酒（一升五合）がなくなつたので私がトビ氏の台所をさがしてかくしてあつたビール半打《ダース》を見つけて三人万歳を叫んで、それをけろツと呑みました。大いに感激しました。私も歌を唄ひました。

シラテイ氏は落第しました。論文がいけなかつたのださうです。この春の休みにうちへ帰つて、東京へ来る時うちから五万円盗んで来ようとしたら見つけられて勘当された、と威張つてゐました。うそか本当か判りません。今は、うちから金が来てなくて、友達の世話に成つてる、とも言つてゐました。

あの人の事はどうも奇怪じみてゐます。

フヂノ氏は無事卒業しまして帰郷してゐます。東京の或る喫茶店の娘と語らひ、之と結婚する筈でフヂノ氏の母上も承知、ダンカも承知で、さて、その娘の親元へ交渉に行くと、（その交渉役はトビ氏）仲々はかばかしい返事を呉れないのです。トビ氏はその娘の親元たる水戸の山奥迄わざわざ会社を休んで出かけたのですが駄目らしいのです。親元は、フヂノ氏の家の財産などを調べて、あまりよくないからやらないといふ腹らしく、その娘もフヂノ氏の所へ一本も手紙をやらないさうで、フヂノ氏の母上はトビ氏の所へ「又水戸へ行つて下さい」と手紙でたのんでよこしました。多分駄目になるのではないかとトビ氏は言つてゐました。娘はあんまりシャンでもなし、たゞおとなしいやうな人です。
イトウ氏はカタタニさんと近いうちに結婚してトビ氏と共同生活をする筈です。キク氏は松竹へ入りました。多年の宿望を果したわけです。松竹レビューの脚本部です。同氏のものは、先刻、ラヂオで放送され、原作者として五十円貰つたさうです。

その他あまり変つた事はございません。ナカテイ氏はシバキで急しく、一つぱしの文学青年になりました。大した元気です。タモとは此頃さつぱり行き来して居ませんが、なんでもダンサアと一緒に居るさうですよ。困りますね。ロシヤ語やエスペラントを勉強してるさうですが、こばみ心など起る程です。私達も一生懸命に勉強します。私達の方は御心配なく。必要のものがあつたら遠慮せず言つて下さい。どうにか都合して送りますから。金も、そのうちに、定期的にお送り続けます。では又。

いきなり、獄中の人物への匿名の手紙からはじめることになってしまったが、現存する書簡のうち、太宰治の作家的自己形成の直接的契機をさぐることができるのは、昭和七年前後からのものになるのである。

現在知られている太宰のもっとも古い手紙は、昭和二年七月八日付、弘前市富田新町五七の藤田本太郎・昌次郎宛のはがきである。二人はその春、弘前高校に入学した太宰治が止宿していた藤田家の長男と次男で、当時二人とも弘前中学に在学中であった。内容は筆書きで次のようなものである。

親愛ナル本太郎ヨ／サテハ昌次郎ヨ。／私ハ馬車ニ酔ツテ二里バカリ歩イタ。金木ニツクトスグ医者ノ所ニ行ツテ薬ヲ貰ツタ。金木デモかゆダ。サミシクテ居ル。／早ク／来イ／来イ／本太郎ヨ昌次郎／飛ンデ来ネエカヨ。

当時、弘前高校では、市内在住者以外の新入生は、寮生活をするのが原則になっていたが、太宰は「病弱」を理由に遠縁の藤田豊三郎方に止宿して通学した。近年その下宿跡が移転保存され「太宰治まなびの家」として公開されている。藤田家での三年間は、のちの作家太宰治の感性の素地を作った時代ともいえる。右の書簡が書かれた直後の七月十一日は母夕子《たね》と上京し、東京府下下戸塚町の兄圭治のところに滞在、二十日頃に帰郷するが、そこで七月二十四日の芥川龍之介自殺の報に接することになる。芥川の自裁は、太宰に大きな影響を与えたとされる。これを機にこの秀才高校生の生活態度は一変して、義太夫をならいはじめ、秋頃からは花柳界にも出入りして、翌年にはのち妻となる青森の芸妓紅子《べにこ》（小山初代）ともなじむようになった。

太宰は藤田家の兄弟を愛したが、右の書簡には、芥川の死を経験する以前の茶目っ気たっぷりな別の素顔をみることができる。藤田兄弟への書簡（はがき）は、昭和二年のものが三通、昭和三年一通、昭和四年一通、昭和五年三通が残されているが、いずれも明るい道化調である。藤田家に贈られた第一創作集『晩年』の献詞には、「御一家ヲ、コノゴロ夢ニ見マス、不思議、ホトンド毎夜。十年間、黙々御支援、黙々深謝。」とあるという。

芥川の自殺もさることながら、弘前高校時代にコミュニズムの思想に接触したことがもっとも重要である。「私をしんに否定し得るものは（中略）百姓である。十代まへからの水呑百姓、だけである」（「もの思ふ葦」昭11・1）。彼のコミュニズム体験を重視しすぎることに慎重な意見は根強くあるが、少くともコミュニズムの運動との接触とそこからの「転向」の体験をくぐることなしには、現在みることのできる太宰治の文学は存在しなかったであろうことは確実だ。その「転向」体験を考える上で、昭和七年という年はきわめて重要である。しかし、そこに作家太宰治誕生の内的ドラマが隠されているはずであるにもかかわらず、この年の伝記的内実はよくわかっているとはいえない。書簡*1*は、昭和七年の生活の実態の側面を知る手がかりとなるものである。以下、人物名などいささか煩雑だが、当時の太宰をめぐる人間関係を知るために簡単に説明を加えてみよう。工藤永蔵は、青森中学、弘前高校の先輩で、東京帝大理学部地質学科学生（昭和五年九月大学を除名）時代から共産党の活動家であったが、昭和六年九月に治安維持法違反により逮捕され、昭和六年末から豊多摩刑務所に服役中であった。工藤は昭和五年四月頃、上京したばかりの太宰治を府下豊多摩郡下戸塚町諏訪二五〇の下宿常盤館に訪ねて、共産党の学生支持者の組織に参加するように勧誘して以来、しばしば太宰と連絡をとり、彼を日本共産青年同盟の学生グループに参加するように導き、昭和七年七月に警察に出頭して転向を誓うに至るまで、太宰を非合法運動のシンパ組織のただ中に誘い込んだ中心的人物である。

「川崎想子」は虚構の名前。小山初代が前年十二月二十三日付の書簡を本郷区菊坂町五一　第四初音館内白取貞次郎方から「川崎想子」の名義で豊多摩刑務所内の工藤宛に送ったことが知られているので、これは小山初代の偽名と考えられる。川崎の名を使ったのは、昭和六年九月頃工藤が組織した川崎市のマツダ・ランプ本社の読書会に、初代が参加していたことから思いつかれたものだともいわれる。「銀吉」は太宰が高等学校時代に使った筆名「小菅銀吉」から来ている。本文中「色々な事件」が何をさすかは、刑務所の検閲を意識しているので具体的にはわからない。山内祥史編の「年譜」(『太宰治全集』別巻 筑摩書房、平4・4)にある「この頃、金木の生家にも連日のように特高刑事が訪問。執拗な尋問を受け、生活費の一部が共産党運動に資金援助されているらしいこと、労働組合全国協議会と青森一般労働組合との連絡係を務めていること、西神田署に留置されたことなどが長兄の耳に入っ」て、長兄文治が激怒するなどの事態をさすのか。太宰治と小山初代との結婚にあたって、長兄文治は修治(太宰)との間で、六年一月二十七日付で、次のような「覚」書をかわしていた。

覚

津島文治ト津島修治トノ間ニ左記条項ヲ約スルモノトス 以下津島文治ヲ甲トシ津島修治ヲ乙ト称ス

第一条 昭和五年十一月九日甲乙間ニ於テ協定シタル覚ハ爾今無効トス

第二条 乙ハ原籍ヲ他ヘ転ゼントスルトキハ甲ノ同意ヲ得ルコト

第三条 乙ト小山初代ト結婚同居生活ヲ営ム限リ、昭和八年四月迄其ノ生活費用トシテ毎月壱百弐拾円ヅツ甲ハ乙ヘ支給スルコト
但シ乙ノミ単独生活ヲ行フトキハ支給生活費ハ月額八拾円也トス

第四条　昭和八年四月限リ年額四百弐拾円ノ割ヲ以ツテ乙ノ生活予備費トシテ甲之ヲ保管シ（利息ヲ付セズ）乙ノ生活上支出ノ止ムヲ得ザルモノト甲認メタルトキハ随時乙ニ支給スルモノニシテ、不支出残額ハ昭和八年四月卅日ニ乙ニ之ヲ給与スルモノトス

第五条　帝国大学在学中ハ授業料ハ左記ニヨリ甲ハ乙ニ支給スルコト

昭和六年五月　　六拾円也

昭和六年十一月　八拾円也

昭和七年五月　　六拾円也

昭和七年十一月　八拾円也

第六条　乙ニ於テ左記項ニ当ル行為ヲナストキハ甲津島忠次郎、津島季四郎、津島英治ノ同意ヲ経テ三、四、五条ニ定ムル額ヲ減ジ、或ハ停止及ビ廃止ヲスルモノトス

一、帝国大学ヨリ処罰ヲ受ケタルトキ

一、刑事上ニ付キ検事ノ起訴ヲ受ケタルトキ

一、理由ナク帝国大学ヲ退キタルトキ

一、妄リニ学業ヲ怠リ、卒業ノ見込ナキトキ

一、濫リニ金銭ヲ浪費セルトキ

一、社会主義運動ニ参加シ、或ハ社会主義者又ハ社会主義運動ヘ金銭或ハ其ノ他物質的援助ヲナシタルトキ

一、操行乱レタルトキ

第七条　乙ノ帝国大学卒業後ノ生活補助費ニ就テハ津島忠次郎、津島季四郎、津島英治ノ意見ヲ参酌シテ甲ニ於テ相当ノ考慮ヲ払フコト

第八条　本覚書ノ効力発生ハ昭和六年二月一日ヲ以テス

第九条　本覚書ハ二通ヲ作成シ、甲乙各々一通ヲ所持スルモノトス

昭和六年一月二十七日

右　津島文治（実印）

津島修治（認印）

「私が少しへまをやつて、うちから送金をとめられてゐます」というのは、右の「覚」のうち、第六条第六項に違反したとして、長兄から送金を停止されたことを意味している。「へま」の内容が何をさすかは確定できないが、非合法運動との関係が、金木の生家を訪れた特高刑事を通して明らかになつてしまつたことをいつているのであろう。「此の事件」について、相馬正一『評伝太宰治』上巻（津軽書房、平7・2）には「いうまでもなく逸朗らの検挙事件を指したものである」とある。弘高時代の太宰の影響で左傾した青森中学五年の津島逸朗（次姉としの長男）や小館善四郎（四姉きやうの義弟）ら三名が青森警察署に検束留置され取調べを受けたのは、昭和六年十一月中旬のことである。いずれにしても、刑務所に服役している工藤に対して「くわしく言はれません」というような「事件」であることは確かである。太宰の影響で親戚の子供たちが左傾し、父兄も警察から「厳重訓戒」をう

けた「事件」をきっかけに、太宰の非合法運動との関係が、長兄に知られるようになっていったのであろう。それにしても「うちでもまさか、このまゝにして、私達を放たらかしにしはしないだらうと存じます」というのは、太宰の甘ったれたお坊ちゃん的楽観ぶりを示している。「冷静に而も充分なる屈伸性」をもってやったというのは、かねて太宰が非合法活動下の心得として工藤から指導をうけていたことばであろう。「あなたへの送金」は、前年末頃から一年ほど、太宰が服役中の工藤に送り続けていた金銭である。

以下身辺の報告が続く。「あねさたちは五月上旬四国へ下りました」とあるのは、田村文雄夫妻が高松に赴任したことをさす。田村文雄は東京帝大大学院に在籍していたが、この年五月に高松の中学の漢文教師として赴任した。田村は津軽出身の先輩で上京後の太宰が親しくしていた人物の一人である。「あねさ」とは田村の妻をさすかと思われるが不明。「トビ氏」は三兄圭治の友人で、弘前高校・東大の先輩でもある飛島定城《さだしろ》。大学時代は東京帝大新人会に所属した。東大法学部を卒業して当時東京日日新聞記者をしていた。昭和七年九月から昭和十年まで太宰夫妻と同居し、その時期の太宰の生活をもっともよく知っていたはずの人物である。五月四日に送別会が行なわれた飛島の住居は東中野川添町であった。「ヒラオカ氏」は平岡敏男のことで、弘前高校の一年先輩。学内の左翼の拠点であった弘高新聞雑誌部の委員長（後任は上田重彦、のちの作家石上玄一郎）で、太宰を勧誘して委員にしたとされる。のちの毎日新聞社社長。「オカワ氏」は不明。「シラテイ氏」は、太宰の親戚筋にあたる白取貞次郎。

「フヂノ氏」は弘高の先輩で、工藤とは同期の藤野敬止。東京帝大文学部時代は高校別読書会（略称R．S．）に所属する共産党シンパだったが、弘前の寺（専徳寺）の息子だったので、卒業と同時に郷里に呼びもどされ、僧侶になった。「イトウ氏」「カタタニさん」は不明。「キク氏」は、青森中学の先輩の菊谷栄。松竹に入り、のち浅草オペラの舞台脚本家、演出家として活躍した。『太宰治全集』第十二巻（筑摩書房、平11・4）の書簡集には菊谷栄宛はがきが三通収められている。「ナカテイ氏」は青森中学の同級生で中村貞次郎。当時は築地小劇場で照明係をしていた。『津軽』（昭19・11）の「N君」である。「タモ」は、四姉きやうの夫小館貞一の次弟で明治大学予科在学中だった小館保のことであろう。「こばみ心」は、ねたみ心の方言。

工藤永蔵宛には昭和七年六月九日付で「ナカテイ氏の四郎さん事件」という「珍なニュース」を、自称「類稀な文才」で面白おかしく報告した長文のものがもう一通残っている。また、『太宰治全集』第十二巻（前掲）の「関係書簡」にはこれらの書簡に先だち昭和六年十二月二十三日付と昭和七年一月二十日付で、妻初代が同じく本郷区菊坂町五一　第四初音館内　白取貞次郎方から、「川崎想子」の偽名で府下豊多摩郡野方町字新井二三六　工藤宛に出した二通の書簡も収録されている。「白取貞次郎方」はもちろん虚偽の住所である。ともに空白の昭和六、七年の太宰治の生活の一端をうかがうに足る貴重な資料だといえる。そのうち、昭和七年一月二十日付「川崎想子」名義のものを次に紹介しておこう。

新年を迎ひました。どうして居りますか。私達は皆達者で居ります。元気です。

議会は一月二十一日頃に解散される筈だそうです。故郷の兄さんも之から急がしくなるでせう。凶作でお百姓が餓死にひんして居ります。下北、上北、東北郡が一番ひどいさうです。でも地主はそんなに困つて居らないやうです。

あなたからのお手紙は大事にしてみんなに廻して読ませて居ります。

みんなはあなたの大元気なのを大変感心して居ります。オドチャは此の間の屁の歌をちよつと上手だわいと言つて喜んで居りました。

本も金も之から定期的に送ります。色々とお知らせしたい事がありますがどうも書けません。

そのうち必ず面会に参ります。

みんなにも手紙を出すやうにオドチャが言つて廻つて居ります。

私達はとても丈夫で急しく働いて居りますから御安心下さい。

あなたもからだを丈夫にしてうんと長生して下さい。では又、近い内にお便り致します。

かわせ五円同封しました。


太宰はのち「東京八景」（昭16・1）の中で、この時期の初代について、いささか冷やかな口調で次のように回想している。

Hは快活であつた。一日に二、三度は私を口汚く呶鳴るのだが、あとはけろりとして英語の勉強をはじめるのである。私が時間割を作つてやつて勉強させてゐたのである。あまり覚えなかつたやうである。英語はロオマ字をやつと読めるくらゐになつて、いつのまにか、止めてしまつた。

手紙は、やはり下手であつた。書きたがらなかつた。私が下書を作つてやつた。あねご気取りが好きなやうであつた。私が警察に連れて行かれても、そんなに取乱すやうな事は無かつた。れいの思想を、任俠的なものと解して愉快がつてゐた日さへあつた。

英語を勉強し、共産主義の「思想」を学ぼうとして、けなげに努めている初代の姿がいじらしくさえ感じられるではないか。昭和六年十二月二十三日付工藤永蔵宛の「川崎想子」名義の書簡には「私の家では凶作から起つた県の恐慌のため破産仕かけて居ります。(中略)家の銀行もつぶれるかも知れません。/私達はこんな事の起るのは前から本を読んで知つて居りましたからなにもおどろきません。私達はこれから家をあてにしないで働くつもりです」と書いている。これも太宰が「下書を作つてやつた」のだろうか。

当の工藤永蔵は、のちに「太宰治の思い出——共産党との関連において——」(「太宰治研究」10 昭44・9)という文章の中で次のように回想している。

昭和六年九月九日、東京市委員会の会合場所である戸塚のグランド裏の家にいき集合したとき、官憲に襲われて会員が逮捕された。戸塚、大崎、品川の各警察署を転々と移され、十一月頃中野刑務所に送られた。昭和九年九月、懲役三年、五年間の執行猶予の判決を受けて出所するまで、多くの人達から慰問の便りを貰ったが、修治は初代さんに「川崎想子」のペンネームを使って、書かせてよこした。又二、三度は「銀吉」の名を使って、自分でも便りをくれた。

太宰治の左翼運動とのかかわりは、すべて津軽・弘前高校関係の人脈によっている。それは津島家親族の子弟にまで及んでいた。大地主の家長であり、地方の保守派政治家でもあった長兄文治にとっても、深刻な問題であったことは容易に想像できる。芸妓であった初代との結婚も単なる粋人気取りではなく、彼女が無産階級であることが意識されていたかもしれない。一方、上京、結婚後の初代は、断髪洋装して工藤永蔵らの読書会にも積極的に参加し、党関係者と議論するようになったともいわれている。

「私は、その一期間、純粋な政治家であつた」（「東京八景」）ということばも、単なる文学的レトリックとのみはいいきれない。しかし、警察のきびしい追及と、それを知った長兄の強い叱責に耐えられずに昭和七年七月中旬、青森警察署に出頭し、共産党活動との絶縁を誓約して帰京した。この「転向」とともに書き始められるのが「思ひ出」一篇であることは意味深い。太宰治にとってコミュニズムとは、家とその思い出を否定するものであり、したがって「転向」は今まで禁じていた家とそれをめぐる思い出の世界に回帰していくことであった。

津島修治が、筆名「太宰治」を使うのは「海豹通信」（同人間の連絡用パンフレット）第四便（昭8・2・15）の「故郷の話Ⅲ」欄に発表された「田舎者」からで、次いで二月十九日発行の「東奥日報」日曜特輯版付録「サンデー東奥」に懸賞入選した「列車」および「魚服記」（「海豹」三月創刊号）で「太宰治」が使われ、終生の筆名となった。単なる筆名としてではなく、この年津島修治は名実ともに「太宰治」になったのである。そのことは、太宰治以前に大藤熊太名で書かれた「地主一代」（「座標」昭5・1、3、5）や「学生群」（「座標」昭5・7、8、9、11）などに比べて、太宰治の筆名になってからの作品が別人のようにうまくなっていることを見れば明らかだろう。それは、作品の発表されなかった昭和六、七年の二年間が、太宰治が太宰治になるための雌伏の期間であったことを物語っている。その間にさまざまな彷徨と精進があったであろうが、その一例として民俗学への接近があげられるだろう。久保喬（隆一郎）は「太宰治の青春碑」（「群像」昭56・7）の中で、昭和八年春頃、太宰治から柳田国男の「山の人生」（大15・11）の巻頭にある「山に埋もれたる人生あること」を「これ読んでみたまえ」といって示されたことを回想するとともに、その年三月に出た「海豹」創刊号の「魚服記」との関連を指摘している。「魚服記」に「山の人生」の影が落ちていることは、疑う余地がない。「魚服記」と前後して書かれたと思われる津軽方言による作品「雀こ」（「作品」昭10・7）は、すでに別のところで指摘したように川合勇太郎編著『津軽むかしこ集』（東奥日報社、昭5・8）や内田邦彦著『津軽口碑集』（郷土研究社、昭4・12）を参照して書かれている。吉本隆明は「転向論」（「現代批評」昭33・12）の中で、「日本的転向の外的条件のうち、（中略）大衆からの孤立（感）が最大の条件であった」とのべたが、昭和十年前後の日本的転向者たちが、柳田国男の日本民俗学に傾斜していったことはよく知られている。昭和七年「転向」前後の太宰治が、民俗学的世界に接近していった事実も、右のような文脈の中でとらえることもできるであろう。

　この年二月、太宰治はそれまで飛島定城一家と住んでいた芝白金三光町の家から、やはり飛島一家とともに杉並区天沼三丁目七四一に転居、近くの清水町の井伏鱒二宅をしばしば訪問するようになった。（五月には天沼一丁目一三六に移転。）秋頃から、今官一、中村地平、伊馬鵜平（のち春部）、久保隆一郎、北村謙次郎らと「二十日会」という文学月例会をはじめ、一年近く続いたという。十二月二十三日には、大学卒業の見込みのないことがわかり、長兄文治に神田の旅館に呼びつけられて強い叱責を受けた。いよいよ、作家として立つ以外にないところに、追いつめられたのである。

2 小山きみ宛

昭和七年八月二日　静岡県沼津市外静浦村志下二九八　坂部啓次郎方より
青森市浜町二丁目　野沢たま方　小山きみ宛

母上様
しばらく御無沙汰して了ひました。お許し下さい。昨日から表記の所へ来てゐます。初代と二人で八月一杯ここでからだをきたへるつもりです。今迄色々と心配をかけましたが、もう大丈夫です。七月の半頃に私ひとり青森へ行つて、あの事件を何事もなくすまして来ました。もともと私には関係の薄いことですから別にとがめだてもありませんでした。学校の方も九月から又行くことになりました。うちからは送金がへらされました。今迄百二十円だつたのが、こんどから九十円になりました。そのうち十円は貯金するのだそうですから、結局八十円で暮さねばなりません。よほど気を付けねばいけないと存じてゐます。こちらへ来てからは、夜もよく眠れるやうになりましたし、からだ工合もよいやうです。初代もうれしがつてゐます。

そちらでは皆様達者ですか。叔父さんも元気でゐます。誠一君も達者で仕事に精出してゐます。

時々私たちの所へ遊びに来てゐました。

八月すぎると又東京へ帰つて、新しく家を借ります。その時又お知らせします。

婆ちやにもよろしく。

野沢のおどさにもよろしく申して下さい。

おからだ御達者に。

修治

小山きみは、太宰治の最初の妻である初代の母である。初代は、青森の芸妓として昭和二年夏頃から、弘前高校一年の太宰治となじむようになり、昭和五年九月末には世話になっていた料亭を出奔上京、その後十一月には太宰治の心中未遂事件などもあったが、昭和五年十二月下旬には仮祝言をして、翌六年二月から結婚生活に入った。昭和十一年十月、太宰が麻薬中毒治療のため入院中に、彼女は小館善四郎と姦通事件をおこし、翌年三月、太宰と初代は心中未遂の上、離別した。六年半あまりの結婚生活だった。多くの伝記類は、太宰の初代との結婚を粋人気取りの不真面目なものであり、その破局もそこに求めているように見える。本当にそうだろうか。また「私は女を、無垢のままで救つたとばかり思つてゐたのである」という「東京八景」（昭16・1）の記述も当時の花柳界の風習からいってありえない話だとする向きも多い。しかし、そのように断定する根拠もまた必ずしも十分ではないように思われるが、どうであろう。

さて、初代は、明治四十五年三月十日、小山藤一郎ときみの長女として、北海道に生まれた。弟に大正四年生まれの誠一がいる。小学生のとき、父が家族を捨てて家を出たので、きみは姉弟をつれて、青森県大鰐村に移り、さらに青森市の芸妓置屋野沢家《のざわや》に住み込みで裁縫師として働き、尋常小学校を卒業した初代も芸妓見習いとして料亭玉家《たまや》（野沢家改め）に入った。母親ゆずりの勝気な子だったという。芸妓紅子となった初代は、昭和二年に弘前高校一年の津島修治と知りあったとされる。前述のように、初代はすでに上京して東大に入学していた太宰の指示で、昭和五年九月三十日に料亭玉家を出奔して十月一日に上京、太宰と同居した。長兄は十一月十九日付で分家除籍を条件に二人の結婚を認める。初代はいったん帰郷し、十一月二十四日には、津島家と小山家の間で結納がかわされた。その直後の十一月二十八日深夜に、太宰は田辺あつみ（戸籍名田部シメ子）と鎌倉小動崎で心中をはかり、あつみだけが死亡するという事件をひきおこした。この事件の動機については、分家除籍というかたちでの義絶の衝撃、深まりつつあった左翼運動との関係から来る苦悩その他がいわれるが、前者の影響が強いように思われる。その後は、十二月下旬に二人は青森県碇が関温泉で仮祝言をあげて、翌六年二月から品川区五反田での結婚生活がはじまったのである。

最も早い小山きみ宛書簡としては、月日不詳ながら昭和六年十二月から七年初めにかけての発信と推定されるものがある。そこには送ってもらったリンゴへの鄭重な御礼とともに、次のような報告を

「けんけんがくがくの議論」

お家と私

修治

いかにもおだやかで親しみのあふれる律義な手紙である。これが遊び半分で同棲した女の親にあてた手紙とはとても思えない。「祐叔父様」とは、きみの弟で、太宰より三つ年上の吉沢祐五郎。デザイナーとして吉沢祐を名のり、二人の結婚後は『晩年』の題字を書くなど、太宰の身辺にあってきわめて親しくまじわった人である。あとでふれるように吉沢の「太宰治と初代」（『太宰治研究』筑摩書房、昭31・6）は、その人柄と太宰夫婦への深い思いをしのぶことができる。「ばば様」は未詳。「野沢様」は、初代がいた料亭玉家のこと。ここからも、玉家との関係はよくいわれるように初代が菊池某からの身請けの話を知っていながら、そこを「出奔」したという間柄とはどうも考えにくい。何よりも、娘が不始末をした野沢方にきみがそのまま居続けるのもおかしい。

初代の上京以前に書かれた「学生群――第三回」（昭5・9）の次のような一節が、初代の身請け話のもとになっているのかもしれない。

青井に惚れた此の土地の芸者だつた。言はゞ、命迄もと惚れて居た。それがもとで大事な旦那とは別れ、金目のお客の座敷はしくじり、惚れたらう馬鹿だらうの痩意地をとにかく立て通して来たのだつた。青井もまんざら悪い気はせず、それ程迄ならばと、嫁に貰ふ事にきめた。傍から見ても可愛いやうな色事であつた。

さらにつけ加えれば、高校時代の習作「此の夫婦」(「校友会雑誌」昭3・12)の中で、主人公が語る次のような一節も、偶然とはいえ、二人の将来をすでに予言しているようにもみえる。

油気の無い長い髪を、ばさつ〱とゆさぶりゆさぶり、くどくど喋り捲つて行くのを聞けば、要するに彼は彼の半生に於いて、自分の思ふ通り、勝手な振舞《ふるま》ひをして来た、と言ふのだ。——故郷《ふるさと》の或る若い芸者に惚れ、世帯を持つの持たぬのと言つては、父をかんかんに怒らせた。翌年父のぽつくり死んだを幸ひ——何といふ不孝な文章だ——大学当時もう東京で其の女と一緒に家を持ち、大学を出ると、母が涙ながらの強意見《こはいけん》もなぐさみに、へへんと、鼻であしらつて聞き流し、母の歿に、わけも無くいやがる売文の仕事にのめのめと取り掛つたのだつた。

書簡2の宛先になっている「野沢たま」は、先述したように小山きみ、初代親子が世話になっていた芸妓置屋野沢家改め料亭玉家の女主人。発信地の沼津市外静浦村志下の「坂部啓次郎」は、東京における太宰の世話人である北芳四郎の親戚筋にあたる人物である。七年七月中旬頃、津軽に帰り、青森警察署特高課に出頭して、左翼運動との絶縁を誓約して帰京した太宰は、七月三十一日から、初代とともに坂部家の裏に部屋を借りて一か月滞在し、「思ひ出」もここで書かれた。太宰は、啓次郎の弟武郎と意気投合し、親しんだという。それまで左翼へのシンパ活動のために警察の追及を受けて、住居も転々としなければならなかった太宰としては久々に心落ち着く日々であったろう。

二年後の昭和九年七月末には、三島で酒屋を営んでいた武郎のところを訪ねて、一か月滞在し、「青い花」の巻頭を飾ることになる「ロマネスク」(昭9・12)の原稿を書いた。「ロマネスク」に出て来る喧嘩次郎兵衛は、この武郎がモデルであるといわれる。この三島時代のことはのちに「老《アルト》ハイデルベルヒ」(昭15・3)でなつかしく回想されている。

小山きみ宛書簡*2*にある「あの事件」とは、左翼の非合法運動で警察の追及を受けたことをさしている。この件では、昭和六年一月に長兄との間にかわされた「覚」書(→17ページ参照)の「社会主義運動ニ参加シ、或ハ社会主義者又ハ社会主義運動ヘノ金銭或ハ其ノ他物質的援助ヲナシタルトキ」は、生活費を減額するという条項によって、送金を百二十円から九十円に減額されたのである。「叔父さん」は先にのべた初代の叔父吉沢祐五郎のこと、「誠一」は初代の三歳下の弟で、昭和四年から築地の魚河岸で働いていた。「婆ちゃ」は未詳だが、先にあげた昭和六年のきみ宛書簡にある「ばば様」と同一人物であるとすれば、きみや祐五郎の母のことかもしれない。「野沢のおどさ」は、たまの息子野沢謙三のことだろう。

「今迄色々心配をかけましたが」とあるように、初代の上京以来、非合法運動の関係で特高の追及を受け、住所も転々としていた事情は、この義母にも吉沢祐五郎などを通じて伝わっていたはずである。しかし「もともと私には関係の薄いことですから別にとがめだてはありませんでした」というのは、事実と異なる。その「関係」は決して「薄い」などというようなものではなかったわけだし、「とがめだて」がなかったどころか、留置されてきびしい取調べを受けた結果、書類送検で今回は何とか収まったのである。「学校の方も九月から又行く」というのも、心にもないことばであろう。

その後、静浦村から帰京した二人は、芝区白金三光町の旧大鳥圭介男爵の旧邸離れに、飛島定城一家と住み、そこで「思ひ出」の続稿や「魚服記」が書かれる。この年、十二月下旬には青森検事局から呼び出され、夜行列車で帰省して出頭し、最終的に左翼運動から絶縁を誓約し、これをもっておよそ三年にわたる左翼運動から完全に離脱するのである。同時にそれは作家「太宰治」の誕生にほかならなかった。

昭和八年二月二十七日付小山きみ宛書簡は、杉並区天沼三―七四一飛島方から出されている。二月になって、白金三光町の家を追い出された太宰夫婦は、杉並区天沼の大きな家に飛島一家とともに住んでいた。この書簡はもっぱら初代の弟誠一の身のふり方について報告したものである。このころ誠一は仕事が定まらず、何かとトラブルをおこしがちであったようだ。太宰は、誠一を青森に帰して、「青森の肴屋」に奉公させたらどうかと提案している。このころきみは野沢たま方を出ていて、住所は、青森市新浜町　永倉一郎方になっており、かつて暮らしたことのある北海道に行くことを考えていたようだが、太宰は誠一と青森での「二人暮し」をすすめている。長い懇篤な手紙で、義母や義弟のことを思いやる気持があふれている。まじめで、頼りになるまっとうな婿の役割を演じているともいえる。われわれは、太宰のこのような常識人の一面を忘れがちである。

昭和八年二月二十七日付のこの書簡は、小山初代、田辺あつみ、山崎富栄など太宰周辺の女性たちを、徹底的に調査した執念の人長篠康一郎の『太宰治文学アルバム――女性篇』（広論社、昭57・3）にはじめて発表された。この著書には右の書簡のほか、二人の結婚のときの津島家からの「結納目録」が、さらにそれに先立つ『太宰治文学アルバム』（広論社、昭56・5）には、先にあげた昭和六年十二月から昭和七年初めにかけてのものと推定される書簡とともに「長女小山初代結婚記事」という新資料の写真が収められている。「目録」と「記事」は津島家から出されたものであり、小山家で戦後まで大事に保管されて来たものである。これらは、二人の結婚が正式のものであり、小山家にとって何よりも重要の書類であったことを物語っている。

3 木山捷平 宛

昭和八年三月一日　東京市杉並区天沼三ノ七四一　飛島方より
東京市杉並区馬橋四ノ四四〇　木山捷平宛

拝啓
「出石」只今拝誦いたしました。

四日の同人会で感想を申し上げてもいいのですけれど、私は言ふことが下手なものですから、手紙で失礼いたします。

最初の書き出しから、四頁目の「花」の問答のあたりまでは、私は全く安心し切つて読みました。誇張でなしに心が伸び伸びといたしました。

「花」問答を過ぎてから、段々と不安になつて来ました。「甘い」からではありません。貴兄のこの小説を誰かゞ「甘い」といふ故を以つて、悪口を言つたら、その人は馬鹿だと思ひます。じたい「甘い」といふこと自身も、はいせきされる筋のものではないと思ひます。古い文学者は、いつも、冷静な眼を持つてゐることをほこりとし、ものに驚かぬことを自己の信条にして来ました。そして人生の「美しい」剝製を壁にかけてはうれしがつてゐたのです。大きい心で見たなら、この態度こそよくない意味での大甘なのです。さう思ひませんか？

私が貴兄の作品に対して持ちかけた不安といふのは、貴兄の作品に「甘さ」が浮き出て来たからではありません。「花問答」までのこの高揚された真実を、貴兄が置きざりにして呉れるのではないか、といふ不安なのです。

読了して、此の不安は半ば的中し、半ば掃去されたやうに思ひました。

作者の意図は、私が四頁以前を読んで察してゐたものよりもはるかに大きかつたのです。この点は大安心。

このやうに謙譲のうちに語られる野心的な意図を私は好きなのです。好きなのは私だけではないと思ひます。

そんならば、この貴兄の意図は、うまく果されてゐるか、どうか、私はそれに就いて、いま考へてゐます。のこされた半分の不安といふのはそこなのであります。

お読みになつたことと思ひますが、ゴーゴリの「イワンなんとかとイワンなんとかとが喧嘩をした話」といふのが、やはり十年後に再び思ひ出の土地へ作者が訪れることになつてゐましたが、あの僅々二三頁の文章がどんなにか「――喧嘩をした話」を立派に生かしてゐたことでせう。私は、あの二三頁の間に、作者のばう大な姿を発見し、また所謂「悪魔をも憂鬱にさす」人生の真実の姿を見たやうな気がしてゐたのです。はつきり言ひますと、私は「出石」に於いて、かうした飛躍した感情を味はふことが出来なかつたのです。なぜであるか、といふことを私は考へて見ました。結論は、かうなりました。

作者が意識して、あまりにまとめ過ぎたからではないでせうか、作者の意図に対して、あせり過ぎたからではないでせうか。どうせ短篇で僅々二三十枚のものでありますから、作者が、書き出しを考へると同時に、全体の構成もきちんとまとめてあるし、またその結びもちやんと用意してあると思ひます。それはそれで構はないのですが、その結びに至る過程に於いて作者がちよつとでも息を抜いたらたいへんなことになるのではありますまいか。

ここで鳥渡私の「魚服記」に就いて言はせていたゞきます。あれは、やはり、仕事に取りかゝる前から、結びの一句を考へてやつたものでした。「三日のうちにスワの無慙な死体が村の橋杙に漂着した」といふ一句でした。それを後になつてけづりました。私の力では、とてもさうした大それた真実迄に飛躍させることが出来ないと絶望したからであります。私は、ずるかつたのです。深山の荒鷲を打ち損じるよりは軒の端の雀を打ちとれ、の主義で、その一句を除くと割に作品の構成が破たんのないやうでしたから、その為に作品の味がずつとずつと小さくなるのを覚えつゝこつそりけづり取つて了つたのです。この態度はよくありませんでした。たとひ、その為に、作品の構成が破れ、所謂批評家から味噌糞に言はれようと、作者の意図は、声がかれても力が尽きても言ひ張らねばいけないことでした。私は深く後悔してゐます。

「出石」に於いての破たんも、かう考へて見ますと、それは決して不名誉な破綻でなく、意義の深い破たんでさへあると存じます。

若しこれで、十年後の「出石」が殆ど作者の意識するしないに関しないで、「ぼうつと」浮び上つたなら、此の作品は、傑作であります。そのためには作者が、十年前の「出石」を「花問答」以後をも、更に情熱をかたむけて書きつゞけたらよかつたと残念に思ひます。十年後の「出石」は、もう一二行で足りるのではないか、とも考へました。

短篇に於ける読者は、もう題目と書き出し二三行で一篇をまとめたがるものらしいのですから、短篇に於いては読者への懸念は、割合にしなくてもいいものと思ひます。

もつともつと書きたいのですが、いつか御一緒に酒でも呑みながらお話致したいと思つてゐます。素面のときは、私は全然口下手ですが、これでも酔ふと少し口が言へるやうになるのですから。

妄言多謝。こんなに書き過ぎて、私は、あとできつと恥しい思ひをするのですが、雑誌の出来たうれしさで、つい書き過ぎて了ひましたのです。御めん下さい。

私の「魚服記」の御感想もうけたまはりたいと存じます。お互ひに、きたんのない悪口を言ひ合つて、よい小説を書けるやうになりたいと思つてゐます。

治

木山兄

木山捷平は明治三十七年三月十六日の生まれだから、太宰治より五歳ほど年長である。太宰を知る以前すでに詩集『野』（抒情詩社、昭4・5）『メクラとチンバ』（天平書院、昭6・7）の二冊をもつ詩人だった。「海豹」創刊号は、昭和八年三月一日発行。同人は大鹿卓、神戸雄一、古谷綱武、木山捷平、新庄嘉章、今官一、藤原定、塩月赳など。「海豹」創刊号に、太宰治は「魚服記」を、木山は「出石」を発表した。小説としては木山の処女作といっていい「出石」は、大正十二年、兵庫県出石の小学校に勤めたときの経験に取材したものである。木山の日記によれば、昭和七年八月、木山は妻みさをと城崎・出石を旅し、そのときに想をえた小説「出石城崎」を十一月四日、赤松月船にみてもらっている。「出石城崎」は、「改造」の懸賞小説に応募するつもりで書いたらしいが、「海豹」にのせるにあ

たって、短くし「出石」と改題したもののようである。八年二月四日の日記に「二月四日、土、立春晴。／朝赤松月船訪問。『出石』書き改めたものを見てもらう。これにて短篇になりし由。（中略）夜、海豹同人会」とある。この日の同人会であったのが太宰治との初対面であった。赤松月船は明治三十年生まれで、木山と同郷の岡山出身の詩人。木山は大正十四年に赤松主宰の詩誌「朝」（のち「氾濫」と改題）の同人になっている。太宰のいう「破たん」というのは、この縮少のための改稿によって生じたものかもしれない。「出石」は一般に知られていない作品で、文中の指摘は理解しにくいが、太宰が他人の作品について、具体的に批評したほとんど唯一の書簡なので、あえてとりあげてみた。

「出石」は、父の命をうけて山陰の故郷に見合をしに帰る途中の主人公「私」が列車の中で、十年前に代用教員をしていた但馬山中の城下町出石《いずし》のこと、そこでの若い女性の代用教員との淡い交渉などを懐しく思い出し、出石の町に立寄るべく、とっさに途中下車してしまう話である。出石は十年前と変らぬわびしい町だったが、宿で夜中に目ざめると、今は母になっている彼女の面影が、出石の町とかさなるように思われて来る。

歓びも哀しみも、ひとりで黙つて吸ひとつて、それでゐて知らぬ顔をしてゐるやうな、彼女の右の頬のあざが美しい絵のやうに私の目の前にあらはれた。その苦しみをしのんだ素直げなつゝましいナミの気性だけが、今こそ出石の全部のやうに思はれて来た。／（八・二・四）

末尾の（　）の数字は脱稿の日付を示す。先の日記に「『出石』書き改めたものを見てもらう」とある日付に該当する。

さて、太宰は「私が貴兄の作品に対して持ちかけた不安といふのは、貴兄の作品に「甘さ」が浮き出て来たからではありません。「花問答」までのこの高揚された真実を、貴兄が置きざりにして呉れるのではないか、といふ不安なのです」とのべている。「花問答」は主人公が女教員と花について語る場面のこと。「出石」について、太宰の「不安」が的中したのは、同じく思い出の土地への訪問という形式をもったゴーゴリの短篇が二、三頁の間に、人生の大きな真実を感じさせるような「飛躍した感情を味はふことが出来なかつた」ことによるという。その原因について太宰は「作者が意識して、あまりにまとめ過ぎたから」ではないかというのである。具体的には、十年後の出石のところでまとめることに「あせり過ぎ」て、十年前の出石の部分への「情熱」が十分に持続していないということのようだ。太宰はそのことを自身が「魚服記」の結びを、最初から「三日のうちにスワの無慙な死体が村の橋杙に漂着した」という一句に決めて書きはじめたにもかかわらず、「構成」の破綻をおそれて削ってしまったことと対比している。「出石」が「作者の意図に対して、あせり過ぎた」のに対し、「魚服記」は結びを気にし構成に意を用いすぎて、「作者の意図」を貫くことができなかったというのである。

木山の八年三月二日の日記には次のようにある。

朝の郵便で太宰から六銭の手紙着いた。（引用者注・別のところには「参銭切手二枚貼付　便箋三枚」とある。）

『出石』の批評がのつていて随分手きびしくやつつけてある。——彼は小生をまだ子供のように思つているらしい。しかし批評の態度はうれしい。

日記によれば、他の友人たちが「出石」を「巻中第一」とほめてくれて「うれしい」と思っていたのに、「随分手きびしくやつつけてある」太宰の批評の内容は、必ずしも意にかなったものではなかったはずだが、「しかし、批評の態度はうれしい」とあるのはさすがだ。

木山は「海豹」第三号（昭8・5）に「うけとり」を、第七号（昭8・9）の巻頭に「子におくる手紙」を発表するが、太宰は、そのいずれに対しても懇切な批評の手紙を送っている。五月三日付書簡の「うけとり」についての評はこうである。

「うけとり」只今拝読。早速お手紙。

「出石」にくらべて、たいへんみがかれてあると愚考します。文章のみではなく、貴兄の創作に対する精神が、であります。

最後の一頁は、もちろん、あつた方がよいと思ひます。ただし、あの太い黒線はなくもがなと存じます。一行あきでよいのではないでせうか。

しかも、そのうけとりは、……年と共に負担を加へ労苦を増して行くばかりである。

私ならば、ここで結びたい所です。

以上、読了して直後のはしり書であります。
年長の作者に対して、いささか気負った不遜なものいいながら、後年の太宰治にない生真面目さがあり、上京以来はじめて仲間内でない同人雑誌に参加した彼の、文学に対するなみなみならぬ意気込みと真摯な姿勢を感じとることができる。
「うけとり」は、学校からかえっても家の手伝いに追いまくられる貧しい百姓の子ども同士の淡い恋心を書いたものだが、最後が一小作人になった主人公の二十年後のますます加わる労苦で結ばれている点で、「出石」に似た構造をもっている。太宰治が自分なら削除したいとしているのは次のような数行である。

しかも、そのうけとりは、子供の時の山行きなどの比ではなく、年と共に負担を加へ労苦を増して行くばかりである。

が、岩助はどうかするとあの時のことを追想して、僅か二週間に過ぎなかつたとは云へ、真に歓喜そのものの中に飛込んで松葉を掻き集めたあの悦楽《よろこび》を思ひ出す。

あのやうに楽しく、「うけとり」を忘れた労働がして見たいと、彼は切に希ひながら、野良の生活を暮してゐる。よき白壁あらば「落書」したいそのたまらない意欲をぐつと胸におさへて――。（8・4・3）

「出石」についても、「十年後の「出石」は、もう一二行で足りるのではないか」といっているように、「うけとり」でも、懐古的な詠嘆に流れている結びの削除をすすめていることが注目される。驚くべきは、木山がこの作品を単行本に入れるに際して、太宰が指摘した部分よりも前の「太い黒線」以降も含めて、主人公岩助の二十年後を書いた結びをすっかり削除していることである。ここに木山捷平の作家的誠意と同人雑誌時代の切磋琢磨をみることができる。「うけとり」は、初期木山捷平を代表する作品といってよい。

「海豹」九月号の木山捷平「子におくる手紙」は、東京で職もなく文学志望の生活をおくる息子にあてた父の手紙十九通からなる作品で、周囲の知人の間でも総じて好評で「朝日新聞」の「豆戦艦」欄などにもとりあげられた。太宰治はすでに八月上旬頃までに「海豹」同人を脱退していたが、九月十一日付書簡で次のようにのべている。

その後御ぶさた申してゐます。お伺ひもいたさず失礼申しました。そのうちぜひお伺ひしようと思つてゐます。

「海豹」九月号、一昨日小池氏（引用者注・「海豹」同人小池旻）から一部もらひました。貴兄の創作を拝読しました。

ひとはなんと言はれたか知れませんが、私は、あれでいいと思ひました。立派だと思ひました。「出石」、「うけとり」、と進まれた貴兄の足跡がたうとう頂上にたどりついたと存じました。ひとつの山を征服された貴兄が、すぐまた、目前のより高い山を睨んでゐることを信じます。また、そのゆゑにこそ「子への手紙」（引用者注・「子におくる手紙」の誤り）が尊いのだと存じられます。

なお、「子におくる手紙」は、木山みさを編『木山捷平　父の手紙』（三茶書房、昭60・3）を参照すると、捷平の父静太からの実際の手紙によるところが多い。

木山は、「海豹」以後も、「鷭」(昭9・4、7)、「青い花」(昭9・12)、「日本浪曼派」(昭10・3〜)と、初期太宰治とともに同じ同人雑誌に属し、太宰治没後はのちに『玉川上水』(津軽書房、平3・6)に収められる太宰治についての多くの文章を残している。太宰治の木山宛書簡は、この昭和八年の三通の他に、昭和九年五通、十年一通、十四年一通、十五年一通、十六年一通、一九年一通、二十一年一通がのこされている。

なお、全集の「関係書簡」には、昭和九年十月八日付の中村治兵衛(地平)から木山捷平に宛てた書簡が収められている。それは同人誌「青い花」の初会合の報告だが、そこには次のような一節が見える。


創刊号は太宰と、それに貴方が原稿を書いて下されば大変結構だと思ひますが——今君(引用者注・今官一のこと)のもあります　いい長い小説であれば一人で全紙を占領するのもよろしく、へんな云ひ方ですが、この前の集りでは「貴方と太宰」とを先ず文壇に押し出さう……などといふ話も出ました、

太宰治は「青い花」創刊号(昭9・12)巻頭に「ロマネスク」を発表し、尾崎一雄が「早稲田文学」(昭10・1)の「同人雑誌評」でとりあげて「先づ、読んで面白い。その上に立派な滑稽を具へてゐる。作者の芸術的気禀も高く、何気ない口振りの裏に激しい思考の渦巻が感じられる」と激賞したが、木山は「青い花の感想」という二頁のエッセーを書いただけだった。

4　中村貞次郎宛

昭和九年十一月五日　東京市杉並区天沼一ノ一三六　飛島方より
東京市豊島区池袋二丁目常盤通り　海老原方　中村貞次郎宛

中村君

お手紙なつかしく拝読しました。腹にをさまらず、なんともむしやくしやすることは、それは毎日のやうにあるでせう。お互ひさまのことで、私も毎日、面白くなく暮してゐます。面白くない人が何万人もゐる。みんな集つて座談会でもひらいて、なぐさめ合ふ。だらしがないことです。ミゼラブルでさへある。けれども、仕様がない。――といふよりほかに仕様がないのである。(冗談に非ず)「運がわるい」といふことは、言ひ得る。たしかに私たちは、運がわるかつた。神は何ひとつ私たちに手伝つて呉れなかつた。けれども、考へてみれば、私たちは、この世の中を誤算してゐた。甘く見くびつてゐた。今になつて、あたりを見まはすと、眼前の事実は二十歳頃に思つてゐたことと全部、まるつきりちがつてゐる。たしかに、こんな筈ではなかつた。

僕たちの誤算、――これも僕たちの不運のもとである。

修治

中村貞次郎様

中村貞次郎は、青森県蟹田町の出身で青森中学の同級生。『津軽』（昭19・11）の「N君」のモデルである。書簡4は、中村が東京での生活の窮状について憤懣と不運への歎きを訴えたのに対して応えたもの。

中村は大正十四年十一月、津島修治を編集発行人として発行された同人誌「蜃気楼」（昭和二年二月第十一冊で廃刊）の同人でもある。九冊目までは毎号小説やエッセイを発表している。「蜃気楼同人諸価値表」（「蜃気楼」大15・6）には、太宰によるものと推定される十一人の同人の「価値表」の一覧があるが、中村貞次郎（仲禎）と太宰治自身（衆二）のものをあげると次のごとくである。

	腕力	度胸	スタイル	性慾	人気	財産	趣味
仲禎	三五	二	四〇	六〇	四五	病	熟睡（但し授業中）
衆二	三〇	〇	四〇	七五	四五	十三円の靴	薬（殊に貼燥薬）

また、同人の「因果表」（「蜃気楼」大15・7）には、「津島修」の「前身」は「猫」、「死後身」は「蒼鬼」とあるのに対し、「仲禎」についてはそれぞれ「ブルドッグ」「仏」とある。「蜃気楼」の「随筆」欄（大15・9）の「雑記」には「友二人」として桜田雅美とともに中村貞次郎をあげ、「中村貞次郎（三十ヶ条）」として「顔」以下中村の特徴が親愛感をこめた戯文調で書かれている。中村は中学

の同級生の中で太宰に最も愛された人物であろう。

大正十五年の夏休みに、中村貞次郎は津島家で二週間ほどすごし、その間、東京美術学校彫塑科に在籍していて帰省中であった三兄圭治の提唱で、同人雑誌「青んぼ」（九月創刊、十月二号で廃刊）が企画され、中村もその同人になって小説とエッセイを発表している。中村は青森中学卒業後、上京し、雑誌社、保険会社などに勤め、昭和五年にあとから上京して来た太宰との交友は続く。昭和七年五月十七日、築地小劇場で照明係をしていた中村は、津島修治に関することで中野署に呼び出され、取調べを受け、「左翼劇場関係でにらまれて」四日ほど留置されるということもあった。七年六月七日付工藤永蔵宛書簡*1*に「ナカテイ氏はシバヰで急しく、一つぱしの文学青年になりました。大した元気です」とあるように、当時の中村は、芝居に熱中する文学青年に変身していたのである。中村も、上京後非合法運動に従っていた太宰の影響をうけて左翼化していたと思われる。また、中村は昭和七年頃には、東中野駅前で「異人館」という喫茶店を営んでいたこともあったようで、太宰の昭和八年十二月十六日付久保隆一郎（久保喬）宛はがきには、次のようにある。

先日はしつれい。例の会合、今月二十日、午後一時に東中野駅前喫茶店異人館でやりませう。会費はコーヒー一杯代でいいと思ひます。ぜひ来て下さい。（異人館の略図付）

「異人館」開店にあたっては太宰がかなり援助したといわれている（久保喬『太宰治の青春像―人と文学』六興出版、昭58・5）。「例の会合」とは、この年秋、「海豹」解散前後から、今官一、中村地平、伊馬鵜平（のち春部）、北村謙次郎などと、「二十日会」と称して、月一回自作の朗読や文学論をやっていた会合のことをさしている。

中村の喫茶店素人経営はたちまち行詰まったらしく、昭和九年三月十九日付（日付は『太宰治の青春像』による）久保宛書簡には次のようにある。

先日は失礼。今朝中村貞次郎君から同封の手紙が来た。気の毒な状態にあるらしいから、僕からもあらためてお願ひします。いろいろとごめんだうをかけてなんともすみませんが、どうかお願ひいたします。

履歴書も同封いたしました。

もし、きまつたなら僕に速達でも呉れると、すぐ君のところに行く。

お願ひいたします。

御健筆を祈つてゐます。

久保喬『太宰治の青春像』によれば、中村は「異人館」を経営不振で閉店し、失業して肉体労働などもしたが、体力的にも参っている現状を訴えた手紙を太宰治に送って来た。それを心配した太宰が中村の手紙と履歴書同封のうえ、久保に就職の斡旋をたのんで来たものである。久保は従兄の知人が勤めている病院の住み込み雑役夫の仕事を世話した。それに対して太宰は、三月十七日、四月二十七日、二十九日とくりかえし、久保へ礼状を送っている。書簡4は、その後も相変わらずの生活の窮状を中村が訴えて来たのに対する返事である。

中村は、昭和十二年八月に帰郷し、家業をつぐ。『津軽』は、まず蟹田の「N君」（中村）を訪ねるところからはじまる。『津軽』では「N君」のことが次のように書かれている。

N君は中学校を卒業してから、東京へ出て、或る雑誌社に勤めたやうである。私はN君よりも二、三年おくれて東京へ出て、大学に籍を置いたが、その時からまた二人の交遊は復活した。N君の当時の下宿は池袋で、私の下宿は高田馬場であつたが、しかし、私たちはほとんど毎日のやうに逢つて遊んだ。こんどの遊びは、テニスやランニングではなかつた。N君は、雑誌社をよして、保険会社に勤めたが、何せ鷹揚な性質なので、私と同様、いつも人にだまされてばかりゐたやうである。けれども私は、人にだまされる度毎に少しづつ暗い卑屈な男になつて行つたが、N君はそれと反対に、いくらだまされても、いよいよのんきに、明るい性格の男になつて行くのである。N君は不思議な男だ、ひがまないのが感心だ、あの点は祖先の遺徳と思ふより他はない、と口の悪い遊び仲間も、その素直さには一様に敬服してゐた。

筆者が、昭和三十七年夏に蟹田に訪ねたときの中村貞次郎氏は、かつて東京で雑誌社に勤めたり、築地小劇場の照明係をしたり、喫茶店を経営するなどした人とは思えぬ朴訥な津軽人だったが、若き日の「鷹揚な」面影はどこか残しているように思われた。

上京以来の太宰治にとっても、「誤算」や「不運」の連続だったが、昭和九年に入ってようやく文壇への足掛りを得ようとしつつあった。書簡*4*にはこの好人物の旧友に同情しつつも、どこか突き放したようなところも感じられる。この年の太宰は、四月に、檀一雄、古谷綱武らの同人誌「鷭」第一輯に「葉」を、七月には第二輯に「猿面冠者」を発表。七月末から八月末にかけて、三島市の坂部武郎方で、「ロマネスク」などを執筆した。十月には「世紀」に「彼は昔の彼ならず」を発表。十二月には、伊馬鵜平、檀一雄、中原中也、山岸外史らを同人とする雑誌「青い花」創刊号に「ロマネスク」を発表し、山内祥史編「年譜」によれば、この年までに「めくら草紙」をのぞく『晩年』所収の十四篇がほぼ完成された。なお、この年「文化公論」四月号に黒木舜平の筆名で、昭和五年十一月の心中未遂事件に材をえた短篇小説「断崖の錯覚」を掲載して、はじめて原稿料をえた。「断崖の錯覚」は原稿料が目的だったが、昭和九年は、翌年からはじまる太宰治文壇登場の機がようやく熟した年といえる。

5 山岸外史 宛（一）

昭和十年六月三日　東京市世田ケ谷区経堂町　経堂病院内より
東京市本郷区駒込千駄木町五〇　山岸外史宛（はがき三枚つづき）

お手紙、いま読んだ。よい友を持つたと思つた。生涯の記念にならう。こんなときには、ダラシナイ言葉しか出ないものだねえ。歓喜の念の情態には、知識人も文盲もかはりはない。「バンザイ！」これだ。

君は僕の言葉を信じて呉れるか。文字のとほりに信じて呉れ。いいか。「ありがたう」

佐藤春夫氏への手紙は、二三日中に書いて出します、「おほいなる知己」を得たよろこびを書き綴るつもりです。実は二三日まへ、緒方氏へ、歓喜の初花をささげたばかりなので、どうも書きにくいのだ。（同じ文句になりさうで。）

二三日してから、書いて出します。

陶工が粘土をこねくりながら、訪問者とお天気の話をしてゐる。僕の文学談など、陶工のそのお天気の話と大差なし。口とは全く別なことを考へながら、仕事のための粘土をこねくつてゐる。「自由の子」といふより「すね者」と言つたはうが自由の子の真意をつたへうる。

全集に収録されている山岸外史宛書簡は、昭和九年（月日不詳）のものから昭和十八年（推定、年月日不詳）のものまで、百七通にのぼる。大部分がはがきだが、全集収録の個人別書簡数としては、小山清宛五十七通、井伏鱒二宛三十八通を圧倒して、断然突出している。山岸は明治三十七年生まれで太宰より五歳年長だが、生涯対等のつきあいをした。「何百枚かのオハガキ貴兄からいただき」（昭11・6・24付）とあることからも察しられるように、もとより実際に発信された書簡数は、現存する書簡の数をはるかに上まわるにちがいない。

一般にはがきは簡略な連絡や形式的な挨拶状など守秘的な「親展」を前提としない通信に用いられるが、山岸宛書簡の場合は、受信者へのきわめて個人的なコミュニケーションをめざしたもので、その内容はしばしば文学的であり、詩的ですらある。それにしてもこれだけ多くの書簡が保存されているところに、発信者と共有したものに対する受信者の愛着のほどがうかがえる。山岸と太宰がはじめてあったのは、昭和九年九月、「青い花」創刊の話しあいのために、山岸が杉並区天沼一丁目一三六飛島方の太宰を訪ねたときである。その日から二人は「急激に交友関係を深めていった」(山岸外史『人間太宰治』筑摩書房、昭和37・10)という。特に太宰治における疾風怒濤《シュツルムウントドラング》の時代ともいうべき、昭和十年、十一年の山岸宛書簡は圧巻だ。

昭和十年六月三日付書簡5の住所は、「経堂病院内」とある。太宰はこの年の四月五日に阿佐谷の篠原病院で急性虫様突起炎(虫垂炎)の手術を受けたが、腹膜炎を併発して回復が遅れ、五月一日には長兄文治の友人が院長をしている世田谷区経堂町の経堂病院に転じていた。篠原病院での手術後から、鎮痛のためパビナールという麻薬注射を受けるようになり、それが高じて中毒になり、十一年十月の精神病院入院に至ることは、のちにのべる。

六月三日付書簡5は、二年ほど前から佐藤春夫のところに出入りしていた山岸外史が、病床の太宰を励ますべく、「道化の華」(「日本浪曼派」昭10・5)を佐藤に読んでもらい、その評を記した佐藤の手紙を同封して送った書簡に対する返事だと推定される。

前半の「バンザイ!」「ありがたう」は山岸の配慮への手ばなしのよろこびと感謝の表現である。「佐藤春夫氏への手紙」も「二三日中」に書かれたはずだ。「おほいなる知己」とは、「道化の華」の理解者である佐藤について山岸がいったことばであろう。「緒方氏」は、「日本浪曼派」同人であった緒方隆士のこと。「歓喜の初花をささげたばかり」とは、やはり、緒方が「道化の華」を讃めたのに対して「歓喜」のことばを送ったことをさすのだろう。「自由の子」というのは、山岸書簡にあったことばか。

ところで、この年の「文藝春秋」一月号に「芥川・直木賞宣言」なるものがその「規定」とともに発表された。「芥川龍之介賞規定」は次のようなものであった。

芥川龍之介賞規定

一、芥川龍之介賞は個人賞にして広く各新聞雑誌（同人雑誌を含む）に発表されたる無名若しくは新進作家の創作中最も優秀なるものに呈す。
二、芥川龍之介賞は賞牌（時計）を以てし別に副賞として金五百円也を贈呈す。
三、芥川龍之介賞受賞者の審査は「芥川賞委員」之を行ふ。委員は故人と交誼あり且つ本社と関係深き左の人々を以て組織す。
菊池寛・久米正雄・山本有三・佐藤春夫・谷崎潤一郎・室生犀星・小島政二郎・佐佐木茂索・滝井孝作・横光利一・川端康成（順序不同）
四、芥川龍之介賞は六ケ月毎に審査を行ふ。適当なるものなきときは授賞を行はず。
五、芥川龍之介賞受賞者には「文芸《ママ》春秋」の誌面を提供し創作一篇を発表せしむ。

芥川賞選衡委員でもある佐藤春夫から高い評価を受けた病中の太宰は、すぐに自信作「道化の華」によって芥川賞を得たいと願うようになっていった。しかし、作者の自負にもかかわらず、太宰は、第一回芥川賞を得ることができなかった。芥川・直木賞の第一回選衡委員会は六月十四日に開かれ、太宰も予選に入ったが、八月十日の第四回選衡委員会では、石川達三「蒼氓」が当選と決まった。太宰は六月三十日に退院し、千葉県船橋町に転居するが、入院中にすでに佐藤の「道化の華」評価の手紙を読んでおり、しかも七月末日には佐藤春夫の関係筋から、芥川賞の予選に入っていることを聞いて、期待を抱くようになっていたらしい。七月三十一日付小館善四郎宛はがきには「僕、芥川賞らしい。新聞の下馬評だからあてにならぬけれども、いづれにせよ、今年中に文藝春秋に作品のる筈」と書いている。

「文藝春秋」九月号の「芥川龍之介賞経緯」によれば、委員会から候補者をしぼることを依頼された滝井孝作は、石川達三「蒼氓」、外村繁「草筏」、高見順「故旧忘れ得べき」、衣巻省三「けしかけられた男」、太宰治「逆行」を最終候補としてあげた。佐藤春夫は最初から文藝春秋社編集部の候補作リストになかった「道化の華」を推していたようで、選衡「経緯」によれば「僕は本来太宰の支持者であるが、予選が「逆行」で「道化の華」でないのは他の諸氏の諸力作が予選に入つてゐるのに対して大へんそんな立場にあると思ふ」として、不本意ながら「蒼氓」に一票を投じたといっている。山岸外史の推賞や太宰が出したと考えられる手紙も佐藤に影響を与えたのかもしれない。川端康成は「さて、滝井氏の本予選に通つた五作のうち、例へば佐藤春夫氏は、「逆行」よりも「道化の華」によつて、作者太宰氏を代表したき意見であつた。／この二作は一見別人の作の如く、そこに才華も見られ、なるほど「道化の華」の方が作者の生活や文学観を一杯に盛つてゐるが、私見によれば、作者目下の生活に厭な雲ありて、才能の素直に発せざる憾みあつた」とのべた。この川端の評言が、麻薬中毒も亢進しつつあった太宰を刺激して、有名な「川端康成へ」（「文藝通信」昭10・10）という過激な反論を書かせたのである。太宰が芥川賞に執着したのは、少年時代から芥川文学に親しんで来たこと、受賞によって故郷の人々に対して名誉回復をはかりたかったこと、加えて賞金五百円の魅力など、理由はいろいろに考えられるだろう。しかし、川端康成への常軌を逸した反撥は、そんなことだけでは説明がつかない。太宰が川端の「芥川龍之介賞経緯」に反論したのは、そこに書かれている太宰作品についての批評に対してであった。太宰の反論は感情的であるが、川端評の弱点を見ぬいたものともいえる。というのも「私見によれば、作者目下の生活に厭な雲ありて、才能の素直に発せざる憾みあつた」という川端の評言は、どのようなことにもとづくのかはっきりしない。たとえば、それは、太宰がこの年の三月に消息不明になり、十七日夜鎌倉の鶴岡八幡宮の裏山で縊死を図ったことなどをさすのであろうか。

この件については、三月十六日に井伏鱒二から、杉並署に捜索願いが出され、十七日の「読売新聞」に「新進作家死の失踪？」という記事が出た。太宰は十八日夜帰宅したが、十九日付「東京日日新聞」には「どうか頼む！　太宰君、帰つて来てくれ」という呼びかけを含む井伏鱒二の「芸術と人生」なる一文がのった（↓123ページ参照）。「作者目下の生活に厭な雲」があるというのが、太宰自身の実生活の乱れをさすのなら、右の事件のことが川端をはじめ選衡委員の耳目を引いていたとしか考えられない。さらに、「道化の華」が、昭和五年十一月二十八日の心中未遂事件に材をえたものであることまでも話題になったとすれば、それも作品の評価に影響を与えずにはいなかっただろう。だとしても「作者目下の生活」と作品とは別である。太宰が川端のことばを、作者の実生活と作品の評価を直結させた悪意の批評ないしは意図的な誤読と受けとったとしても必ずしも曲解とはいえまい。「これは、あなたの文章ではない。きつと誰かに書かされた文章にちがひない」と太宰は書いているが、ひょっとしたら、第三者が選衡委員の誰かにこれらの事件のことを告げたのかもしれない。

仮にそのような風評を耳にしていたとしても、選衡委員としての川端の評言はやはり勇み足であるといわざるをえない。太宰にしてみれば、「道化の華」は、自信作であり、創作集『感情装飾』（大15・6）一巻で新感覚派の旗手として登場し、また気鋭の文芸時評家として新しい才能を発掘しつつあった川端こそ、この「日本にまだない小説」の前衛性の真の理解者でなければならなかったはずである。「川端氏にならば、きつとこの作品が判るにちがひない」（「川端康成へ」）というのが本音だったにちがいない。

川端自身も思いあたるところがあったらしく、太宰の反論の翌月の「文藝通信」（昭10・11）に「太宰治氏へ芥川賞に就て」を書き、「生活に厭な雲云々」が、「不遜の暴言であるならば、私は潔く取消し、「道化の華」は後日太宰氏の作品集の出た時にでも、読み直してみたい」とのべている。「不遜の暴言であるならば」というのは、必ずしも「潔」いことばとはいえないが、川端としてはやはり「暴言」のそしりを免れないだろう。山岸外史も同月の「文藝通信」で「あの言辞は、作品以外の場所から人伝てに耳に入りそれやこれやがあゝいふひとつの言葉として出来上つてゐることを、あの言葉の意味から言つて僕は疑つてゐないのだが、それを、まことしやかに書いた川端氏の迂闊さは、少なくてもちよつとした瑕だと思ふね」（「悲憤する太宰治へ」傍点原文）とのべているような側面が、川端の言辞にあったことは否めないのである。しかし、さすがの川端も、その選評の背後に「世間」や「金銭関係」をみようとする太宰のことばには異様なものを感じたらしく、「根も葉もない妄想や邪推はせぬがよい」ときびしく応じている。

先に山岸宛書簡5について、佐藤春夫の「道化の華」評を同封したものと推定したが、その根拠は「虚構の春」（昭11・7）という作品にある。「虚構の春」は、虚実とりまぜた八十三通の太宰治宛書簡によって構成された作品だが、その中に山岸外史と推定される「吉田潔」なる人物からの来信が含まれている。

次にあげるのは、佐藤春夫名義の吉田潔宛書簡とそれを届ける吉田潔の添状と思われる二通が並んで掲げられている部分である。特に佐藤春夫名義のものは、実物の書簡をほぼそのまま写したものと考えていいようだ。というのも「虚構の春」とほとんど同時に発行された第一創作集『晩年』（昭11・6・25）の帯表に、日付を「五月三十一日夜、否、六月一日」に、宛名を「山岸外史」と変えただけで、ほぼ同文の佐藤書簡が使われているのだ。

「拝呈。過刻は失礼。『道化の華』早速一読甚だおもしろく存じ候。無論及第点をつけ申し候。『なにひとつ真実を言はぬ。けれども、しばらく聞いてゐるうちに思はぬ拾ひものをすることがある。彼等の気取つた言葉のなかに、ときどきびつくりするほど素直なひびきの感ぜられることがある。』といふ篇中のキイノートをなす一節がそのまゝうつして以てこの一篇の評語とすることが出来ると思ひます。ほのかにもあはれなる真実の蛍光を発するを喜びます。恐らく真実といふものは、かういふ風にしか語れないものでせうからね。病床の作者の自愛を祈るあまり慵斎主人、特に一書を呈す。何とぞおとりつぎ下さい。十日深夜、否、十一日朝、午前二時頃なるべし。佐藤春夫。吉田潔様硯北。」

「どうだい。これなら信用するだらう。いま大わらはでお礼状を書いてゐる仕末だ。太陽の裏には月ありで、君からもお礼状を出して置いて下さい。吉田潔。幸福なる病人へ。」

佐藤の手紙の内容は、さすがに「道化の華」の意図をみごとにいいあてており、太宰にとっては、まさに「おほいなる知己」を得たよろこびを与えるものであったにちがいない。礼状もかかれたであろう。にもかかわらず、前述のように、八月十日夕刻、第一回芥川賞は石川達三に決まったことが各新聞に発表された。

第一回芥川賞落選自体は、太宰にそれほど大きなショックを与えたようにも思えない。八月十三日付小館善四郎宛はがきには、次のようにある。

芥川賞はづれたのは残念であつた。「全然無名」といふ方針らしい。「文藝春秋」から十月号の註文来た。「文藝」からも十月号に採用する由手紙来た。ぼくは有名だから芥川賞などこれからも全然ダメ。へんな二流三流の薄汚い候補者と並べられたのだけが、たまらなく不愉快だ。
二十日すぎに佐藤春夫のところへ行く。いささかたのしみ。
今月号の「行動」買つて京ちやその他に思ひ切つて読ませるがよし。

当選者の石川達三をはじめ太宰とともに候補にあげられた外村繁、高見順、衣巻省三らが、「全然無名」あるいは「二流三流」で太宰だけが「有名」だとは画学生の小館にも思えなかったはずで、強がりをいっているのである。「文藝春秋」や「文藝」から注文や採用の手紙が来たことも気持に余裕を与えていたのかもしれない。十年九月の「行動」には、三月の鎌倉の事件に取材した中村地平の「失踪」が掲載されており、それを四姉の小館京(善四郎の兄貞一の妻きやう)その他に「思ひ切つて読ませるがよし」といっていることが注意される。これまでは家郷の人々にも隠していた実生活上のスキャンダルも、さらけ出してしまおうという覚悟を示すものであろうか。「二十日すぎに佐藤春夫のところへ行く」ことも心をうき立たせていた。二十一日付小館宛書簡にも「明日、佐藤春夫と逢ふ。東京のまちを半年ぶりで歩くわけだ」とある。八月二十二日には、山岸外史に伴われて、佐藤春夫をはじめてたずねた。帰宅した夜にしたためたと思われる八月二十二日付佐藤春夫宛書簡には「家へ帰つて机にむかひ　ふと気づいてみると　私の身のまはりに　佐藤春夫のやはらかい natural な愛情がまんまんと氾濫してゐたのです。これは曾つてなきことです。深くお礼申しあげます。／甲ノ上をもらつた塾生ふたり嬉々として帰途についた感じでした」と有頂天ぶりを隠そうとしていない。佐藤のところでは、芥川賞のことも話題になったろう。こうして、太宰はまた、しだいに芥川賞への期待をつのらせていくのである。

ところで「虚構の春」には、山岸のものと思われる吉田潔名義の書簡八通が入っている。そのうちの二通は、太宰書簡の中に対応するものがあって往復書簡の形になっている。一つ目は「ダス・ゲマイネ」に対する自負を語った十年九月二十二日付太宰書簡（はがき）と、それに応えた山岸の書簡である。

ぼくのいまの言葉をそのままに信じておくれ。

ぼくは客観的に冷静にさへ言ふことができる。

（文藝春秋十月号）

衣巻、高見両氏には気の毒である。コンデションがわるかつたらしい。外村氏のは面白く読める。このひとの作品には量感がある。けれども僕の作品をゆつくりゆつくり読んでみたまへ。歴史的にさへずば抜けた作品である。自分からこんなことを言ふのは、生れてはじめてだ。僕はひとりで感激してゐる。これだけは一歩もゆづらぬ。

深夜ひとり起き出て、たよりする。ちかいうちにあそびに来て。ぜひとも。

「文藝春秋」（昭10・10）には、芥川賞候補四人の作品が掲載された。高見順「起承転々」、太宰治「ダス・ゲマイネ」、外村繁「春秋」、衣巻省三「黄昏学校」である。太宰は自作について「客観的に冷静に」いっても「歴史的にさへずば抜けた作品である」と断定する。それに対して、「虚構の春」第四番目にあげられた吉田潔（山岸）の太宰宛書簡は次のように率直なことばでたしなめている。

「近頃、君は、妙に威張るやうになつたな。恥かしいと思へよ。（一行あき。）いまさら他の連中なんかと比較しなさんな。お池の岩の上の亀の首みたいなところがあるぞ。（一行あき。）お金はひつたら知らせてくれ。どうやら、君より、俺の方が楽しみにしてゐるやうだ。（一行あき。）たかだか短篇二つや三つの註文で、もう、天下の太宰治ぢやあちよいと心細いね。君は有名でない人間の嬉しさを味はないで済んでしまつたんだね。吉田潔。太宰治へ。ダヌンチオは十三年間黙つて湖畔で暮してゐた。美しいことだね。」

一方、「虚構の春」第二十七番目の吉田潔書簡は、次のように病中の太宰を励ましてもいるのである。

「君は、君の読者にかこまれても、赤面してはいけない。頬被りもよせ。この世の中に生きて行くためには。ところで、めくら草紙だが、晦渋ではあるけれども、一つの頂点、傑作の相貌を具へてゐた。君は、以後、讃辞を素直に受けとる修行をしなければいけない。吉田生。」

それに対して、太宰は十年十二月二十七日付山岸宛書簡（はがき）で、素直によろこびを伝えている。

山岸君

ありがたう。人の情を知りました。あの、おハガキでも、身にあまる。よい初春を迎へるやうに。さよなら。

青春の倨傲と率直さの応酬が面白い。

太宰は相手によって手紙の文体を使いわけているが、山岸とは大部分がはがきで、短いが緊張した詩的アフォリズム風のことばを応酬している。まさに「手紙による格闘」（山岸外史『太宰治おぼえがき』審美社、昭38・10）である。津島美知子は「太宰は割合にはがきをよく使い、はがきにびっしり細字で書き込んで発信する」（『回想の太宰治』人文書院、昭53・5）と語っているが、はがきの簡便さだけでなく、狭い紙面から来る引き締まった文章を好んだのではなかろうか。「太宰治を研究するのは僕にまかせ給へ」（昭9・11・2付）、「なぜ、君は遊びに来ないのか。電車賃は三十四五銭ださうぢやないか」（昭10・7・29付）、「じやれてみたのだ。ところが、――おれの爪が君のウロコにひつかかつた。老猿と怪竜。雲を呼んで、ついに不足税六銭をとられた」（昭10・8・7付）、「今夕の君の手紙、いままた繰りかへして読み、屈辱、無念やるかたなく転てんした」（昭10・8・8付）、「たしかに君は、意志的だつたのだ」（昭10・8・27付）、「コギトの詩を読んだ。含羞《はぢらひ》のなきは、兄の美質でさへあらう。ためらはずに進み玉ふやう祈る」（昭11・3・1付）「きみに三度《さんど》、無言の御返事をさしあげた。三種三様の無言なのだ」（昭11・3・10付）というようなことばをみるだけでも、「青い花」「日本浪曼派」時代の文学的青年たちがもっていた雰囲気の一端をうかがうことができよう。また「文士、うたをおくられたら、お返しするのが、natural な情と心得る。左に。／青桐《あをぎり》の幹《みき》ごとうごく／宇《う》地《な》震《ゐ》哉《かな》」（昭10・10・20付）のように詩歌の贈答も盛んに行なった。

他の書簡や作品・色紙などに書かれたものとの重複もあるが、山岸宛はがきの中から詩歌のようなものを抜き出しておこう。

ソロモンの夢が破れて一匹の蟻。（昭10・8・8付）

青桐《あをぎり》の幹《みき》ごとうごく／宇《う》地《な》震《ゐ》哉《かな》（昭10・10・20付）

ソロモンの夢破《ゆめやぶ》れたりトタン塀《べい》（昭10・11・11付）

みどり児の／ひいひい泣くや／冷月と我《われ》（昭10・11・13付）

とこやみの／めしひのままに／鶴のひな／そだちゆくらし／あはれ　太るも（昭11・1・24付）

傷心。／川沿《かはぞ》ひの路をのぼれば／赤き橋／また行き行けば／人の家かな。（昭12・1・20付）

ほぼ昭和十、十一年に集中している。いわば書簡がそのまま文学的行為そのものであり、相手を肝胆相照らす好敵手とみて丁丁発止の切磋琢磨であったことをよく示している。太宰にも一種日本浪漫派風の詩的高揚の時代があったのである。最後に十一年二月十二日に、済生会芝病院から山岸宛に出された全文、詩からなるはがきを引用しておく。

窓をひらけば、／雛《ひな》の壇赤《だんあか》し、／まちの舗《みせ》。／いくそ見て見し、／夜の寝覚《ねざめ》に。〃われゆゑに、／つまし哭《な》くなり。／なよ竹の、／憂ひはなしと、／文はやれども。〃きみがため、／さみしきもよし。／しかはあれど、／浅茅《あさぢ》が宿に、／なほ哭《な》かむとは。〃わがことを、／心になかけそ／うまし妹《いも》。／うらめしなんど／われいはめやは。

6　三浦正次宛

昭和十年九月二十二日　千葉県船橋町五日市本宿一九二八より
東京市浅草区南松山町四五　石川公証役場内　三浦正次宛

一　拝啓。

お送り下された久保万の句集、ありがたう。久保万の句集よりも、兄の真情をよろこぶ。こんど「文藝春秋」に「ダス・ゲマイネ」なる小説発表いたしましたが、これは、「卑俗《ひぞく》」の勝利を書いたつもりです。「卑俗」といふものは、恥辱だと思はなければ、それで立派なもので、恥辱だと思つたら最後、収拾《しうしふ》できないくらひ、きたなくなります。たのみますと言つて頭をさげる、その尊さを書きました。形式は前人未踏の道をとつたつもりです。私自身でさへ、他の作家に気の毒なくらゐに、（絶対に皮肉ではなしに）ずば抜けてゐると思つてゐます。客観的に冷静に見て、さうなのです。月評子、あるひは、悪口を言ふかも知れませんが、それは、たつた一日の現象です。私の「ダス・ゲマイネ」は一日では消え失せないものがあると、確信してゐます。改造社酒田氏より手紙が来て、ちかいうちに、私の小説「文藝」にも必ず出るでせう。

秋冷、五臓六腑《ござうろつぷ》にしみてゐます。私、未だに、配所《はいしよ》の月を眺めてゐる気持です。十五銭也を投じて、（或ひは本屋の店頭で）「文藝通信《ぶんげいつうしん》」（文藝春秋社発行）の私の文章を読んで下さい。雑誌社といふものは、こちらが真剣に書いてゐるものでも、すぐ、見せ物のやうにします。悲しいけれども、仕方ない事実です。

治　拝。

ほんたうに、おいそがしいでせう。立派な生活人に「小説」よまれることぐらゐうれしいことがないのです。

御返事むりに書かなくて、よし。

三浦正次《まさつぐ》は太宰と同年の明治四十二年の生まれで、青森中学・弘前高校時代、太宰治・富田弘宗とともに、同人誌「細胞文藝」を出した。「細胞文藝」は三浦の命名によるといわれている。京都大学法学部に進み、金融・商法の専門家になった。宛先の浅草の石川公証役場というのは、この年京大を卒業した三浦の最初の職場だろう。三浦は、「細胞文藝」第三号（昭3・7）に「文芸時評／――主として中野重治のエッセイについて――」を発表している。

書簡6中「久保万の句集」とあるのは、この年に出た句集『わかれじも』（文体社、昭10・5）のことか。久保田万太郎は高校時代から愛読していた。

「ダス・ゲマイネ」は、十年十月の「文藝春秋」に、芥川賞に落選した高見順、外村繁、衣巻省三の作品とともに発表された。この作品については脱稿直後に十年八月三十一日付今官一宛書簡で、「四十枚といつて来たのに六十枚送つてやつた。「ダス・ゲマイネ」（卑俗について）といふ題であるが、これはぜひ読んで呉れ」と書き送っている。雑誌発行直後の九月二十二日付の山岸外史宛と神戸雄一宛書簡では「歴史的にさへずば抜け」た作品だと豪語している。それは単なる自己宣伝ではなかった。各新聞・雑誌が一斉にとりあげ、総じて「前人未踏」と自負するその方法を評価しているように見える。

矢崎弾「文芸時評⑵」（「報知新聞」昭10・9・24）は、「作者のポオズと描写のスタイルと奇矯な表現に溺れはせぬかと気づかはれる」としながらも、「大宰《ママ》治はともかく近頃めづらしい異端者である。

新作家がすべてナチユラリズムの泥濘から脚がぬかれず、またその認識方法に不安もいだかない時、彼のみともかく近代不安人の虚無に足がかりをみつけてゐる。現実の虚構を洒落たポオズであざ笑つたり反省したりしてゐる」と評している。「川端康成へ」（「文藝通信」昭10・10）で、太宰治の痛罵を受けた川端康成も「文芸時評」（「文藝春秋」昭10・11）では、冷静に「太宰氏がこのような作品を書く気持は誰にも分るやうな気がする。今日の知識人の傷ついた心情に外ならぬであらう」という的確な理解を示している。山内祥史編『太宰治著述総覧』（東京堂出版、平9・5）によれば、その他、新居格「文芸時評(3)」（「東京日日新聞」昭10・9・25）、海野武二「十月創作評 青年の頽廃の記録」（昭10・9・25）、林房雄「時評(5)」（「読売新聞」昭10・9・26）、中村地平「文芸時評（二）」（「都新聞」昭10・9・29）、玉藻刈彦「豆戦鑑 十月の雑誌」（「東京朝日新聞」昭10・10・9）、岡田三郎「文芸時評」（「新潮」昭10・11）、尾崎士郎「新作家の表現技術〈文章時評〉」（「月刊文章」昭10・11）、山岸外史「文芸時評」（「三田文学」昭10・11）、石浜秀子「文芸時評」（「婦人文藝」昭10・11）、谷崎精二「文芸時評」（「早稲田文学」昭10・11）、井上幸次郎「文芸時評」（「文藝首都」昭10・11）、寺岡峰夫「散文精神の確立」（「早稲田文学」昭10・12）、逸見広「新旧作家一百人」（「早稲田文学」昭10・12）、矢崎弾「新人作家の現状」（「新潮」昭11・2）、青野季吉「一九三五年の日本文学」（「文藝年鑑」昭11・3）などが、いずれも問題作として論評しており、おそらく太宰治の作品の中でももっとも多く、時評にとりあげられたもののといえよう。それでも作者としては文壇時評の反応が気になったのであろう、三浦宛書簡6では「私自身でさへ、他の作家に気の毒なくらゐに、（絶対に皮肉ではなしに）ずば抜けてゐると思つてゐます」といいつつも、「月評子、あるひは、悪口を言ふかも知れませんが、それは、たつた一日の現象です」などと書いている。津島美知子は「太宰は「配所の月」という言葉が好きで、よく配所で月を見る心境に陥る人であった」（前掲『回想の太宰治』）と書いているが、書簡6にいう「配所の月を眺めてゐる気持」もまったく杞憂にすぎなかったといえよう。

にもかかわらず、作者は多くの文芸時評にあらわれた「ダス・ゲマイネ」評が気に入らなかったようだ。「地球図」（昭10・12）という作品の初出時には、のち『晩年』所収にあたっては削除されることになる前書きが付されており、その中には次のような一節があった。

> 拙作「ダス・ゲマイネ」は、此の国のジヤアナリズムより、かつてなきほどの不当の冷遇を受け、私をして言葉通ぜぬ国に在るが如き痛苦を嘗めしむ。舌を焼き、胸を焦がし、生命の限りの絶叫を、馬耳東風の有様なれば、私に於いて、いまさらなんの感想ぞや。すなはち、左に「地球図」と題する一篇の小品を黙示するのみ、もとより、これは諷刺に非ず、格言に非ず、一篇のかなしき物語にすぎず、されど、わが若き二十代の読者よ、諸君はこの物語読了ののち、この国いまだ頑迷にして、よき通事ひとり、好学の白石ひとりなきことを覚悟せざるべからず。

「地球図」は、布教のために、ことばの通じない日本にやって来たヨワン・バッティスタ・シロオテという伴天連が、新井白石らの取調べを受けた末、目的をとげないまま獄死する話である。作者前書きによれば、この作品は、「ダス・ゲマイネ」に対するジャーナリズムの「不当な冷遇」に対する抗議の寓意がこめられているというのである。先にあげた各文芸時評に照らしても「不当な冷遇」というのは解せない。当人はもっと大きな反響を期待していたのだろうか。

ところで書簡6ではこの作品について「これは「卑俗」の勝利を書いたつもりです。「卑俗」といふものは、恥辱だと思はなければ、それで立派なもので、恥辱だと思つたら最後、収拾《しうしふ》できないくらひ《ママ》、きたなくなります。たのみますと言つて頭をさげる、その尊さを書きました」とのべている。これは、「ダス・ゲマイネ」の意図について、作者自身が具体的にのべた唯一の文章である。しかし、「「卑俗」の勝利」とは何をさすか、「たのみますと言つて頭をさげる、その尊さ」とはどのようなことをいうのか、必ずしも明白でない。かつての同人誌仲間であるとはいえ、三浦は京大法学部出身で今や文学とは無縁の世界にある人である。その彼に「立派な生活人に「小説」よまれることぐらゐうれしいことがないのです」といっていることに留意すべきであろうか。そこにこの難解な作品を解読する鍵があるのかもしれない。

「ダス・ゲマイネ」は、佐野次郎と呼ばれる「私」と音楽学校生の馬場が上野公園で知りあって同人誌の発刊を計画し、それに馬場の友人の美術学校生佐竹と、馬場の先輩の小説家太宰が加わって、互いに自己を主張しあっているうちに、「私」が「私はいったい誰だらう」という疑念にとらわれはじめ、ある夜突然、電車にはねられて死ぬという話である。同型の分身的人物を合わせ鏡のように描き、自己愛と自己嫌悪の混交した過剰な自意識の乱舞を通して、青年のデカダンスと自己喪失を表現しようとした作品である。すでにのべたように、「逆行」や「道化の華」が候補作になった芥川賞の選評の中で、川端は「この二作は一見別人の作の如く、そこに才華も見られ、なるほど「道化の華」

の方が作者の生活や文学観を一杯に盛つてゐるが、私見によれば、作者目下の生活に厭な雲ありて、才能の素直に発せざる憾みあつた」と書いた。これに対して太宰が「川端康成へ」で強く反発したのは、作品の中に書かれた青年たちのデカダンスや自己喪失と、「作者の生活」とを混同していると感じたからであろう。だからこそ「文藝春秋」からの注文に対して、あえてふたたび青年たちの自己喪失（虚無と退廃）が生み出す「卑俗」、すなわち川端のいう「厭な雲」の内的真実を真正面からとりあげ、現代における「私」の不在ないしは喪失（佐野次郎の死に表象される）をあらためて主張するに至ったのではなかろうか。その意味で「ダス・ゲマイネ」は「道化の華」のヴァリエーションであり、川端の選評への批判をひとつのモチーフにしている。そこに「卑俗の勝利」の意味が内在されていたのである。しかし、自分の作品をいわば誤読ないしは否定した「文藝春秋」の注文を断らずに、そこにあえて作品を発表することには、ある屈辱（恥辱）も感じなければならなかったはずである。それが「『卑俗』といふものは、恥辱だと思はなければ、それで立派なもので、恥辱だと思つたら最後、収拾できないくらひ、きたなくなります」ということばにこめられているものであり、「たのみます、と言つて頭をさげる、その尊さを書きました」というのは、「立派な生活人」たる三浦だからこそわかるはずの矛盾したその心理をよりストレートにのべたものと考えられる。「『文藝通信』（文藝春秋社発行）の私の文章を読んで下さい。雑誌社といふものは、こちらが真剣に書いてゐるものでも、すぐ、見せ物のやうにします」とあるのは、「ダス・ゲマイネ」と「川端康成へ」がセットで扱われていることを語ったものであろう。ちなみに「川端康成へ」は、矢崎弾「芥川賞で擲られさうな男の告白」とともに「芥川賞後日異聞《トピック》二篇」といふ俗耳に入りやすい惹句とともに掲げられた。十年九月二十三日付神戸雄一宛書簡（はがき二枚つづき）に次のようにあるのも、同じ感想をのべたものだろう。

「川端康成へ」はあたりまへの記事だつたのが、ああいふふうにとりあつかはれたのです。「骨肉相食む」は、ぎよつとしました。けれどもあれは、そんなに神経質な作品ではありません。ミスプリントがひどいから、そのせゐぢやないでせうか。

「ダス・ゲマイネ」文藝春秋社でもああしなければ、いけなかつたのでせう。

なお、「もの思ふ葦（その一）」（昭10・12）には「ダス・ゲマイネに就いて」として、次のような文章が掲げられている。

いまより、まる二年ほどまへ、ケエベル先生の「シルレル論」を読み、否、読まされ、シルレルはその作品に於いて、人の性よりしてダス・ゲマイネ（卑俗）を駆逐し、ウール・シユタンド（本然の状態）に帰らせた。そこにこそ、まことの自由が生れた。そんな所論を見つけたわけだ。ケエベル先生は、かの、きよらなる顔をして、「私たち、なかなかにこのダス・ゲマイネといふ泥地から足を抜けないもので、――」と嘆じてゐた。私もまた、かるい溜息をもらした。「ダス・ゲマイネ」「ダス・ゲマイネ」この想念のかなしさが、私の頭の一隅にこびりついて離れなかつた。

いま日本に於いて、多少ともウール・シユタンドに近き文士《ぶんし》は、白樺派の公達《きんだち》、葛西善蔵、佐藤春夫。佐藤、葛西、両氏に於いては、自由などといふよりは、稀代のすねものとでも言つたはうが、よりよく自由といふ意味を言ひ得て妙なふうである。ダス・ゲマイネは、菊池寛である。しかも、ウール・シュタンドにせよ、ダス・ゲマイネにせよ、その優劣をいますぐここで審判するなど、もつてのほかといふべきであらう。人ありて、菊池寛氏のダス・ゲマイネのかなしさを真正面から見つめ、論ずる者なきを私はかなしく思つてゐる。さもあらばあれ、私の小説「ダス・ゲマイネ」発表数日後、つぎの如き全く差出人不明のはがきが一枚まひ込んで来たのである。

うつしみに
きみのゑがきし
をとめのゑ
うらふりしけふ
こころわびしき

よみ人しらず。

右、春の花と秋の紅葉といづれ美しきといふ題にて。

名を名乗れ！　私はこの一首のうたのために、確実に、七八日、ただ、胸を焦がさむほどにわくわくして歩きまはつてゐた。ウール・シュタンドも、ケエベル先生もあつたものでなし。所詮、私は、一箇の感傷家にすぎないのではないのか。
このように、微妙に屈折した内的事情の中で書かれ、発表された「ダス・ゲマイネ」だからこそ、その文壇の反応も気になったのであり、今日からみてそれをめぐる時評は総じて悪くなかったにもかかわらず、「地球図」前書きのような心境にもなったのであろう。そこには妄想に近い疑心暗鬼すら読みとることができる。

太宰が「ダス・ゲマイネ」発表の直後あたりから創作集『晩年』の刊行を計画しつつあったことは、十年十一月十七日付浅見淵宛書簡などからもうかがわれる。『晩年』は、昭和八年以来、太宰治の名で発表されたほとんどすべての作品を収めているが、その中で、黒木舜平の名で発表された原稿料目的の「断崖の錯覚」は別として、自信作であるはずの「ダス・ゲマイネ」だけが除かれたのはなぜか。

私見によれば、『晩年』一冊によって第三回の芥川賞を貫いたかった太宰としては、文藝春秋社(菊池寛)、川端康成、さらにいえば芥川賞選考に対する批判を含むこの作品を創作集から抜いたのであろう。この作品に対して自負をもっていたことは、のちに新選純文学叢書の一冊として第二創作集を出すに際し、「虚構の彷徨」三部作(「道化の華」「狂言の神」「虚構の春」)に加えて『虚構の彷徨 ダス・ゲマイネ』(新潮社、昭12・6)としてそれを収録していることからもわかる。作者自身のものと推定される同書巻頭の「解題」には次のようにある。

付録「ダス・ゲマイネ」は作者二十七歳、入院中の作で、「文藝春秋」十月号に掲載。特に若き時代の人々の間に大きな反響をよびおこした。作者はこの一作によせて言ふ。

むかしからの私の読者も、心あらば、いまひとたび、この一系列の作品の、順序を追うて併せ読まれよ。言はんか、怜悧、清浄の読者のみ、これら酔ひどれ調子の手記の底に、永遠の愛と悲しみを探り当て、詮なき溜息を吐き給ふ。

ここに再び録して、この書の新しき読者へ贈る

編者

三浦は戦後、宇都宮大学講師、帝京大学教授、足利銀行取締役などをつとめた。太宰とは戦後までつきあいがあったようで、二十二年十二月二十七日付で、茨城県古河町に住む三浦宛書簡（はがき）が残っているので、ここに紹介しておく。

拝復。こちらこそ、たいへん御ぶさた申して、相すみません。ただいまは、お便りをなつかしく拝誦いたしました。三鷹の陋屋にひきこもつて、文壇のつき合ひも無く、また、高校時代の友人とは、この四、五年、菅原君と逢つたばかりでした。世の中が、きびしくなつて、思ふやうに旅行も出来ず、あなたのはうで御上京のおついでの折などには、三鷹へも御立寄下さいまし。

末筆ながら、よい御越年お祈り申します。不一。

Ⅱ　『晩年』前後

7　佐藤春夫宛（一）

昭和十一年二月五日　千葉県船橋町五日市本宿一九二八より
東京市小石川区関口町二〇七　佐藤春夫宛

拝啓
一言のいつはりもすこしの誇張も申しあげません。

物質の苦しみが　かさなり　かさなり　死ぬことばかりを考へて居ります。

佐藤さん一人がたのみでございます。私は　恩を知つて居ります。私は　すぐれたる作品を書きました。これから　もつともつと　すぐれたる小説を書くことができます。私は　もう十年くらゐ生きてゐたくてなりません。私は　よい人間です。しつかりして居りますが、いままで運がわるくて、死ぬ一歩手前まで来てしまひました。芥川賞をもらへば、私は人の情に泣くでせう。さうして、どんな苦しみとも戦つて、生きて行けます。元気が出ます。お笑ひにならずに、私を助けて下さい。佐藤さんは私を助けることができます。

私をきらはないで下さい。私は　必ずお報いすることができます。

お伺《うかが》ひしたはうがよいでせうか。何日　何時に　来いと　おつしやれば、大雪でも大雨でも、飛んでまゐります。みもよもなくふるへながらお祈り申して居ります。

佐藤さま

家のない雀

治　拝

太宰治が佐藤春夫の知遇を得るのは昭和十年八月二十二日、山岸外史に伴われて、小石川区関口町の佐藤宅を訪ねたときである。文学的資質としては、ある意味で井伏鱒二よりもロマンティックで詩人肌の佐藤に、より近いものを感じていたかもしれない。初訪問直後の十年八月二十二日付書簡「家へ帰つて机にむかひ　ふと気づいてみると　私の身のまはりに　佐藤春夫のやはらかい natural な愛情がまんまんと氾濫してゐたのです」をはじめ、書簡の書きぶりも井伏鱒二に対するものとは対照的である。古いつきあいである井伏には、このように大仰な書き方は絶対にしないだろう。太宰によれば、佐藤に「ハガキ文を、内田百閒と二人、当代の名人　など」（佐藤宛書簡、昭11・5・18付）とほめられたこともあったようだ。佐藤はまた太宰に「芸術的血族」（「尊重すべき困つた代物―太宰治に就いて―」「文藝雑誌」昭11・4）を感じてもいた（→133ページ参照）。しかし、太宰の佐藤への接近は芥川賞に対する執着とも無関係ではなかった。佐藤も十年十二月二十四日付の太宰治宛書簡の中で「拝復君ガ自重ト自愛トヲ祈ル。高邁ノ精神ヲ喚起シ兄ガ天稟ノ才能ヲ完成スルハ君ガ天ト人トヨリ賦与サレタル天職ナルヲ自覚サレヨ徒ラニ夢ニ悲泣スル勿レ努メテ厳粛ナル三十枚ヲ完成サレヨ。金五百円ハヤガテ君ガモノタルベシトゾ」などといささか軽率な思わせぶりを書き、麻薬中毒で金にも困っていた太宰に、第二回芥川賞への過剰な期待を抱かせることにもなった。この書簡はのち「虚構の春」(昭11・7)に一部改変の上で引用されている。その改変部分によれば、太宰は佐藤に芥川賞をもらったら「八十円ニテ、マント新調、二百円ニテ衣服ト袴ト白足袋ト一揃ヒ」作るなどと放言していたらしい。

十一年に入って前年来の麻薬中毒の禁断症状はますますすすみ、不眠症や幻覚に悩まされるようになった。書簡7には、それが露骨に反映されている。「物質の苦しみ」とは、いうまでもなく金銭のことで、この段階になると、もはや芥川賞は文学的栄誉としてではなく、賞金の五百円が目的になっている。当時の小学校教員の初任給が五十円前後だったことを考えると、かなり大きな金額である。(今の二百万円ていどか。)前年十二月に「金五百円ハヤガテ君ガモノタルベシ」といわれていた太宰としてはここいちばん思いきって「佐藤さん一人がたのみでございます」を訴えたのである。「すぐれたる小説を書くことができ」る才能を持っているのに「いままで運がわるくて、死ぬ一歩手前まで来てしまひました。芥川賞をもらへば、私は人の情に泣くでせう。(中略)私を助けて下さい」とまでいう。しかし、太宰がすでに前年の芥川賞落選の際、川端康成の「芥川龍之介賞経緯」に対して、有名な「川端康成へ」という異例の駁論で報いたことも承知していた佐藤は、ただごとではないと感じ、ただちに自宅に来るように電報で連絡し、太宰は二月八日に小石川区関口町の佐藤宅を訪ねた。芥川賞の話を期待していたかもしれないが、佐藤の強い忠告によって、二月十日パビナール中毒の治療のため済生会芝病院に入院させられる。済生会病院からは佐藤宛に五通のはがきを送っている。完治せぬまま二月二十日に退院。同日付で船橋の自宅から「明日より　つつしみ　つつしみ深き仕事に　とりかかるつもりでございます」という一節を含む礼状を送っている。この書簡にある「つつしみ深き仕事」とは「狂言の神」（昭11・10）をさす。三月十二日、第二回芥川賞は該当作なしと決した。佐藤に「儼たる作品」を書くつもりと約束した「狂言の神」を文藝春秋社に送り、採否がはっきりしないことがわかると、五月十八日付書簡では「先生、お祭しねがひます」と暗に後押しをたのむとともに、「それにしても、お金がはひらず、今月は、生きた空もございませぬ。もし、先生、私のこの厳粛の仕事はげまして下さる意味にて、お貸し下さいましたなら、元気百倍いたします」などと借金の申し込みさえしている。六月二十日付書簡でも「狂言の神の稿料として、三十円　ほど　お貸与おねがひ申します」と書き送り、二十二日には、刊行されたばかりの第一創作集『晩年』をもって佐藤邸を訪問し、金も貸してもらったらしく、帰宅早々に書いた二十二日付の書簡（はがき二枚つづき）には「先刻のこと、生涯わすれませぬ。（中略）懐中あたたかく、奥様はじめ　皆様の　もったいなきまでのお情、すべて、生涯わすれませぬ」としたためている。のみならず「帰宅して、家人の、「大恩人御一家、」をおむかへの為の飾り、見て大笑ひ」したことにふれている。「六円のお茶」やビール、寝具なども用意してあったというのだから、佐藤も鼻白む思いをしたであろう。長いつきあいの井伏鱒二には借金申込みをした形跡がないことを考えると、知り合って一年足らずの佐藤への臆面もない甘ったれぶりがうかがえよう。佐藤に対する尊敬もさることながら、その文壇的勢力に期待していたであろうことは否めない。

「芥川候補すべて、活やくして居るのに、私、ひとりのけ者です。何故か　けんとうつきません」

（昭11・5・18付）と佐藤に訴えて、「狂言の神」は佐藤の世話で富沢有為男編集の「東陽」（巣林書房）に載ることになった。「狂言ノ神ハ東陽編集部ニテ幸ニ理解サレ好評ニテ九月十日発行の同誌《ママ》十月号ニ採用ノ事ト決定セル由同編集部ヨリ直接貴方ヘ通信アル筈ナルモ一刻モ早クト思ヒ御知ラセ申シマス」という佐藤の書簡（昭11・6・29付）が津島美知子『回想の太宰治』（前掲）に引用されている。しかし、その後太宰は「新潮」からの依頼で書きつつあった「白猿狂乱」の執筆に難渋し、七月二十七日には深夜佐藤家の郵便受けに裏表二枚のはがきを直接投入して、「狂言の神」を「東陽」から取り返し、それを「新潮」の方にまわすことについて諒解を求めた。さすがに直接あって面談する勇気はなかったのであろう。姑息かつ奇矯な行動である。「狂言の神」は新潮社に持参して、編集部の楢崎勤には「言はでものこと。――佐藤春夫先生は、この作品、太宰のもののうちでも最高一等品と、猛然たる御支持です」（昭11・7、日付不詳）と書き、あまつさえ、借金の申込みまでしている（昭11・7・31付）。当然のことながら、佐藤からは電報で呼びつけられ、きびしく叱責された上、原稿はただちに「新潮」からとりもどして「東陽」の富沢有為男に謝罪するように申しつけられた。のちに十一年八月三日付書簡*10*で詳しくみるが、新潮社の楢崎勤と「東陽」編輯同人には同文「誓言手記」（全四枚）なる詫び状を送り「ワガ邪道、傲慢、無礼」を陳謝した（↓97ページ書簡*10*参照）。

「白猿狂乱」は形をなすに至らなかったが、おそらくはその一部も生かしつつ書かれた「創生記」が「新潮」（昭11・10）に発表された。群馬県の谷川温泉で作品執筆中の八月十一日、期待していた第三回芥川賞にも落選したことを知って衝撃をうけ、急遽、作品末尾に「山上通信」なる一文を付した。

そこには佐藤から「ハナシガアルから《ママ》スグコイ」という電報があって行くと、『晩年』が芥川賞の候補にあがっているが「お前ほしいか」ときかれ、「先生、不自然の恰好でなかつたら、もらつて下さい」などというやりとりがあったことが書かれている。作品発表後の時評では中条百合子がその「封建風な徒弟気質」を「酸鼻」と表現した（「東京日日新聞」昭11・9・27）のをはじめ、小林秀雄の「静養を要する」（「報知新聞」昭10・10・1）、坂口安吾「知性の自慰」（「都新聞」昭11・10・1）など酷評が出た。佐藤春夫も「芥川賞――憤怒こそ愛の極点（太宰治）――」（「改造」昭11・11）を書いて、すべては「妄想的」であると断じ、「ハナシガアルからスグコイ」の電報も先にあげた「狂言の神」の原稿の件であったことを明らかにした。にもかかわらず佐藤の「芥川賞」に対しても批判が続出した。

　佐藤宛書簡は、昭和四十一年六月十日、十一日の「朝日新聞」（夕刊）に、奥野健男「太宰の手紙〈上〉／芥川賞事件の資料／貴重な三十余通みつかる」「太宰の手紙〈下〉／生命をかけた青年の姿に感動」として一部紹介され、奥野編『恍惚と不安　太宰治　昭和十一年』（養神書院、昭41・12）に全二十五通（二枚つづき以上のはがきは一通と数える）が発表された。太宰没後十六年目、佐藤の死の翌年のことである。佐藤宛書簡はそれまでの全集類には一通も収められていなかったのだから、これは太宰治研究史上画期的な事件といってよかった。その書簡は昭和十年八月二十一日付のものから、十一年十月十一日付までで、一部病院からの発信をのぞけば、すべて船橋町五日市本宿一九二八から出されている。これらの書簡は、芥川賞問題や麻薬中毒での入退院、そして第一創作集の出版という初期太宰治にとって激動の時代に書かれたものである。太宰書簡の中でも内容的にみて、井伏宛書簡、山岸外史宛書簡とともにもっとも重要なものだ。それが、三十年にわたって佐藤家の押入れの中にひとまとめにして保存されていたということに注目すべきであろう。

なお、津島美知子は、太宰が先にあげた昭和十年十二月二十四日付の佐藤春夫のはがき「拝復君ガ自重ト自愛トヲ祈ル」と、十一年六月二十九日付の「狂言ノ神ハ東陽編集部ニテ理解サレ好評ニテ」の二通を「護符のように大切にしていた」(前掲『回想の太宰治』)と書いている。

8　中畑慶吉宛

昭和十一年六月二十八日　千葉県船橋町五日市本宿一九二八より
青森県五所川原町旭町　中畑慶吉宛(はがき四枚つづき)

①本日別封にて、かねてお約束の、創作集お送り申しあげます。本屋から三十部しか貰へず、どうしても不足で、あんな汚いのを差しあげ、残念でなりませぬ。後日、きつと奥様あてに、きれいな本を差しあげますゆゑ、おゆるし下さい。

②来月上旬、帝国ホテル、もしくは上野精養軒にて、出版記念会する由。御案内さしあげますゆゑ、都合よろしければ、御出席下さい。えらい大家たち大ぜい出席いたします。

③りゑ様へも必ずお送り申したく、本日お送りしたのは、いはば見本にて、ちゑ奥様、はうば

うへよろしく御宣伝下さい。ほしいとお申し込み下されば、何かと都合つけて、サインして、お送りするやう取はからひいたします。

④豊田様へも、後日、きつと、お送り申します。ちゑ奥様の宣伝如何によつては、すぐにも都合つけて、きれいなサインとかなしい歌を書きそへて、一冊あらためてお送り申します。

中畑慶吉宛書簡は、全集に十六通収録されている。文壇関係者以外では異例のことである。中畑は津島家出入りの呉服商であった。津島文治回想録『清廉一徹』（非売本、昭49・5）におさめられた「評論家を志した一時期」の中で、中畑は「私は始めて津島家に出入りしたのは、㋖呉服店の一小僧として明治四十二年十五歳の年であった。この年は太宰の生れた年であった」と語っている。特に太宰治の父源右衛門夫妻にかわいがられ、津島家の縁戚である豊田太左衛門の娘との結婚の媒酌は、源右衛門がつとめたという。そのことに終生恩義を感じた中畑は、毎月のように津島家に出入りし、太宰の長兄文治の結婚の世話をしたのをはじめ、特に昭和五年十一月二十八日の鎌倉心中事件以後は文治の依頼によって、東京の世話人北芳四郎とともに太宰の面倒をみることになるのである。

右の書簡8は、第一創作集『晩年』が昭和十一年六月二十五日付で砂子屋書房から刊行された直後のもの。さまざま迷惑をかけた中畑にもとりあえずは、汚れ本ながら送ったのであろう。出版記念会は版元の山崎剛平、浅見淵の尽力で、七月十一日に帝国ホテルではなく上野精養軒で行なわれた。出席者は佐藤春夫、井伏鱒二以下三十七名で、中畑は出席していない。「りゑ様」は、叔母キヱと最初の夫友三郎との間の長女津島リエ（明治二十八年十月八日生）のこと。リエの夫季四郎は、養子で当時五所川原で津島歯科医院を開業していた。「ちゑ奥様」とは青森の豊田太左衛門の娘で、慶吉の妻。七月二十六日付中畑宛書簡では「先日は、バカ者、むりのお願ひ、お聞きとどけ下され、心で拝んで居ります。おかげ様で大盛会、私、白足袋はいて演説しました」と出版記念会の報告をしているが、太宰はのち「帰去来」（昭18・6）の中で、そのときのことを次のように書いている。

昭和十一年の初夏に、私のはじめての創作集が出版せられて、友人たちは私のためにその祝賀会を、上野の精養軒でひらいてくれた。偶然その三日前に中畑さんは東京へ出て来て、私のところへも立ち寄つてくれた。私は中畑さんに着物をねだつた。最上等の麻の着物と、縫紋の羽織と夏袴と、角帯、長襦袢、白足袋、全部そろへて下さいと願つたのだが、中畑さんも当惑の様子であつた。（中略）三日目の、その祝賀会の朝、私の注文の品が全部、或る呉服屋からとどけられた。すべて、上質のものであつた。

右の手紙はそれに対する礼状である。ただし白足袋での「演説」は麻薬がきれていたせいもあって、しどろもどろの惨澹たるものであったことは、出席者の多くの証言がある。このころの太宰はパビナール中毒が亢進し、各方面に借金や不義理を重ねていたが、佐藤春夫のことばをたよりに『晩年』によって第三回芥川賞（賞金五百円）を得て、家郷への名誉挽回と借金返済を強く願っていた。八月四日付中畑宛書簡には「「晩年」アクタガワシヨウ（五〇〇）八分ドホリ確実。ヒミツ故ソノ日マデ言ハヌヤウ」と書き、八月七日付長兄文治宛書簡*11*にも「芥川賞ほとんど確定の模様にて」などと書いている。しかし、芥川賞落選のことを知ると強い衝撃を受け、「創生記」(昭11・10)に、佐藤春夫に芥川賞受賞を依頼した事実を書き込んで批判を受けるなどの事件をひきおこした。かくして、十月十三日には、北芳四郎・中畑慶吉の依頼によって、井伏鱒二が説得して、東京武蔵野病院に入院することになったのである。

のちにもふれるように、入院中に初代が小館善四郎と過ちを犯し、太宰は昭和十二年三月二十日前後に群馬県水上村谷川温泉で、初代と心中未遂の末に離婚することになるが、その際も中畑の世話になった。昭和十二年六月十二日付中畑宛書簡には「先日ハ御足労シテ　イタダイテ　アリガタク存ジテ居リマス　イロイロ　オ世話ニナリマス　忘却イタシマセヌ」とあるのも、初代との離婚問題で中畑に面倒をかけたことを意味している。六月二十三日には「このたびは　色々とごめんだうを　おかけいたし、しんから　有難く存じ居ります」とのべるとともに、鎌滝という下宿に転じたことをつげ、「御好志に甘えることおゆるし下されば、夏のものと　兵古帯、井伏様まで　御密送、如何?」などとまたもや無心をしている。「密送」とは津島家には内密にして送るということである。

この鎌滝時代はいわゆる取巻連中が入り浸りとなり、再び荒んだ生活をするようになり、中畑は、北芳四郎とともに、月一、二回は下宿を訪ね、居候たちを追い払い、郷里の津島文治にその生活状況を報告した。十二年九月二十五日付書簡には「先日は　わざわざ　お寄り下され　恐縮して居りますまた　セルや毛布　早速御恵送、ほんとうに　感謝いたして居ります、着物の柄も、気にいつて、大よろこびなのです、おかげさまで、よい秋を迎へることができました」などと礼をのべた上で、ただ今「新潮」のために五十枚ほどの「中篇傑作」を執筆中で、「来月十日までに二十円ほど都合できましたならば、何卒おたすけ願ひあげます、これは、いまの五十枚完成して稿料もらつたらお返しできるかも知れませぬ」といっている。またも借金申込みである。「悪用するお金ではございませぬ」と書いているが、中畑には信用できなかっただろう。

話は前後するが、知人・友人の来簡を実物と仮構のものをとりまぜて構成された「虚構の春」(昭11・7)の末尾近くに、次のような書簡がある。文体からみて、作者自身のものと考えるのが妥当であるが、内容的には中畑慶吉のものとしてもおかしくないだろう。太宰は「帰去来」(昭18・6)の中で「その頃の事情を最も端的に説明してゐる一文」としてこの文章を引用し、これはもちろん「虚構の手紙」ではあるが「雰囲気に於いては、真実に近いものがある」とのべている。

「先日、(二十八日頃)お母上様のお言ひつけにより、お正月用の餅と塩引と一包、キウリ一樽お送り申しあげましたところ、御手紙に依れば、キウリ不着の趣き御手数ながら御地停車場を御調べ申し御返事願上候、以上は奥様へ御申伝へ下されたく、以下、二三言、私、明けて二十八年間、十六歳の秋より四十四歳の現在まで、津島家出入りの貧しき商人、全く無学の者に候が、御無礼せんゐつ、わきまへつつの苦言、今は延々すべきときに非ずと心得られ候まま、汗顔平伏、お耳につらきこと開陳、暫時、おゆるし被下度候、噂に依れば、このごろ又々、借銭の悪癖萌え出で、一見識なき名士などにまで、借銭の御申込、しかも犬の如き哀訴嘆願、おまけに断絶を食ひ、てんとして恥ぢず、借銭どこが悪い、お約束の如くに他日返却すれば、向うさまへも、ごめいわくなし、こちらも一命たすかる思ひ、どこがわるい、と先日も、それがために奥様へ火鉢投じて、ガラス戸二枚破損の由、話、半分としても暗涙とどむる術ございませぬ。貴族院議員、勲二等の御家柄、貴方がた文学者にとつては何も誇るべき筋みちのものに無之、古くさきものに相違なしと存じられ候が、お父上おなくなりのちの天地一人のお母上様を思ひ、私めに顔たてさせ然るべしと存じ候、『われひとり悪者として勘当除籍、家郷追放の現在、いよいよわれのみをあしざまにののしり、それがために四方八方うまく治まり居る様子、』などのお言葉、おうらめしく存じあげ候、今しばし、お名あがり家ととのうたるのちは、御兄上様御姉上様、何条もつてあしざまに申しませうや、必ずその様の曲解、御無用に被存候、先日も、山木田様へお嫁ぎの菊子姉上様より、しんからのおなげき承り、私、芝居のやうなれども、政岡の大役お引き受け申し、きらひのお方なれば、たとへ御主人筋にても、かほどの世話は、ごめんにて、私のみに非ず、菊子姉上様も、貴方のお世話のため、御嫁先の立場も困ることあるべしと存じられ候も、むりしての御奉仕ゆゑ、本日かぎりよそからの借銭は必ず必ず思ひとどまるやう、万やむを得ぬ場合は、当方へ御申越願度く。でき得る限りの御辛抱ねがひたく、このこと兄上様へ知れると小生の一大事につき、今回の所は小生一時御立替御用立申上候間、此の点お含み置かれるやう願上候、重ねて申しあげ候が、私とて、きらひのお方には、かれこれうるさく申し上げませぬ、このことお含みの上、御養生、御自愛、願上候。青森県金木町、津島会治。太宰治先生。末筆ながら、めでたき御越年、祈居候。」

中畑の行動は、津島家への古風な忠節心に発するものとはいえ、義絶している長兄文治の内意をふまえたものと考えられるが、太宰自身もそのことをなかば承知の上で中畑に無心し、甘えているふしがある。

石原美知子との再婚問題でも、中畑は北芳四郎とともに大いに尽力している。太宰は昭和十三年秋から山梨の富士をのぞむ御坂峠にこもって仕事をしながら、井伏鱒二を介して、美知子と見合いをする。太宰は婚約に先立っての甲州の風習である「酒入れ」に際して、井伏に立ちあってほしいと希望するが、井伏の方は初代の件もあるので消極的で、今後一切破婚しないという誓約を一札入れなければ立ち合わないという強い意向を示し、有名な誓約の「手記」が書かれる(↓173ページ書簡*17*参照)。

義絶状態であるとはいえ、太宰としては、結婚に際して、式への出席はともかく家郷の経済的援助がほしいところである。中畑を通じて長兄に打診してもらうが、十三年十月二十六日付中畑宛書簡には、「兄上がお取合ひなさらぬこと、兄上としては、当然と思ひあたることもございますゆゑ、このうへ、あまり　お願ひせぬはう、のちのちのためにも、かへつて　よいのではないかと思ひます」といいつつも、手紙の末尾の方では結局また、今度は搦め手から「母上へおすがり」してみてくれと次のように書く。

将来は、先方と相談して、山梨県に家を持たうとも思つてゐます。いづれにもせよ、家を借りるにしても、敷金が要るし、中畑様から内緒に母上様へ、このたびの事情　お話して下され、とにかく私の更生でございますし、また、母上へおすがりするのも、ほんたうに、これが最後と思ひますゆゑ、そつと相談してみて下さいませんか。それこそ、五十円でも百円でも、私はその範囲内で、別に恥づかしくなく、それでもつて、つつましく結婚費用として、ほんたうに有難く思ふのですけれど。

さらにこの書簡の追記をはじめ「二重まはし」を送ってくれるよう、三、四回にわたってたのんでおり、十二月十六日付中畑宛書簡によればようやくマントが届いたようである。

昭和十四年一月八日、井伏宅で簡素な結婚式が行なわれた。このときも中畑によって、新郎のために、紋服、袴、絹の縞の着物一揃いが用意され、中畑は津島家名代として、北芳四郎とともに式にのぞんだ。一月十日付の甲府市御崎町からの書簡には次のようにある。文面によればどうやら「母上」からの助勢にも成功したようである。

謹啓
中畑さん
このたびは　もう　なんと　申していいか　わかりませぬ
おかげさまでございます
ひとりでは　いくら決意を固めても　無力の者ゆゑ　あがいても　あがいても　仲々立ち上ることできませぬ
このたびは　皆様のお情にて　立派に更生の出発させていただき　以後は　私、大丈夫　しつかり　やつてゆくこと　できます

御信頼下さい
何卒　よき折　あらば　母上にも御鶴声　ねがひあげます
ほんたうに　ありがたうございました
お礼は　とても言ひつくせません
今後を　ぢつと見てゐて下さい
私は恩義わすれぬ男です
骨のある男です
からだを大事にして　立派に自身の才能　磨きあげてお目にかけます
奥様にも　何卒何卒　よろしく　お伝へ下さい
けふは　ただ感激に胸一ぱいにて　文章も　しどろもどろでございます
誠実存するところを　お汲み取り下さいまし

修治

中畑様
奥様

一月十七日付中畑宛書簡には、「祝言の夜のお言葉　身にしみて　忘れては居りませぬ」とあって、甲府市御崎町の新居からの報告に加えて石原家の家族構成について書いている。当然のことながら、中畑を通じて、生家に伝わることを想定してのことだろう。

その後の中畑が、東京の北芳四郎とともに太宰の生涯において大きな役割を果たすのは、昭和十六年八月の十年ぶりの帰郷と、翌年の妻子をともなっての帰省においてである。そのことは「故郷」(昭18・1)、「帰去来」(昭18・6)にくわしい。

中畑は、先に引いた「評論家を志した一時期」の中で、次のように語っている。

昭和十三年十二月八日(引用者注・昭和十四年一月八日の誤り)のことであった。この日私は上京入院中の文治さんを見舞った。(太宰と美知子との結婚の日)(又私にとって舅豊田大左ェ門の葬式の日であった)。中畑はこの日葬式よりも弟の修治の結婚式に上京した事、弟に対する中畑の心情に文治様は感激していたとの事、後で聞きました。修治対美知子の結婚に中畑の介在を充分に知りつゝも、知らぬ振りした義絶の裏の兄文治氏の心情察するにあまりあります。

中畑慶吉とともに、東京での世話人であった北芳四郎宛の書簡は、昭和十三年九月十九日付、御坂峠上、天下茶屋からのものが一通だけ残っている。婚約の報告と結婚式への側面的援助を期待したものである。ここにそれを録しておこう。

謹啓

ごぶさた申して居ります。十三日よりこちらに来て、仕事して居ります。山の中の一軒屋で、仕事より他には、なにもすることございませぬ。井伏様が、ここに四十日ほど居られて仕事をなされ、今夕御帰京なさいました。お嫁のこと、先方で、いろいろこちらのことをしらべ、だいたいよいよいといふことになり、本日、井伏様と御一緒に、その家へまゐり、井伏様は一足さきにおかへりになられ、私は、のこつて、二、三時間、そこの家族のおかたたち皆と、話をいたしました。私としては、異存ございませぬ。井伏様は、これからお仕事いそがしく「双方よいならば、あとはおまへひとりでやれ、」と申して居りますが、私ひとりでは、何もできませぬゆゑ、井伏様も、「あとは北様へ、いろいろの手順をお願ひしたはうがよろしからう、」と申されます。井伏様にも、ほんたうに口で言ひ切れぬほど、たくさんお世話に相成り、この上、ごめいわくおかけするのも心苦しく、何卒、北様に、あとは、おねがひ申しあげます。井伏様にも、私、あとは北様にお願ひいたしますから、と申しました。私ひとりでは、あとはどうなることやら、たいへん心細く、心配でなりません。

何卒よろしくお願ひ申しあげます。井伏様は、もうおうちに居られますゆゑ、おついでの折、お寄り下さいまして、いろいろお話いたし下されましたら、ほんたうに有難く存じられます。

私は、これから一ケ月ほどは、ここに立てこもつて仕事に精進するつもりでございます。こんどは、すべてに、一生懸命やるつもりでございますから、そのところは御安心、御信頼下さい。

まづは、取急ぎ御報告と御願ひまで。

津島修治

北芳四郎様

9 川端康成 宛

昭和十一年六月二十九日　千葉県船橋町五日市本宿一九二八より
神奈川県鎌倉浄明寺宅間ヶ谷　川端康成宛

謹啓
厳粛の御手翰に接し、わが一片の誠実、いま余分に報いられた　心地にて　鬼千匹の世の中には仏千体もおはすのだと生きて在ることの尊さ　今宵しみじみ教へられました「晩年」一冊、第二回の芥川賞くるしからず　生れてはじめての賞金　わが半年分の旅費　あはてずあせらず充分の精進　静養もはじめて可能
労作　生涯いちど　報いられてよしと　客観数学的なる正確さ　一点うたがひ申しませぬ　何卒　私に与へて下さい　一点の駈引ございませぬ
深き敬意と秘めに秘めたる血族感とが　右の懇願の言葉を発せしむる様でございます
困難の一年で　ございました
死なずに生きとほして来たことだけでも　ほめて下さい
最近やや貧窮、書きにくき手紙のみを多く　したためて居ります　よろめいて居ります　私に希望を与へて下さい　老母愚妻をいちど限り喜ばせて下さい　私に名誉を与へて下さい　「文学

界」賞　ちつとも気にかけて居りませぬ　あれは　もう二、三度　はじめから　書き　直さぬことには、いかなる賞にも　あたひしませぬ　けれども「晩年」一冊のみは　恥かしからぬものと存じます　早く、早く、私を見殺しにしないで下さい　きつとよい仕事できます

経済的に救はれたなら　私　明朗の蝶蝶。きつと　無二なる旅の　とも。微笑もてけふのこの手紙のこと　谷川の紅葉　ながめつつ　語り合ひたく　その日のみをひそかなる　たのしみにして、あと二、三ヶ月、くるしくとも生きて居ります

ちゆう心よりの　謝意と、誠実　明朗　一点やましからざる　堂々のお願ひ　すべての運をおまかせ申しあげます

（いちぶの誇張もございませぬ。すべて言ひたらぬこと　のみ。）

治　拝

川端康成様

六月二十九日

第一回の「芥川龍之介賞経緯」（「文藝春秋」昭10・9）のなかで、川端康成が太宰治の作品について「なるほど「道化の華」の方が作者の生活や文学観を一杯に盛つてゐるが、私見によれば、作者目下の生活に厭な雲ありて、才能の素直に発せざる憾みあつた」と評したことは、これまでもくりかえし言及した。

それを読んだ太宰は、ただちに「川端康成へ」(「文藝通信」昭10・10)を書いて「おたがひに下手な嘘はつかないことにしよう。私はあなたの文章を本屋の店頭で読み、たいへん不愉快であつた。(中略)事実、私は憤怒に燃えた。幾夜も寝苦しい思ひをした。/小鳥を飼ひ、舞踏を見るのがそんなに立派な生活なのか。刺す。さうも思つた。大悪党だと思つた」などと反駁したのである。

一方、川端は「太宰治氏へ芥川賞に就て」(「文藝通信」昭10・11)で、委員会では圧倒的多数で石川達三「蒼氓」に決定したことを明らかにした上で「太宰氏は委員会の模様など知らぬと云ふかもしれない。知らないならば、尚更根も葉もない妄想や邪推はせぬがよい」とたしなめ、次のようにのべた。

ただ私としては、作者自身も「道化の華」の方を「逆行」に優るとしてゐるならば、太宰治氏にすまないと思ふ。しかし、「逆行」の方がよいとした私が、太宰氏の理解者でなかつたとしても、今急には考へ改められない。「生活に厭な雲」云々も不遜な暴言であるならば、私は潔く取消し、「道化の華」は後日太宰氏の作品集の出た時にでも、読み直してみたい。その時は、私の見方も変るかもしれないが、太宰氏の自作に対する考へも、また、或ひは変つてゐるかもしれないと思はれる。

山岸外史は「悲憤する太宰治へ」(「文藝通信」昭10・11)で、「川端康成へ」は「最も正鵠を得て川端康成氏の核心を突い」ているが、めめしい「泣き言」にもなっていると指摘するとともに、川端の「作者目下の生活に厭な雲ありて」という言辞について「川端氏の言として『作者目下の生活に厭な雲ありて』といふ言ひ方が、純粋に君の作品『道化の華』だけを透視してから得た批評眼でないところが僕にも気にいらない。あの言辞は、作品以外の場所から人伝てに耳に入りそれやこれやがあゝいふひとつの言葉として出来上つてゐることを、あの言葉の味から言つて僕は疑つてゐないのだが、それを、まことしやかに書いた川端氏の迂濶さは、少なくともちよつとした瑕だと思ふね」とのべた。そして「余り、ひとを攻めなさんな。君、豪然としてこの人生を歩いてゆかうではないか」となだめている。『紋章』と『禽獣』の作家たち」(「散文」昭9・4)で、川端に認められていた山岸としては、やや歯切れの悪いものいいだが、「川端康成へ」について「あれは、君の書簡集に入る」といっているのはその二人称的文体の特質をついていて興味深い。

その他「川端康成へ」については伴野一也「読者談話室」(「文藝通信」昭10・10)が「近時にがにがしき記事」と評し、十返一「脆弱新進作家論」(「三田文学」昭11・1)は「つれない男に、拗ねて甘へる女のやうな泣言」と断じている。一方、「刺す」とまでいった太宰の方も、「もの思ふ葦(その二)」(昭11・1)の「敵」の章では「丹羽文雄、川端康成、市村羽左衛門、そのほか。私には、かぜ一つひいてさへ気にかかる」と書いた。

「川端康成へ」から一年もたたぬうちに書かれたのが、六月二十九日付の書簡9である。六月二十五日に砂子屋書房から刊行された創作集『晩年』を寄贈し、それに対する川端からの礼状に対し、折返し投函されたものである。川端没後の昭和五十三年六月に開かれた「没後三十年太宰治展」(日本近代文学館)ではじめて公開された。生前の川端が、この書簡を篋底深く保存していた理由はあらためていうまでもあるまい。川端書簡の方はのこされていないが、太宰にとってその内容が悪い感触のものではなかったろうことは、「わが一片の誠実、いま余分に報いられた　心地にて　鬼千匹の世の中には仏千体もおはすのだ」という書き出しからも容易にうかがえる。「『晩年』一冊、第二回の芥川賞くるしからず」（引用者注・「第二回」は「第三回」の誤記）とは厚顔もいいところだが、それも賞金の方が目当てだった。この年二月に済生会病院を退院してからの太宰は、各方面におびただしい借金申込みの書簡を出している。「深き敬意と秘めに秘めたる血族感」ということばに嘘はないかもしれないが、底意は露骨に見えている。「いちぶの誇張もございませぬ」とあるが、それにしても「早く、私を見殺しにしないで下さい」「経済的に救はれたなら　私　明朗の蝶蝶」などという表現に「誇張」を感じないものはいないだろう。「『文学界』賞　ちつとも気にかけて居りませぬ　あれはもう二、三度　はじめから　書き　直さぬことには、いかなる賞にも　あたひしませぬ」とあるのは、「虚構の春」（「文学界」昭11・7）のことをさしているだろう。川端が「虚構の春」について、この年創設された「文学界」賞（賞金百円）の可能性を示唆したのではなかろうか。それより、太宰にとっては『晩年』による芥川賞の五百円の方が目当てだった。しかし、この時点で、たぶん芥川賞の可能性はもうなかったはずである。というのも川端の「芥川賞予選記」（「文学界」昭11・9）によれば「河童忌に第一回の委員会があり（私は欠席したが）前回候補に上がつた作家（予選通過として発表された人）及び投票二票以下の作家は、今回の候補から除くといふことがきまつた」からである。

「作者目下の生活に厭な雲ありて」云々はともかくとして、川端はさすがに終始冷静かつ誠実であったといえよう。後年、川端は「小説と批評――文芸時評――」（「文藝春秋」昭14・5）の中で、太宰治の「女生徒」と「懶惰の歌留多」を好意的にとりあげて評価し、次のようにのべている。

「女生徒」も「懶惰の歌留多」も、いはば一種の青春の書なのである。この青春は近代的自意識にむしばまれて、畸形の発育の渋面をつくり、世紀末的な頽廃とか虚無とか罵るのはやさしいであらう。太宰氏が先きの処女作集に「晩年」と題したなども、そこらにかういふ心の象徴があるのかもしれぬ。「月下の老婆が、『人になりたや。』酔ひもせず。」と、太宰氏は私にくれた「晩年」の扉に書いてゐる。早熟の才質の疲労の影が見える。しかし、今日の新進作家の最大の欠陥と、私が思ふところは、実は青春の書が稀なことなのである。（中略）

太宰氏の青春は、「女生徒」に、女性的なるものとして歌はれた。そこにこの作者としては珍らしく多くの人にも通じる、素直な美しさを見せた。文学のなかの女性的なるものについては、前にどこかにも書いたことがあるけれども、作家の心の一つの泉であるやうである。（中略）さうして、女生徒を借りて、作者自身の女性的なるもののすぐれてゐることを現した、典型的な作品である。この女生徒は可憐で、甚だ魅力がある。少しは高貴でもあるだらう。女の精神的なものについて、大凡失望することの多い私は、この「女生徒」程の心の娘も現実的にはなかなか見つからないのを知るのである。これは太宰氏の青春の虚構であり、女性への憧憬である。「さうして白状すれば、みんな私のフイクションである。フイクションの動機は、それは作者の愛情である」（懶惰の歌留多）さうして作者自身の心の図に外ならぬのである。

まさにこれこそ「血族」のことばであり、太宰としてはもって瞑すべきであろう。

それにしても、川端がこの書簡一通を特に保存しておいたことは、興味深い。さらにいえばそれぞれ理由があるにしても多くの知友たちが、これらの大仰で「誇張」にみちた手紙をも含めてよく保存しておいたものである。それはやはり彼の書簡のもつ不思議な魅力でもあろう。それにひきかえ、これらの書簡の返信のようなものが、太宰の手もとにのこされることはほとんどなかった。津島美知子は「受けとった書簡は、例外はあるが保管しなかった」（前掲『回想の太宰治』）とのべている。

10 檜崎 勤宛

昭和十一年八月三日　千葉県船橋町五日市本宿一九二八より
東京市牛込区矢来町　新潮社「新潮」編輯部　檜崎勤宛

誓言手記

（八枚全）

拙稿、創作「狂言ノ神」ハ、ハジメ「東陽」ナル美術雑誌ヘ、御採用、懇願イタシ、「東陽」編輯同人諸兄ノ高キ御理解ト深キ御海容ニ依リ、ワガ願ヒ御了承、同誌十月号掲載決定、ワレモ喜ビ、待テバ、海路ノ日和ナド、ト、内心ノヨロコビ、オ伝ヘ申シ、一日一日、発行ノトキヲ、待チワビテキマシタ。

シカルニ、好事魔、赤貧、迂愚ノ者ノ背後ニ立チ、一策囁キ、夜半、病床ヲ捨テ、アタフタ、上京、「狂言ノ神」一片ノ名刺ト交換ニテ、持チ去リ、カネテ、七月末日マデ、三十枚トノ条件ニテ、カタキ、約束、交セシ、文芸雑誌「新潮」ヘ持チ込ンデシマツタ。

盗人ナラヌ三分ノ理、七月末日マデ、家郷ノ兄ヨメアテ、五十円、返送スレバ、二百円マタ、アラタメテ、拝借可能ノ黙契有之、ワレ、日頃ノ安逸、五、六ノ友人、先輩、師ヨリ、少カラザル、借銭アリ、読書、思索、執筆、モシクハ、一家談笑ノ、ユトリ、失ヒ、古キ、知己、一人去リ、二人去リ、針ノ山、火ノ川、血ノ池、サカサニ吊リサゲラレテ居ル思ヒニテ、寝タ間モ地獄、五十円、ノドカラ手ノ出ルホドニ、枯渇、アサマシナド、忘却、狂乱ノ二十八歳、イマハ掌カヘシ、コレ以上ハ言フニ、シノビザル、我儘、「新潮」編輯長楢崎勤氏ヘ、窮状イツハラズ、披瀝、懇願ノ折、フト、ワガ邪道、傲慢、無礼ニ気ヅキ、カクノ如キ振舞ヒ、二、三ニ及ベバ、ワレ、九天直下、一夜ニシテ、ルンペン、見事ニ社会的破産者、タラム、コト、火ヲ指サスヨリモ的確、今カラデモオソクナイ、ワガ非、誰ヨリモ深ク悔イ、誰ヨリモ酷烈ニ鞭ウチ、先夜ノ罪、一生カカツテモ、ツグナヒ申シマス。

一策アラズ、一計アラズ、スベテハ、ワガ咄吃ノ言葉ノママ、胸中オワビノ、朽葉デ、一パイデアリマス。

今朝、快晴、全クノ白紙ニカヘリ、秘メタル愛憎アルナシ、不文ノママ、底知レヌホドニモ深キ、オワビ、ノミ。

コノ罪ノツグナヒノタメニハ、私イノチニモ恋着ゴザイマセヌ。芸ナキ山猿ノ誠実コメタル誓言、笑ハズ、オ聞キ納メ下サイ。

太宰　治（印）

昭和十一年八月三日

楢崎　勤様

同文ノモノ二通作製、一通ハ楢崎様、一通ハ「東陽」編輯同人諸氏へ。尚、「新潮」へハ「白猿ノ狂乱」トイフ三十枚見当ノ創作九月号ヘト思ツテ、精進、鞭ウツテキタノデスガ、シバシバ発熱執筆禁ジラレ七月二十八日午後八時ニ至ツテモ八枚、トウテイ完成ノ見コミナキコトヲ知リ同夜ペンヲ投ジ、湯タンポ腹ヘアテタママ唯一ノ食料クズ湯ノ粉一袋持参、サウシテ罪ヲ犯シマシタ。日夜、書キツヅケテ居リマス。「白猿ノ狂乱」三十枚。八月中旬マデニハオ送リデキマスユヱ、御一読ノ上、正当ノ御配慮オ願ヒ申シアゲマス。コンドコソナンニモ我儘申シマセヌ。オ金モイツデモ又ヨロシウゴザイマス。

楢崎は明治三十四年生まれ。新潮社の編集者。作家としても新興芸術派倶楽部の一員として新興芸術派叢書『神聖な裸婦』（昭5・4）『相川マユミといふ女』（昭和5・10ともに新潮社）などモダンな都市風俗の背後に生きる人間の悲哀を書いた作品がある。晩年には『作家の舞台裏〈一編集者のみた昭

和文壇史〉』（読売新聞社、昭45・11）なども書いている。

太宰が「新潮」にはじめて作品を発表したのは「地球図」で、ついで「めくら草紙」を掲載した。

昭和十一年七月十一日『晩年』の出版記念会をおえてから、「新潮」七月末〆切のために「白猿狂乱」と題する小説の執筆につとめたが、ついに断念、先に佐藤春夫の推薦で雑誌「東陽」に掲載されることになっていた「狂言の神」の原稿をとりもどし、それを「新潮」に届けた。いわゆる原稿転売事件である。八月一日、このことで、太宰は佐藤春夫に電報で呼びつけられ、きびしい叱責を受け、「東陽」編集部の富沢有為男にも散々非難されたことは、すでにのべた。

「狂言の神」を「新潮」に届けた直後の昭和十一年七月某日（日付不詳）楢崎宛書簡には「草稿のままにて、浄書のいとまなく、汚れてごめん下さい。けれども他雑誌へ発表されたものでもなく、絶対に無垢ゆゑ、大笑、御休心下さいまし」と無用の釈明までした上で、「佐藤春夫先生は、この作品、太宰のもののうちでも最高一等品と、猛然たる御支持です」とこれも「言はでものこと」を付記している。

あまつさえ、小川町郵便局からの七月三十一日付楢崎宛書簡（はがき二枚つづき、速達）ではこの原稿料の前借り六十円まで申込んでいるのだ。「今月末までに、くにの兄貴へ五十円（出版記念会に着て出る夏の袴と着物こしらへました）かへせば（デンポウがはせにて）けふ中に、むかうから、また二百円借りることできるのです」という不思議な理由までつけて。さらに同日、今度は駿河台郵便局へ移動し、そこから「五十円デモカマハヌノデスケレド、井伏サンノ「肩車」ト佐藤サンノ「掬水譚」買ツテ、オ二人ニ各々長兄ノ名前カイテイタダキ　オ送リスル約束シタモノデスカラ」と書き送っている。同じ日のうちに、借金の口実が変わっているのも、その理由が虚偽であることを露呈してしまっている。その翌日には、「狂言の神」持ち去りのことが露見し、「ハナシガアルからスグコイ」という電報で佐藤春夫に呼び出され、きびしい訓戒を与えられたこともすでにのべたとおりである。

右のような経緯をへて、あらためて「新潮」編集部楢崎宛に出したのが書簡*10*の「誓言手記」である。佐藤の指示によるものか、「新潮」あるいは「東陽」編集部が求めたものか、また自らすすんで執筆したものかは不明。「誓言手記」というかたちで釈明することを思いついたのは、太宰自身ではなかろうか。「七月末日マデ、家郷ノ兄ヨメアテ、五十円、返送スレバ、二百円マタ、アラタメテ、拝借可能ノ黙契有之」というのは、「兄貴」と「兄ヨメ」のちがいはあるが、同趣意のことが、七月三十一日付楢崎宛書簡にもあった。「コレ以上ハ言フニ、シノビザル、我儘、「新潮」編輯長楢崎氏へ、窮状イツハラズ、披瀝、懇願ノ折、フト、ワガ邪道、傲慢、無礼ニ気ヅキ、カクノ如キ振舞ヒ、二、三ニ及ベバ、ワレ、九天直下、一夜ニシテ、ルンペン、見事ニ社会的破産者、タラム、コト、火ヲ指サスヨリモ的確、今カラデモオソクナイ、ワガ非、誰ヨリモ深ク悔イ、誰ヨリモ酷烈ニ鞭ウチ、先夜ノ罪、一生カカツテモ、ツグナヒ申シマス」という文面からは、「フト」自らの「非」に気づいたかのごとくとれるが、これが佐藤の叱責をうけて、あわてて弁明につとめたものであることは、これまでみたところでも明白であろう。すでに「社会的破産者」といわれてもしかたのない所業であるが、この「誓言手記」が見方によっては不謹慎でさえあるほどに、一種独得の名文であるのも皮肉である。

八月四日付檜崎宛書簡は次のようにある。

昨日失礼申しました。

以下、一点イツハリございませぬ。

佐藤春夫先生へ、私、「私は檜崎氏を得がたき知己と信じてゐますゆゑ、このたびの拙稿おかへしのことも、他の編輯者と事情異り、何十倍となく苦しく存じましたが、檜崎さんは、微笑薫風の裡に理解され、一作家の将来の歴史的地位を信じ、責任作家のうちにあり、と、たいへん有難く存じました。」先生もよろこばれ、「その尊い知己言のためにも、失敗つぐなひ、佳品、お送り申さねばならぬ、」と、ごきげんよかつた。中旬までに、必ず佳品を持参申します。

「東陽」十月号に載る筈、決定。お金は何も、もらひませぬ、今日、これから奔走。

「一作家の将来の歴史的地位」とはまた大きく出たものだが、一難去ってまた一難。あらためて約束どおり、「新潮」のために「白猿狂乱」を八月中旬まで書くべく、八月七日から、群馬県水上村谷川温泉の川久保屋にこもって、療養と執筆につとめた。その過程で、「白猿狂乱」は、しだいに「創生記」に変容していったようだ。八月三日、太宰は佐藤宅で、佐藤春夫から、『晩年』が、第三回芥川賞の有力候補になっていることを暗示されていたらしいが、八月十日、落選したことを谷川温泉できいた。その衝撃は、急遽「創生記」の末尾の「山上通信／太宰治」というかたちで追記された。その一文には「八月十一日」の日付と「尚この四枚の拙稿、朝日新聞記者、杉山平助氏へ、正当の御配慮、おねがひ申します」という付記があって、朝日新聞への掲載原稿の形をとっている。この「山上通信」は「けさ、新聞にて、マラソン優勝と、芥川賞と、二つの記事、読んで、涙が出ました」と書き出されており、八月十日に第三回芥川賞が鶴田知也「コシャマイン記」と小田嶽夫「城外」に決定したという新聞記事をみて、直ちに書かれたものであることがわかる。その二段落目に次のような一節がある。

先日、佐藤先生よりハナシガアルからスグコイといふ電報がございましたので、お伺ひ申しますと、お前の「晩年」といふ短篇集をみんな芥川賞に推してゐて、私は照れくさく小田君など長い辛棒の精進に報いるのも悪くないと思つたので、一応おことわりして置いたが、お前ほしいか、といふお話であつた。私は、五、六分、考へてから、返事した。話に出たのなら、先生、不自然の恰好でなかつたら、もらつて下さい。

この電報とは、実際は先にのべた「狂言の神」原稿転売事件で八月一日に佐藤から呼び出されたことをさしている。「山上通信」はその事件にはふれていないが、電報の直後の八月三日に佐藤宅で富沢有為男もまじえて話し合い、あらためて「東陽」に原稿をのせてもらうことが決まった。その際に佐藤から芥川賞の候補になっていることを知らされたということはあったのだろう。「お気になさらず、もらつて下さい、とお願ひして、先生も、よし、それでは、不自然でなかつたら言つてみます、ほかの多数の人からずいぶん強く推されて居るのだから、不自然でもなからう、との御言葉いただき、帰途、感慨、胸にあふれるものがございました」というようなやりとりがあったこともあながち嘘ではあるまい。太宰としては今や芥川賞の名誉以上に五百円の賞金の方がほしかったはずだ。「山上通信」に「今から、また、また、二十人に余るご迷惑おかけして居る恩人たちへのお詫びのお手紙、一方、あらたに借金たのむ誠実吐露の長文、もういやだ。勝手にしろ。誰でもよい、ここにお金を送つて下さい、私は肺病をなほしたいのだ」とあるように、事実、この時期の太宰の手紙の大半は借金申込み書簡の観を呈している。淀野隆三「太宰治君の自家用本『晩年』のこと」(「文学雑誌」昭24・1)によれば、自家用本『晩年』に貼られた「借銭一覧表」なるものには、津村信夫 二一円、鳴海和夫 三〇、菊谷栄 五〇、小山祐士 五〇、林房雄 五〇、菅原敏夫 二〇、菅原英夫 一〇、上田重彦 二〇、田村文雄 三〇、佐藤春夫 三〇、大鹿卓 一〇、砂子屋書房 三五、中村地平 一〇、吉沢祐 二〇、淀野隆三 二〇、河上徹太郎 二〇、伊馬鵜平 五、芳賀檀 二〇、Ｔｏｔａｌ四五一円とあるという。

とにかく八月中旬には「創生記」を「新潮」編集部に送稿し、下山した。その後、友人たちの間に、「創生記」の内容が伝わり、当然のことながら、井伏も、佐藤に迷惑がかかることを強く危惧した。そこで、太宰はあわてて楢崎宛に「創生記」末尾に付加する原稿二枚を送った。八月某日(日付不詳)書簡に「楢崎様/いろいろと、苦しき都合、起りました。別封の二枚、十月号創作「創生記」末尾に(一行アケテ)付加して下さい。万難廃して付加して下さい。懸命にたのみます」と書かれている。現行の「創生記」末尾に一行あけて、次のようにあるのがその「付加」部分である。

幾日か経つて、杉山平助氏が、まへの日ちらと読んだ「山上通信」の文章を、うろ覚えのままに、東京のみんなに教へて、中村地平君はじめ、井伏さんのお耳まで汚し、一門、たいへん御心配にて、太宰のその一文にて、もしや、佐藤先生お困りのことあるまいかと、みなみな打ち寄りて相談、とにかく太宰を呼べ、と話まとまつて散会、――のち、――荻窪の夜、二年ぶりにて井伏さんのお宅、お庭には、むかしのままに夏草しげり、書斎の縁側にて象棋さしながらの会話。

「若しや、先生へご迷惑かかつたら、君、ねえ、――。」（後略）

もとより、そのような姑息な手段で糊塗できるはずもなく、各方面からきびしい批判が出た。その直後の十月十三日、東京武蔵野病院に入院となるのは、すでにみて来たとおりである。佐藤春夫も「芥川賞――憤怒こそ愛の極点（太宰治）」（「改造」昭11・11）を書いて、すべては太宰の「妄想」と断じた。この文章を太宰は、入院中に読んだものと推定される。

現存する最後の楢崎宛書簡は、昭和十二年十二月二十一日付のものである。「新潮」のために書いた「サタンの愛」二十五枚が、風俗上の理由で検閲にひっかかったとして、ゲラ刷りのまま返されて来たことに対する返信である。「あの原稿は、私、永く保存して置くつもりでございます。（中略）「サタンの愛」を組置のままにして、来年正月十日までに、二十五枚の全然別箇の短篇完成させ御送り申しますゆゑ、それと変更させて下さい。稿料を今年中に都合できないでございませうか」と稿料前借りを申し込んでいる。同日付尾崎一雄（砂子屋書房）宛書簡にも「新潮の新年号に小説二十五枚書いて、それでもつて、この暮を渡り越さうと思つてゐたところ、校了になつてから急に風俗上こまる　といふことになり、だめになつて了ひました。一時は、図方《とはう》に暮れました。私の、わりに好きな作品だつたのです」といっている。この作品はのち改稿されて「秋風記」として『愛と美について』（昭14・5）に収められた。

楢崎は、太宰治について「わが昭和文壇史（承前）——新潮編集二十年の記——」（「東北文学」昭24・3）の中で、次のように回想している。

井伏氏の「十年前頃」に出てゐる太宰氏と私は、その前年ごろから知りあひであつた。太宰氏は日に二度も三度も、速達で長い手紙を寄越した。「貴台の大恩、厚恩は生涯、肝に銘じて忘れぬ」といふやうなことから、「校正は絶対にまちがへぬやうに」とか、「稿料はいくらか」とか、「今度は大傑作を書くから」とか、「送つた作品は貴台を恥かしめぬ立派な作品」とか、いろいろであつた。しかし、私は、その速達にいちいち、返事をするわけにはいかなかつた。

さうした、ある日、太宰氏は新潮社に私を訪ねて来たことがあつた。アイス・クリームを二十箇も詰めた、ドライ・アイスの入つたボール箱をひらき、

「食べて下さい」と云ふのであつた。

「これだけのものを、一体……」と、私が驚いてゐると、太宰氏は黙つたまゝ、アイス・クリームをたべ始めるのであつた。たてつづけに五つ六つ食べたが、さすがに、舌の感覚が麻痺したのか止めた。そして、呆気にとられてゐる私に「食べて下さい。何うして食べないのですか。」とすゝめるのであつた。

その後、アイス・クリームをたべる度びに、太宰氏のその日の、その時の風貌が、まざまざとみえて来てならないのである。太宰氏には、定期的のやうに小説を依頼した。すると、「楢崎さんは、大恩人ゆゑ、かならず書きます」といふ返事が来るのであつた。太宰氏は、神経のこまか

い、ときにひどく常識的な人であつた。

楢崎はまた「いやな世の中でしたでせう」（「文藝時代」昭24・7）という文章の中で、太宰治の死をあつかうジャーナリズムの「あさましい狂態」を批判しつつ、「新潮」編集者時代、太宰の作品が久保田万太郎や室生犀星などの推薦で、毎年のように「新潮賞」の候補にあがったとのべている。「私は、久保田氏にみとめられた、太宰氏をうらやましく思つた」と書いている。楢崎勤は、戦前の太宰治をもっとも高く評価し、支持しつづけた編集者であったといえよう。

11 津島文治 宛

昭和十一年八月七日　千葉県船橋町五日市本宿一九二八より
青森県金木町　津島文治宛

微笑誠心（宛名の横に）

修治

謹啓

喜んでいただけると信じてゐた不文、すべて御不快のもと　きつと　お金持ち（一例あぐれば、河上徹太郎氏）の知人　おしらせの拙文など御不快の頂点と存じます。

卑下もせず驕りもせず一図に正確、期して、一寸五分のものは、一寸五分、わがアリノママお知らせしようと企て、わが、人いたらず御不快かつてしまひました。

胸中、おわびの朽葉で一ぱいでございます。

佐藤先生、井伏先生、ともに「きみの兄さん、きみをはげます為にしばらくのお苦しみしのんで厳格にして居られるのだから、よろしく発ぷん勉強せよ」と言はれ、私も深くうなづき、努力ちかひました。

ときどき肉体、わるいちようかう見えて、心細く眠られぬ夜のみつづきます。

このたび一日早ければ、いのち百日のびる事情ございました。

昨日けいさつ沙汰になりかけ、急ぎ質屋呼び百五十円つくり、当分これでよいのです。タンスからになりましたがことしのうちに全部とり返す自信ございます。

八月十日前後（十二日朝）に五十円姉上様へお送り申しあげ、八月末日に又のこりお送り申します。子供のママゴトみたいで姉上様きつと微苦笑なさるでせう。でも男の約束ゆゑ、お叱りなさらず、おあづかり願ひます。

芥川賞ほとんど確定の模様にて、おそくとも九月上旬に公表のことと存じます。

そのほかお知らせの事実すべていつはりございませぬ。お約束の「菊水譚《ママ》」と「肩車」は、小館善四郎君へ持たせてやりました、四、五日中に御入手のことと存じます。

私わるいのは十指ゆびさすところ十目見るところ確実にて、けふまで生きて在ることの不思議、（昨年三月の自殺については、近々、一字いつはらず発表できます。狂言などの、人の誠実わからぬ不幸の人きつと赤面いたしませう）これから私、感謝のため平和のためにのみ書きます。

この世に悪人ございませぬ。

復讐、戦闘など、芸術を荒《すさ》ませるばかり、私、まちがつてゐました。この二十日間、流石に苦しく死ぬこと考へましたが、死ねばお金かへせず（お金できるとなら、死んでゐたかも知れません）一日一日生きのびました。これから皆様へ、御恩報じ、決して死にませぬ。

苦しさも、過ぎたら、一時、立派の仕事いたします。

他に兄上をよろこばし得る吉報ございますが、まへぶれ致さず、突然お目にかけます。

私、ちつともひがんで居りませぬ。

兄上様は、私が十歩すすみ、少しえらくなったつもりで汗拭うてゐると、兄上は、すでにすでに、私のまへ、五十歩まへと黙々あるいて居られます。

（お世辞に非ず）

英治兄上は三十歩まへを、黙々誇らず歩いて居ります。圭治兄上、二十八歳でなくなられ、いまの私と同じとしなのに、やはり私より、五つも六つも、老けて大人《おとな》の感じで、何歳になつてもかうだらうと思つてゐます。兄にはかなひません。

自己弁解申しませぬ。友人の歌一首。

この路を泣きつつ我の行きしこと

わが忘れなば誰か知るらむ

拙著「晩年」の中に、五、六ケ所、浅い解釈、汚いひがみがきつとございますでせう。私「めくら草紙」を除き、他は皆、二十五歳以前の作品でございます。以後三年、（三十年もの思ひ、ございました）心鏡澄み、いまの作品と全然ちがひます。御海容下さい。

十日間くるしうございましたが、愚妻などにとつては、やりくり、得がたき修練になつたと内心、女房いい気味、などと、楽天居士たる私、今はのんきにして居ります。

時が来れば判ることと確信ゆるぎませぬ。

毎月九十円のお仕送り、どんなに大きい御負《ふ》たんか、最近やつと判り、自責、恥かし、尻に火のついた思ひでございます。乱筆笑許して下さい。

文治と修治——どこか哀しい兄弟である。この書簡も、実の兄へのものとしては、やはり異様な印象を否めない。文治は明治三十一年一月二十日、津島源右衛門・夕子の三男として生まれた。長男・次男が早世したので、早くから長男として扱われ、やがて大地主津島家の家督をついだ。かつて、「陸奥の友」に小説を発表したこともあり、文芸・演劇への関心もあったが、大学卒業後は、町長・県会議員をへて、衆議院議員・県知事・参議院議員と、保守系の政治家として「清廉一徹」の生涯を貫いた。六男（実質的には四男）の修治は、この謹厳な長兄を父代りとし、その扶助のもとに成長した。高校時代からの太宰の左傾は、保守党の政治家である文治を悩ませるようになるが、とりわけ、分家除籍を条件に認めた小山初代との結婚も間近の、昭和五年十一月二十八日の鎌倉の海岸での心中未遂

事件は、郷里の新聞にも「津島県議の令弟修治氏鎌倉で心中を図る」という見出しで、しかも写真入りで報じられ、文治を困惑させることになる。昭和五年十一月九日、分家除籍の仮証文としての「覚書」につづいて、六年に入ると、文治はさらに修治との間に、「覚」をとりかわし、弟に一定の生活費を送り続けることを約束する(↓17ページ参照)。

文治宛書簡は、二通残されているが、この書簡11を書いた時期の太宰は、二十人近い人々に四百五十円ほどの借金を重ねており、昭和十一年の手紙は、借金申込み書簡集の観さえある。

この書簡11に先だって、文治との間に何回かの書簡の往復があったらしく、全集には『晩年』出版記念会当日の十一年七月十一日付「船橋郵便局にて」とあるはがきが収められている。

拝啓

只今別封ニテ、サマザマ、クリスマスエヴ、ノ如ク、オモチヤドツサリノ袋、オ送リ申シマシタ、二百円、友人、先輩、スベテ、カヘサズトモヨシト言ウテ、クレマスケレド、ツクヅク、私ノ将来モ考へ、早く返却申シタク、兄上様、貸シテ下サイ。七月末ニ、五十円。八月末日、百円。九月末ニ百五十円。シツカリ精進、キツト汚名ヲソソギマス。

右書簡に先立つ七月八日付佐藤春夫宛書簡にも「フルサトノ長兄ト　日　一日　ナカヨクナリ、私、短気オコシテ　怒ラヌカギリ、キツト　オ金持ニナレルノデス」と書いているように、文治の機嫌をよくさせて金を引き出そうとする魂胆がすけてみえる。

八月七日付文治宛書簡11の冒頭に「喜んでいただけると信じてゐた不文、すべて御不快のもと」とあるところをみると、七月中旬以降も手紙のやりとりがあり、文治からは叱責の返信もあったことが推定される。「お金持ち（一例あぐれば、河上徹太郎氏）の知人　お知らせの拙文」云々は何をさすか不明。「けいさつ沙汰」の真相も不明だが、借金にかかわるトラブルだろう。あるいは単なる脅しかもしれない。「八月十日前後（十二日朝）に五十円姉上様へ」とあるのは、四姉小館きやうにも借金があったのだろうか。「芥川賞ほとんど確定の模様」とは、『晩年』による第三回芥川賞受賞は、佐藤春夫からその可能性を示唆されていたことによるのだろう。それにしても「ほとんど確定の模様」とはいいすぎである。

尊敬する佐藤春夫の歴史小説集『掬水譚』（大東出版社、昭11・1）と井伏鱒二の随筆集『肩車』（野田書房、昭11・4）をそれぞれ長兄宛の署名入りにして届けたのも、底意が感じられる。「昨年三月の自殺については、近々、一字いつはらず発表できます」とあるのは、十年三月十六日の鎌倉鶴岡八幡宮裏山での自殺未遂について「狂言」の風評もあったので「狂言の神」（「東陽」昭11・10）で真相を釈明するという意味である。「他に兄上をよろこばしむる吉報」とは、芥川賞のことでなければ何だろうか。友人の歌一首として引かれた「この路を泣きつつ我の行きしこと」は「日本浪曼派」同人田中克己の歌。この歌は「悶悶日記」（昭11・6）にも引用されている。「毎月九十円のお仕送り」への感謝も、今更めいた感じがしなくもない。

長兄はじめ、次兄英治、二十八歳で亡くなつた三兄圭治にふれた部分は、さすがに肉親の情がにじみ出ている。なお『晩年』の内容について、ほとんど三年以前の旧作であると、あらかじめ「自己弁解」しているのも注意される。この書簡はながく、文治によって保存され、昭和四十年五月の文学碑建設に際して金木町に寄贈され、冊子『太宰治碑建立記念』（金木町役場内・太宰治碑建立委員会）にはじめて公開された。

弟修治について語ることを好まなかった生前の文治だが、昭和四十八年六月の「月刊噂」（噂発行所）の特集「〝保護者〟が語る太宰治」で「肉親が楽しめなかった弟の小説」と題してはじめて太宰治について語った。その中で、文治は「私自身は、修治の小説をほとんど読んでいません。読んだのは『津軽』と『右大臣実朝』くらいです。いくら何でも『右大臣実朝』には家のことや私のことが出てこないだろうと思って読んだんですが、やっぱり出てきたので閉口した記憶があります」などと語っている。文治は実朝や公暁、そして北条一族との葛藤の描き方に、津島家や文治と修治の関係なども読みとっていたのだろうか。それは必ずしも肉親ゆえの深読みばかりではなかったようだ。津島美知子は「右大臣実朝」を書いているころの太宰を回想して「実朝の年譜から、実朝が自分と同じく母の妹に育てられたこと、頼朝が父源右衛門と同じ五十二歳で薨じたことを知って、暗示にかかり易い太宰は、宿命的なものを感じ、実朝が乗りうつったかのようになって、つっ立ったまま、（中略）実朝の和歌を口誦さんでいる姿は無気味であった」（前掲『回想の太宰治』）と書いている。

なお文治は、井伏鱒二と同年の明治三十一年生まれ。井伏とは同じ時期に、早稲田大学政治経済学科に在学していた。井伏は「回想記」（前掲『清廉一徹』所収）の中で、次のように語っている。

　文治さんは洗練された律気な人だつたと思ひます。

あの人と私が初めて会談したのは、太宰治君が武蔵野病院を退院する前日でした。今、新日本文学全集の年譜を見ると、太宰君が、退院したのは昭和十一年十一月十二日と記されてゐます。ですから三十七年前のことになるわけです。

そのとき文治さんは「舎弟の無軌道ぶりには困ります」と云つて、かなりくたぶれたやうな様子でした。私はどう執りなしていいかわかりませんでしたが、文治さんの顔をつくづく見て、「この人の顔は、学生時代に毎日のやうに見たものだ」と気づきました。早稲田に行つてゐた頃のことですが、文学部の私たちのクラスの本教室は、裏門のわきの第二十四番教室でした。その隣が商学部の学生の本教室でした。休憩時間になると、文学部と商学部の学生が、廊下をどやどや出て行きます。なかには廊下で立話をしてゐる者もありますが、私はこの廊下で商学部の印象深い顔つきの一人の学生をよく見かけました。端正な顔つきです。コバルト色の明るい感じの制服を着てゐました。（中略）往年のこの学生が津軽の津島文治さんであつたことがわかりました。

文治が「商学部」の学生であったというのは井伏の記憶ちがいであろう。この「コバルト色の制服」を仕立てたのは、のち太宰の東京での世話人となる北芳四郎である。また井伏は「その翌日、私は武蔵野病院へ行き、畳敷の病室で太宰君と文治さんの対面するところに立ち合ひました。この兄弟は事情あつて果無い関係になつてゐましたが、何年ぶりかで顔を合せたので、太宰君は亡父に巡りあつたやうな気がしたと云つて涙をこぼしました。さつと泣き、さつと泣き止みました」とも書いている。このとき（十一月十一日）、文治と太宰との間で、月九十円ずつの生活費を送ること、しかも、それを三回にわけて、井伏を通して渡すことが約束されたのである。井伏と文治との間には早稲田同窓であることもあって、親和と信頼の関係が生まれ、一方太宰にとって井伏は、東京における長兄代理のような存在になっていった。

なお、武蔵野病院退院時に、井伏鱒二、北芳四郎、中畑慶吉立会のもとに、長兄文治との間で、とりかわされた覚書（約束書）なるものが、公表されているので、次にあげておく。資料を紹介した安藤宏によると「修治氏更生に関スル／約束書／昭和十一年十一月十一日」と表書きされた和封筒に入れられているという。筆跡は誰のものか不明とのことだが、覚書の文中に津軽訛りと考えられるものがあるので、中畑慶吉筆の可能性が高い。覚書の中でも「甲は乙／ニ対シテ向フ参ケ年間会ハズ」とあるのが、長兄文治の怒りの表現として目をひく。

昭和十一年十一月十一日午後五時武蔵野／病院ニ於テ左記約束ス

甲　ハ　文治

乙　ハ　修治

一、甲ハ乙ニ対シテ只今ヨリ毎／月金九拾円也ヲ給シル《ママ》モノトス

二、乙ハ今迄デノ生活ヲ改メ全然／真面目ナル生活ヲ行フ事

三、（一）ニ定メタル金額ヨリ甲ハ金銭／ハ勿論物品等一切送ラズ

四、此ノ約束ヲ行フ後ハ甲ハ乙／ニ対シテ向フ参ケ年間会ハズ／今迄デ乙ニ対シル《ママ》関係者北氏／

中畑氏モ甲ト同ジ行動ス
五、(一)ニ約束セシ毎月九拾円ハ昭和／十四年十月卅日マデトス以後ハ／全然補助セズ
六、病気其ノ他何レノ場合ト雖モ／一切金銭及物品ノ補助セズ
右　後日ノ為メ如件
甲　側　津島文治
乙　側　津島修治
同　初代
立会人　井伏鱒二／北芳四郎／中畑慶吉

12　井伏鱒二宛(一)

昭和十一年九月十五日　千葉県船橋町五日市本宿一九二八より
東京市杉並区清水町二四　井伏鱒二宛

私は又井伏さんを怒らせたのぢやないかしらん。言葉のままに信じて下さい。

井伏さんと気まづくなつたら、私は生きてゐない。昨日、くにから人が来て、苦《にが》きこと多かつ

た。大声あげて言ひ争ひ、四十歳を五つ、六つ越した男が二人来ました。お互ひ情の押し売り。私は「ありがとう」と言つてやつた。二円置いてかへりました。

井伏さん、私、死にます。

目のまへで腹掻き切つて見せなければ、人々、私の誠実信じない。莞爾《にっこり》の微笑の似合ふ顔なのに、みな、よつてたかつてしかめつら、青くゆがんだ魔性のもの、そのマスク似合ふ、似合ふと拍手喝采。(誰も遊んで呉れない。人らしいつき合ひがない。半狂人のあつかひ)

二十八歳、私にどんないいことがあつたらう。了《れう》ねん尼(この名、明確でない)わが顔に焼《やき》こて、あてて、梅干《うめぼし》づらになつて、やつと、世の中からゆるされた。了然尼様の罪は、——ただ——美貌。文壇には、女のくさつたやうな男ばかりだ。

昨日、くにの者と、左の如く定めました。

十一月までにこの世の名《な》ごり、せめて約束の仕事かたつけ、高原の業、短かくて、二年、一切、筆をとらず、胸の疾患なほる迄、上京不能、なほるかどうか、「なほらぬ、」といふのは「死ぬ」と同義語です。いのち、惜しからねども、私、いい作家だつたになあと思ひます。今年十一月までの命、いい腕、けさもつくづく、わが手を見つめました。

井伏さん、御自身、もつともつと、ご自愛下さい。

井伏さんは、ずゐぶんいい人なのだから。

世界で三人尊敬してゐる女性ございます。

奥様、その中のお一人。淋しくかなしいお方《かた》と存じます。
むかしもいまもいちぶいちりん変らぬ愛と敬意とを以て

修治

(自分でいふのもをかしく、けれども、「私、ちいさい頃から、できすぎた子でした。一切の不幸はそこから。」

どんなに怠けても、乙《オツ》とつたことなくいつも首席の罪。

私の「作品」又は「行動」わざと恥しいバカなことを択んでして来ました。小説でも書かなければ仕様がない境地へ押しこめる為に。無意識なし。)

冒頭の「私は又井伏さんを怒らせたのぢやないかしらん」とあるのは、おそらく、九月十五日頃までに発行されたと思われる「新潮」十月号に掲載された「創生記」末尾に付記した文章に井伏の名を出したことをさしているのであろう。朝日新聞への投稿のかたちをとった作品の中の「山上通信」という断章に、佐藤春夫が、『晩年』で第三回芥川賞を「不自然でなかつたら」貰えるようにいってみようと約束したかのようなことが書かれている。作品の末尾には、そのことを伝えきいた井伏が、太宰を自宅に呼んで象棋をさしながら、「(佐藤)先生へご迷惑かかつたら、君、ねえ、——。」と案ずる場面がある。これは先に楢崎宛書簡のところでふれたように、「山上通信」の内容をきいた井伏から、きびしい忠告をうけて、急遽二枚ほどの弁解めいた付記を加えたのであった。それによって、かねてから作品の中に自分の名前を出すことを強く拒絶していた井伏を、また怒らせたのではないか、と考えたのであろう。故郷から四十五、六歳の男二人がきたというのは、おそらく、一人は中畑慶吉だと考えられるが、もうひとりは不明。東京の住人だが、北芳四郎のことかもしれない。それにしても「井伏さん、私、死にます」というのは、だだっ子の脅迫に似ている。「了然尼」は、江戸時代前中期の黄檗宗の尼僧。諱は元総。京都の富家に生まれ、嫁して四子の母となったが、二十七歳で出家。江戸の黄檗宗の僧白翁道泰の門をたたいたが、美貌のため入門を拒絶されたので、ひのしで顔を焼き、許されて弟子となり、やがてその法を嗣いだ。禅機に富み、詩歌や書をよくしたという。この時期の太宰は、十一月末から満二か年の予定で正木不如丘の信州富士見高原療養所でサナトリウム生活をして健康を回復したいと考えていたようだ。太宰としては結核の治療を考えていたが、井伏らの説得によって結局十月十三日、パビナール中毒治療のために、東京武蔵野病院に入院するのである。

今日知られている井伏鱒二のもっとも古い太宰治宛書簡は、昭和七年九月十五日付のもので、『晩年』（昭11・6）の帯裏に付されたものである。おそらく原文どおりのものと考えられるので、全文引いておこう。

お手紙拝見。今度の原稿はたいへんよかつたと思ひます。この前のものとくらべて格段の相異です。一本気に書かれてもゐるし表現や手法にも骨法がそなはつてゐるし、しかも客観的なる批判の目をもつて書かれてゐると思ひます。まづもつて、「思ひ出」一篇は、甲上の出来であると信じます。

けふよりのちは、学校へも颯爽と出席して、また小説も、充分の矜をもつて書きつづけるやうになさい。僕のところに来る暇があるなら、その暇にトルストイでもチエホフでも一頁半頁ほど読む方がどれだけまさるかわからない。大いに書いて、それから、書くことに疲れないために毎日登校すること。登校することに疲れないため書きつづけてゆくこと。この二つは息を吸ふことと息を吐き出すことの二つの行為にさも似たり。将来の大成を確信し、御自重、御勉学、しかるべしと存じ上げます。

九月十五日

井伏鱒二

太宰治が井伏鱒二の名を知るのは、大正十二年中学一年の夏休みに、三兄圭治が東京からもちかえった同人雑誌の中から「幽閉」(「世紀」大12・7)を発見して読んだときである。そのことを戦後の太宰は次のように書いている。

二十五年前、あれは大震災のとしではなかつたかしら、井伏さんは或るささやかな同人雑誌に、はじめてその作品を発表なさつて、当時、北の端の青森の中学一年生だつた私は、それを読んで、坐つてをられなかつたくらゐに興奮した。それは、「山椒魚」といふ作品であつた。童話だと思つて読んだのではない。当時すでに私は、かなりの小説通を以てひそかに自任してゐたのである。さうして、「山椒魚」に接して、私は埋もれたる無名不遇の天才を発見したと思つて興奮したのである。(「井伏鱒二選集後記」第一巻 昭23・3)

「坐つてをられなかつたくらゐに興奮した」というのは多少の「誇張」があるかもしれないが、大正十二年に井伏の処女作「幽閉」(「山椒魚」の原型)を読んだことは事実だろう。同じ文章には次のようなことも書かれている。

たしか私が高等学校にはひつたとしの事であつたと思ふが、私はもはやたまりかねて、井伏さんに手紙をさし上げた。さうしてこれは実に苦笑ものであるが、私は井伏さんの作品から、その生活のあまりお楽でないやうに拝察せられたので、まことに少額の為替など封入した。

山内祥史編「年譜」には昭和三年「夏休みに入った直後、上京。井伏鱒二に「細胞文藝」への原稿依頼を手紙で断られたので、再度依頼のため、第三号を持って訪問したが、逢えずに終わった。しかし、帰郷の直後、井伏鱒二から「薬局室挿話」の原稿がとどけられ、折返し原稿料三円(引用者注・井伏によれば五円)を送付したという」とある。

一方井伏は太宰との初対面を「太宰君」(「文藝雑誌」昭11・4)という文章で次のように回想している。

私と太宰君とは古いつきあひである。はじめ彼は私を一種の慈善運動に引入れる目的で私のうちに訪ねて来た。私はとにかくそれだけは勘弁してもらふことにしたが、彼は再三再四、私のところに勧誘に来た。さうして約二年間そのやうなつきあひをしてゐるうちに、反対に私は彼を転向させてしまつた。

この文章は、『晩年』の宣伝のために、砂子屋書房の「文藝雑誌」が特集した「太宰治を語る」の一篇として、佐藤春夫「尊重すべき困つた代物――太宰治に就て」などとともに発表された。「慈善運動」とは井伏流の表現で、非合法の共産党の運動のことである。「約二年間」とは昭和五年五月頃から七年七月にかけての期間をさしている。また、井伏の戦後の文章には次のようにある。

私と太宰君との交際は、割合ひ古い。はじめ彼は、弘前在住のころ私に手紙をくれた。その手紙の内容は忘れたが、二度目の手紙には五円の為替を封入して、これを受取つてくれと云つてあつた。私の貧乏小説を見て、私の貧乏を察し、お小遣のつもりで送つたものと思はれた。東京に出て来ると、また手紙をくれた。面会してくれといふ意味のものであつた。私が返事を出しそびれてゐると、三度目か四度目か手紙で強硬なことを云つてよこした。会つてくれなければ自殺してやると云ふ文面で、私は威かしだけのことだらうと考へたが、万一を警戒してすぐ返事を出し、万世橋の万惣の筋向ふにある作品社であつた。彼は短篇を二つ見せたので、私はその批評をする代りに、われわれの小説を真似ないで、外国の古典を専門に読むやうに助言した。それから暫くたつと私のうちに来て、彼は私に左翼作家になるやうに勧誘した。私は反対に、左翼作家にならないやうに彼に勧めた。（「太宰治のこと」昭23・8）

すでに山岸宛書簡5のところでも言及したが、太宰は昭和十年三月十五日に家を出てから、行方不明となり、十七日付「読売新聞」に、「新進作家死の失踪？」という見出しの記事が出た。その夜、鎌倉の鶴岡八幡宮の裏山で、縊死に失敗、十八日夜帰宅した。三月十九日付「東京日日新聞」の「蝸牛の視覚」欄に井伏鱒二の「芸術と人生」という文章が掲げられ、その中で井伏は次のように書いた。

これも公開された書簡といえなくもない。

読売の社会面に太宰治氏の行方不明になつた記事が出てゐるが、どこかしれない旅ぞらにおいてその記事を見るかもしれない太宰君が、なほさら気をくさらしなほさら家に帰らなくなれば無念である。私としてはせめて警察の捜索網にたよるよりほかに手段がなかつたのである。太宰君の家出は専ら芸術上の煩悶に由来するのであつて、このごろ彼は芸術に身を焼き焦すかのごとき観があつた。近所に住む四郎といふ子供に横浜見物をさせ、四郎ひとり東京に帰した上で行方をくらましたところから推察すると、前もつて用意の家出かと思はれる。しかしながら新聞には、私といつしよに横浜に出かけたと書いてある。この誤りについて私はべつに気にもとめないが、ふるへるほど感傷的な太宰君が、気を痛めはしないかと案じられる。私は不安な気持にとらへられてゐる。(どうか頼む! 太宰君、帰つて来てくれ。今日も私は三浦半島へ君を捜しに行つて帰つて来たところだ。どうか早く帰つて来て、例の重厚味ある小説をたくさん書いてくれ。それから将棋をささう。)私たち誰しも、家出したいと思ふのは当然のことながら、そのやうなことは思ひとゞまらなくてはいけないのである。

「近所に住む四郎といふ子供」とあるのは、義理の弟小館善四郎(大正三年生まれ)のことだが、「子供」という表現には、この家出に途中まで太宰に同行し、十六日朝、横浜駅で「ひょっとしたら、僕は死ぬかも知れぬ」といって別れたという太宰を、そのままにして帰って来た小館の配慮のなさへの、井伏の苛立ちがこめられているのかもしれない。

先に引用した『晩年』の帯に使われた井伏書簡の他に、特異な書簡体小説「虚構の春」（昭11・7）に取り入れられた三通の井伏鱒二名義の書簡も、文体、内容からみてほぼ実物に近いものと推定できる。発信の日時は前後するようだが、昭和十年頃の両者の関係をしのぶ手がかりとなるので、作品に出現する順に紹介してみよう。

「虚構の春」第二十番目にある次の書簡は、あとで掲出する昭和十年十月三十一日付井伏宛書簡に対する返信と考えられる。

「けふは妙に心もとない手紙拝見。熱の出る心配があるのにビイルをのんだといふのは君の手落ちではないかと考へます。君に酒をのむことを教へたのは僕ではないかと思ひますが、万一にも君が酒で失敗したなら僕の責任のやうな気がして僕は甚だ心苦しいだらう。すつかり健康になるまで酒は止したまへ。もつとも酒について僕は人に何も言ふ資格はない。君の自重をうながすだけのことである。送金を減らされたさうだが、減らされただけ生活をきりつめたらどんなものだらう。生活くらゐ伸びちぢみ自在になるものはない。至極簡単である。原稿もそろそろ売れて来るやうになつたので、書きなぐらないやうに書きためて大きい雑誌に送ること重要事項である。君は世評を気にするから急に淋しくなつたりするのかもしれない。押し強くなくては自滅する。春になつたら房州南方に移住して、漁師の生活など見ながら保養するのも一得ではないかと思ひます。いづれは仕事に区切りがついたら伊馬君といつしよに訪ねたいと思ひます。しばらく会はないので伊馬君の様子はわからない。けふ、只今徹夜にて仕事中、後略のまま。津島修二様。鱒二。」

昭和十年十一月初旬頃のものと推定されるが、「生活くらゐ伸びちぢみ自在になるものはない」「書きなぐらないやうに書きためて大きい雑誌に送ること重要事項である」「押し強くなくては自滅する」など、職業作家の心得も含めていかにも生活者井伏らしい忠告である。「伊馬君」は伊馬鵜平(のち春部)のこと。

右の井伏書簡に対応すると考えられる昭和十年十月三十一日付井伏宛の「妙に心もとない手紙」を次に引いてみる。

拝啓

けふは三十一日で、月末のやりくりの苦しみで、たいへんでした。うちからは、だんだん送金を、へらされるし、けふは、あちこち電話をかけたり、手紙を書いたりして、路をあるきながら涙が出て、うちへはひつてから、わんわん声たてて泣きました。

あんまりくやしくて、もう、病気がぶりかへしても、かまはんと、ビイルを呑んで、午後四時ころ寝てしまひました。月末の苦しさが身に徹《てつ》してこたへました。こんな日が、十日もつづくと病気がぶりかへすのが判つてゐます。いまでさへ、私、少し熱が出たやうで、工合ひよくないのです。国の兄《にい》さんのはうでも、ことし一年くらゐは、のんきに保養させて下さるのか、と私、ひとり合点して、それなら、小説のはうも、ゆつくりかまへて、いいものを創らう、と思つてゐたのですが、だめでした。このぶんなら、また、私、方針を変へなければなりますまい。ふと、眼がさめたら、夜中の十時でした。それまで、むりにも眠つてゐたのです。女房にたづねると、はうばうの払《はら》ひは、しばらく待つてもらふことにした由、起きてひとり、めしをたべたら、ふつと、井伏さんと井伏さんの奥さんと二人居ればいいなあ、といふ意味ない呟きが口から出て、また、泣きました。

船橋は静かすぎます。虫の声と電車の音。

けふは、煮えるやうな苦しみを、なめました。井伏さん。ときどき（二月《ふたつき》に一度くらゐでいゝから）力《ちから》をつけて下さい。さうでもなければ、私は死にさうです。

こんな筈ぢやなかつたと、苦しさがむしろ不思議なくらゐです。

奥様にもくれぐれもよろしく。

女房が「いつも奥様のことが、念頭から離れたことがない」と言つて、私も、それはたいへんいいことだと、ほめてやりました。

生きてゐる限りは、みじめになりたくないのです。なんとかしてこの難関をひとりで切り抜ける覚悟ですから、御安心下さい。

治拝

井伏鱒二様

奥様

三十一日深夜

また、「虚構の春」第二十三番目の書簡は次のようなものである。

「貴翰拝誦。病気恢復のおもむきにてなによりのことと思ひます。土佐から帰つて以来、仕事に追はれ、見舞にも行けないが、病気がよくなればそれでいいと思つてゐる。今日は十日締切の小説で大童になつてゐるところ。新ロマン派の君の小説が佐藤氏の推讃するところとなつて、君が発奮する気になつたとは二重のよろこびである。自信さへあれば、万事それでうまく行く。文壇も社会も、みんな自信だけの問題だと、小生痛感してゐる。その自信を持たしてくれるのは、自分の仕事の出来栄えである。循環する理論である。だから自信のあるものが勝ちである。拙宅の赤んぼさんは、大介といふ名前の由。小生旅行中に女房が勝手につけた名前で、小生の気に入らない名前である。しかし、最早や御近所へ披露してしまつた後だから泣寝入りである。後略のまま頓首。大事にしたまへ。伊馬君、旅行から帰つて来た由。井伏鱒二。津島君。」

「新ロマン派の君の小説」とは「日本浪曼派」（昭10・5）に発表した「道化の華」のことで、「大介」は井伏家の次男で正しくは「大助」（昭和十年四月二十一日生まれ）。井伏は同年五月五日、「博浪沙」同人との土佐旅行に参加しているので、この書簡は、太宰が経堂病院入院中の六月中旬から下旬にかけてのものと考えられる。「佐藤氏の推讃するところ」とは、十年六月三日付山岸外史宛書簡5にあるように、佐藤春夫が山岸を通して「道化の華」を高く評価したことをさしている。「自信のあるものが勝ちである」というのは、「押し強くなくては自滅する」という先の書簡のことばとともに、太宰に対する井伏の一貫した指導助言である。

「虚構の春」第四十七番目の井伏鱒二名義の書簡を次にあげる。

「前略。その後いよいよ御静養のことと思ひ安心してをりましたところ、風のたよりに聞けば貴兄このごろ薬品注射によつて束の間の安穏を願つてゐらるる由。甚だもつていかがはしきことと思ひます。薬品注射の末おそろしさに関しては、貴兄すでに御存じ寄りのことと思ひますので、今はくり返し申しません。しかしそれは恋人をあきらめるがごとき大発心にて、どうか思ひあきらめて下さるやう切望いたします。仏典に申す『勇猛精進』とはこのあたりの決心をうながす意味の言葉かと思ひます。実は参上して申述べ度きところでありますが、貴兄も一家の主人で子供ではなし、手紙で申してもききわけて頂けると信じ手紙で申します。どこか温い土地か温泉に行つて静かに思索してはいかがでせう。青森の兄さんとも相談して、よろしくとりはからはれるやう老婆心までに申し上げます。或いは最早や温泉行きの手筈もついてゐることかと思ひます。温泉に引越したら御様子願ひ上げます。青柳君なんかといつしよに訪ね、小生もその付近の宿にしばらく逗留してみたいと思ひます。奥さんによろしく。頓首。井伏鱒二。津島修治様。」

日時は特定できないが、昭和十年夏以降のものと推定される。仏教語で「勇猛精進」（ゆうみょうしょうじん）は、勇気をおこし、いかなる困難をも克服して修行に努力すること。「青柳君」は青柳瑞穂のことと思われる。井伏の「老婆心」による「勇猛精進」の忠告にもかかわらず、太宰は麻薬に溺れていき、昭和十一年二月の済生会芝病院への入院をへて、さらに十月十三日の東京武蔵野病院でのいわゆる「HUMAN LOST」体験へと転落していくのである。

なお、「虚構の春」に無断使用した書簡については、井伏はじめ各方面から抗議があり、第二創作集『虚構の彷徨 ダス・ゲマイネ』（新潮社、昭12・6）所収に際して、実名はすべて仮名とされた。井伏の抗議に対しては昭和十一年七月六日付書簡の中で次のように弁明している。

井伏さんからは、お手紙の不許可掲載については、どのやうなご叱正をも、かへつてありがたく、私、内心うれしくお受けするつもりでございました、けれども他の四、五人の審判の被告にはなりたくございませぬ。

「文学界」の小説の中の、さまざまの手簡、四分の三ほどは私の虚構、あと三十枚ほどは事実、それも、その御当人の誠実、胸あたたかに友情うれしく思はれたるお手紙だけを載せさせてもらひました。御当人一点のごめいわくなしと確信して居ります。真実にまで切迫し、その言々尊く、生き行かむ意慾、懸命の叫びこもれるお手紙だけを載せさせてもらひました。

ところで、井伏の「昭南日記」（「文学界」昭17・9）によれば、井伏が徴用でシンガポール滞在中の昭和十七年七月一日に、太宰治から手紙が届いたようだ。「今日、東京の太宰治から手紙が来た。東京の拙宅のものは、彼の見受けたところ無事息災であると報告してあつた。そして彼自身は純文学の孤城を守るつもりであると報じてゐた。云ふは易く行ふは難いのである。だが私はたいへん心づよく思ひ、その書信を封筒にをさめながら、孤城を守るといふ文字も決して古くさくないと思つた。いまここにゐる私たちの流行語でいへば、決してナフタリンくさくないのである」と書かれている。この文章が発表されると「太宰から手紙が来て、自分のことは書くなといつて、あなたは私のことを書いてゐる。孤高でありたいなどといふ言葉を公表されては、私は照れくさい、と書いてあつた」(「惜別」昭23・6・30)という。太宰治としては『晩年』の帯や「虚構の春」に無断で井伏書簡を使い、抗議をうけたことを思い出していたのかもしれない。

13 佐藤春夫宛(二)

昭和十一年九月二十四日　千葉県船橋町五日市本宿一九二八より
東京市小石川区関口町二〇七　佐藤春夫宛

謹啓

破門の危機と存じ、日夜、兢々　幽門のみづからを律すること　秋霜烈日、後日にいたり　悔いなき様、不遇もまた　天の深慮　われを　試みるものと、ひとり　身辺清潔
泥池　白きはちす　を　自意識し　困難　すべて　われを玉にせむ好機と、やがて清らかな
仲秋明月、信じて疑はず、静かに　先生の御親書　二、三、たきもの怠らず、さびしさ断腸、罪なき配所の月　われを狂するに非ずや　など　心もとなき夜半には、「君が大成うたがはず」云々の、もとより　わが身に過ぎたる　御親書の　玉文　ひろげて　読んで、動中の静、一鳥啼《な》いて　山、さらに　静かなり等の往昔の　文人墨客と眼には　見えぬ　典雅の宴　緑酒　ひそか

に　きみがため乾杯、知るや、ミレエの晩鐘、ひとに知られず　黙然　火を焼く　一心こめたる
祈りの　主、めだたぬ耕地《かうち》の一隅に　在る　を。
雲は青天に、
水は瓶に、
小川元大臣は獄に、
われは病床、一点の灯下。
かみなりに垣を焼かれて瓜の花
以下　雑信一束。
十一月中に　入院、二年の予定。今年八月の温泉闘病は、（精神的には、またなき成功）肉体的には大失敗、血線、四時熱、盗汗、一夜三枚の寝巻を要し、苦痛、以後すべて医者の言々　絶対服従。
「二十世紀旗手」なる六十枚にちかき　かなしきロマンス、絶筆の　つもりにて、脱稿、「文藝春秋」千葉氏のもとへ　送りました。よきものなれば、先生、一日も早く発表、お金もらへるやう　たのみます。入院のまへに、すこし　小使ひ　ほしく、十月一ぱいかかつて、百枚ほどのもの、友人に筆記してもらつて、それを売つて、はうばうの借財すべて整理の上で、ゆつくり闘病専一　したく存じます。
なほ、佐藤先生が題をつけて下さつた　三部作、

虚構の彷徨｛道化の華　百枚
狂言の神　四十枚
架空の春　百五十枚
（全部書き直し）

付録。

ダス・ゲマイネ　六十枚

二、三日中、井伏さん、先生のお宅へお伺ひして、右のこと　御助勢　おねがひして下さるとか、先生、私に御返事くださつては、いけません。郵便受箱から引き出して、封を切り、そのうちに　私、あまりの興奮に死にます。どうか　御返事　御無用にして下さい。「虚構の彷徨」（三百五十枚）の序文、先生ほめて　かいて下さい。一言居士は　だめ。井伏さんに装釘してもらひます。

私　かつてに命名の
狐の絵日傘、また
路傍に咲いてゐる。

幸福は、一夜おくれて来る。

昭和十一年九月二十四日

佐藤春夫は、「尊重すべき困つた代物——太宰治に就て——」（「文藝雑誌」昭11・4）という文章の中で「ロマネスク」「逆行」などが発表されたときから、太宰治には注目していたが、「作者の風格があまり自分の好みに即き過ぎるのではないかを惧れ」て文芸時評でもあえてとりあげずにいたといっている。しかし、「道化の華」を読むに及んで、私信で読後感を伝えて、山岸外史同道であい、芥川賞候補に推したが入賞しなかったとして、その経緯ものべるとともに次のように書いた。

　作品を見て既にその感のあつた自分は彼と面会するに及んで更に芸術的血族の感を深くした。わがままでなまけもの、それも骨の髄からさう出来上つてしまつてゐるといふ一種のロマンテイツク性格者である。奔放なしかし力の弱い自己が氾濫して、自己意識が骨がらみのやうになつてゐるのを自分で検討しつづけてゐるのがこの種類の運命である。彼の場合にはそれに阿片性の中毒症まで加はつてゐたのでまづこの病気の方を癒すのが急務だらうと思つた自分は愚弟の医学を修めた者と相談して彼の中毒症を最近治療することを勧《ママ》告し、この治療は既に成功した筈である。併し生れながらの性格は中毒症よりも困つたもので、彼の周囲の人々を、さうして就中、最も彼自身を悩してゐるに相違ない。しかしこれが彼の芸術を形成してゐる重要なものなのだから我々は多少の迷惑を忍んでこれを寛容する傍、彼を励ましてこの才能を完成せしめる事を努めようではないか。彼の才能は我等の寛容に十分値する尊重すべきものだからである。この機を利用して自分は太宰の自重大成を祈ると同時に彼の周囲の人々が彼を遇するの道をも明かにして置く者である。——彼を知る芸術的血族の一人として。

「芸術的血族」ということばをここまでくりかえされると、太宰でなくても悪い気はしないだろう。しかも、「多少の迷惑を忍んで」やって「この才能を完成せしめる事を努めようではないか」というのだ。太宰が、ながく師事して来た井伏に対する姿勢などとはちがって、急速に甘えた態度を示すようになるのもわかる気がする。「先生へハ、イツモコンナ失礼ナ書キカタシテシマツテゴメン下サイ、ホカノ人へハチヤントシテ認《シタタ》メテキマスユヱ御心配下サイマセヌヤウ」（昭11・7・27付）などとあるように。書簡の文体まで春夫の「文人墨客」風を真似ている。しかし佐藤にとってその「迷惑」はしだいに度を過ぎたものになっていく。それが「狂言の神」をめぐる原稿転売事件であり、芥川賞問題を含む「創生記」の発表である。

「世界文学に不抜孤高の古典ひとつ加へ得たる信念ございます」（昭11・8・12付小館善四郎宛）と豪語してみせた「創生記」（「新潮」昭11・10）は、校了間際に急遽二枚の弁解めいた付記をつけるなど、姑息な手を尽して発表したものではあったが、案の定、中条百合子の「文芸時評」（「東京日日新聞」昭11・9・27）をはじめ、痛烈な批判が出たことはすでにのべた。「新潮」の発行は、毎号前月の十三日前後であった。したがって、次にあげる九月十六日付佐藤春夫宛書簡（はがき）は、すでに「新潮」掲載の「創生記」が佐藤の目にふれたものとみて書かれたのであろう。発信元に「「ゴルゴダの丘」より」とあるのも、自らをキリストに擬して断罪を覚悟しているような口ぶりだ。

二十八歳ノ秋、スデニ肌ノ　ヌクミ　ナツカシク、ヤツト、オノレノ　ワルイトコロワカツタ、

私タチ　不幸デスネ、重箱ノ　スミノスミホジクツテ　反撥、愛憎

ヨスギテ、不幸。イツカノ言葉ノママ。文壇サヨナラ

佐藤からの返信はなかったらしく、次々に書簡を書き送っている。九月十九日付佐藤宛書簡には「御返事キット御不要ニシテ下サイマシ」と前置きした上で、次のようにある。

今朝十八日　清冷ノ天、人ノ子ノ心モ　澄ミ　塵芥スベテ　洗ヒ流レテ雲散霧消　汚キモノ姿失ヒ（中略）

以下、言葉ノママニ　キット御信頼下サイ

芥川賞ハ　ウタカタ。衛士ノ焚ク火ノ一時ハ焔サカンニ見エテモ　苦シサ心ノ底カラノモノデナイ故、ノドモト過グレバ、イツシカ、ケロツト忘レテ、昨日カラ、プルタアク英雄伝静カニ読ミ　ブルウタスノ内省懊悩　小説ニ構成シ直シタク思ヒマシタ

（色々、私の心の　フキルム一駒一駒、説明しようと思つたのです　けれども、もう、いい。）

私、汚イコトヲシナカツタ、誰ヨリモ立派デス、キット　オ報イ申シマス、（中略）

佐藤さん、私の失態を　どんなに高き好意もて、善意に　御解釈なされても　善すぎることございませぬ、

「私の失態」とは、「狂言の神」の事件のみでなく、「芥川賞ハ　ウタカタ」とあるところからしても「創生記」発表のこともさしているであろう。文壇登竜門を宮門にみたてて「衛士ノ焚ク火」（希望の火の意）といっている。それにしても、芥川賞執着の「苦シサ心ノ底カラノモノ」でなかったというのだろうか。自らの苦衷を、カエサルを裏切った「ブルウタスの内省懊悩」になぞらえるに至っ

ては、もはや麻薬中毒による妄想が限界にきていることをうかがわせる。「私、汚イコトヲシナカッタ」とわざわざ断らなければならないのも苦しいところだ。

翌九月二十日付書簡（はがき）にも「「ゴルゴダの丘」より」とあって「私、チリ一つ、髪の毛一すぢ、うらんでゐません。たしかです。「佐藤さん、皆にいじめられたらうなあ。」と、それのみ、ごふびん。あけくれ思つて居ります」などと書いている。

さて、書簡13をみると、「破門の危機」さえ感じるようになっていたらしい。四六文まがいの美文は、佐藤の好みを意識したものである。同時期の井伏宛書簡との対照は明らかである。他の書簡でも相手によって文体を露骨なほどに使いわけているのが太宰治の特徴だ。

「破門」ということもしだいに現実味をおびて来たらしく、「秋霜烈日」に戦々競々としつつも、やがて泥中の蓮のごとく身の潔白がたって「仲秋明月」の心境になることを信じて「御親書」に「たきもの」（薫香）をしているというのだから、大仰もここに極まったという感がある。以後の書簡にも「断罪いま一両日お待ち下さい」（昭11・10・8付）「おねがひございます。十一月まで、だまつて、ぢつと、太宰のよろよろ通る路をみつめてゐて下さい」（昭11・10・11付）などという泣訴哀願の文字が目につくようになる。事実、十月十三日の入院をもって「破門」同然の身になるのである。

もう少し書簡13についてみておこう。「幽門」は一般に胃と十二指腸の境の部分をさす語で「幽閉」などからきた誤用か。「一鳥啼いて」は王籍の古体詩の一句「鳥鳴山更幽」（鳥鳴きて山更に幽なり）などをふまえたパロディか。太宰はパロディ、翻案、換骨奪胎でも青森高校出身の寺山修司の大先輩である。「配所の月」は太宰が好んで使ったことばで、十月八日付佐藤宛書簡（絵はがき）にも「むかしの人、「罪なくして配所の月を見むことのゆかしく云々」と書き残せし文」などとある。「君が大成うたがはず」という佐藤春夫の「御親書」（この語は一般に天皇や元首の手紙に使う）があったかどうか。「尊重すべき困つた代物」（前掲）の中の「太宰の自重大成を祈る」ということば、あるいは、「虚構の春」に一部改変のうえ引用されている十年十二月二十四日付の書簡（はがき）の「兄ガ天稟《てんぴん》ノ才能ヲ完成スルハ君ガ天ト人トヨリ賦与サレタル天職ナルヲ自覚サレヨ」という一節などをさすのだろうか。

「小川元大臣」は私鉄疑獄事件で収賄の罪に問われた田中義一内閣の元鉄道大臣小川平吉のこと。「かみなりに垣を焼かれて瓜の花」は、「先生三人」（「文藝通信」昭11・11）に「師弟の間、酸鼻の跡まつたく無し。酸鼻は、むしろ、師に捨てられ、垣を焼かれた瓜《うり》の花《はな》」とあり、「かみなり」は師のいかり（破門）を暗示している。日本的抒情には短歌型と俳句型があるとすれば、太宰は明らかに後者。「今年八月の温泉闘病」は、八月七日から八月末まで、群馬県谷川温泉の川久保屋に滞在したこと。結核に温泉はよくないことを知って「大失敗」だったが、ここで「創生記」の大部分が書かれた。「二十世紀旗手」六十枚は、「文藝春秋」の千葉静一のところに持ち込んだが掲載されず、三十九枚に改稿の上、十二年一月の「改造」に発表された。「絶筆の　つもり」とあるが、九月十九日付佐藤宛書簡にも「最短二年（医師は三年のサナトリアム主張）きつと平和の顔　とりもどしてまゐります」とあるように、正木不如丘の信州富士見療養所で二年間サナトリウム生活をして結核の治療をする予定であることは、井伏鱒二その他の知人にあてた書簡にもくりかえし書かれている。「虚構の彷徨」三部作の構想はすでにこの時期にはできていた。十一年九月（日付不詳）の井伏宛書簡には次のようにある。

佐藤先生おつけになられた題の三部作「虚構の彷徨」道化の華一〇〇枚、狂言の神四〇枚、架空の春一六〇枚、以上、三部曲、三百枚、ことにも「架空の春」（一六〇）は、全部書き直し、ほとんど書き下《おろ》しの態でございます。自信ございます。さうして付録として、「ダス・ゲマイネ」六〇枚添へようと考へました。きつと売れると存じます。

井伏さん、軽い散歩外出のゆかたがけのお気持で、装幀《さうてい》して下さい。切願。

佐藤先生に序をかいてもらひます。

『虚構の彷徨　ダス・ゲマイネ』は、昭和十二年六月、新選純文学叢書の一冊として新潮社から出たが、装幀は向井潤吉、「著者近影」の口絵写真に、著者自身によるものと考えられる「解題」と「著者略歴」が付されている。井伏の装幀も佐藤の「序」も実現しなかった。

返事をもらうと「あまりの興奮に死にます」ゆえ「御無用」とあるが、もとより本音は逆である。「狐の絵日傘」は不詳。担子菌類に「狐の傘《からかさ》」「狐の絵筆」などと呼ばれるものがあるが、それからの連想で太宰が命名した花のようなものであろうか。「幸福は、一夜おくれて来る」というフレーズは、十一年九月十九日付井伏宛書簡の冒頭にもみえる。

現在のこされている佐藤宛書簡は、十一年十月十一日のものが最後で、十三日には東京武蔵野病院に入院することになる。それにつきそった井伏の十月十四日付佐藤春夫宛書簡があるので次に掲げる。
前略、太宰君は昨夜東京武蔵野病院に入院しました。椎名町の近くで江古田の武蔵野病院とい
へばすぐわかります。医者の診断では、
○胸の方はそんなに心配はない。片方がすこし悪い。
○もちろん胸の方の手当ても考慮しながらパビナール中毒の消える手当てをする。
○入院して数日間は相当に苦しい。
○一箇月あまりこの病院で辛棒しなくてはいけない。
○家族の面会は許さない。
○付添看護婦は老練なのを選びたい。
○患者の所感はどうであるか。
太宰君の答へは、
○覚悟して来た。入院したい。
○どうかよろしく頼む。
○とりあえず、うどんが食べたい。
割合ひ順潮に運びました。入院費は一日四円五十銭です。大崎の北芳四郎といふ人（津島文治
氏の代理人）が支払ひを引受けてくれました。太宰君の細君はパビナールを用意して来てゐまし
たが、そんなことをしては何にもならないので太宰君に渡さないで帰りました。家を出るとき、

最後にもう一回どつさり注射してやると密約してゐたのです。それを餌に太宰君は病院に来たやうなもので、思へば可愛想なことですが止むを得ません。いづれ細君が先生のお宅に参上し詳しく報告すると思ひますが、以上簡略ながら御報告いたします。青森から出京中の津島文治氏代理人中畑といふ人は、母親危篤の電報が来て昨夜帰郷しました。

敬具

十月十四日早朝

井伏鱒二

佐藤先生

奥さんによろしくお伝へ願ひ上げます。

さて、話を「創生記」問題にもどすと、「封建ふうの徒弟気質」を「酸鼻」と評した中条百合子の「文芸時評」が出た九月二十七日に、それを読んで即日に書いたと思われる「先生三人」(前掲)という文章がある。その中で、「いま、私には三人の誇るべき先生がございます。井伏さんからは特に文章を、佐藤先生からは特に文人墨客の魂を、さうして菊池氏からは家を」といっている。井伏、佐藤についてはわかるが、「菊池氏からは家を」の意味がよくわからない。「家」は「ダス・ゲマイネ」的なるものの意だろうか。同じ文章の後半に「先刻、菊池寛氏へもわが生きかたの粗雑貧弱を告白して、いまは大事の時だ、めそめそ泣いて歩きまはつてゐたつて仕様がない。ちくらの別荘でもなんでも貸してやるから、きつと病気をなほさなければいけない。友人からの借金や何か、病気全快してから少しづつ返すやうに心掛けて、なにも、くよくよ心配する必要なし。なくなつたら、また貰ひに来い。このばかな奴だ、と大いに叱つて、どつさり呉れた」とあるが、菊池寛との面会は事実であろうか。この文章が文藝春秋社発行の「文藝通信」の「新人の感想」欄に発表されたことを考えれば、まったくの虚偽とも思えず、不審である。かつて「川端康成へ」(「文藝通信」昭10・10)の中で「菊池寛氏が、「まあ、それでもよかつた。無難でよかつた。」とにこにこ笑ひながらハンケチで額の汗を拭つてゐる光景を思ふと、私は他意なく微笑む」などと書き、また「菊池寛氏のダス・ゲマイネのかなしさを真正面から見つめ、論ずる者なきを私はかなしく思つてゐる」(「もの思ふ葦」昭10・12)といったこと、さらには谷川温泉からの八月二十二日付小館善四郎宛書簡には「芥川賞、菊池寛の反対らしい。たうとう極点まで掘つて掘つて、突き当つた感じ、もちろん、以後、菊池寛研究三昧」などとあることなどを考えあわせても、不可解な文章である。

佐藤は、「芥川賞」(前掲)以後、太宰について書くことはなかったが、太宰の死の直後に追悼の長歌をのこしている。「文学行動」(昭23・7)の太宰治追悼欄に掲げられた。泉下の弟子は、この「御親書」にどのような感想をもったろうか。

太宰治よ

その失踪の第一報を見つゝ歌へる

凡人《ぼんじん》でも子は叱るなと
人なみにかなしき事を
書き遺《のこ》しいづ地去《い》にけん

女《め》とともにいかにかあらん
わが友よ太宰治よ

名はありて文《ふみ》成りがてに
食《た》うべても酒うまからず
女はあれどうらさびしけば
すべなさに　繋縛《けばく》はのがれ
うべしこそ死ぬべかりける
いち早く霊饐《す》えし
わが友を人勿《な》叱りそ

反歌二首
　その死確実なりし日書きそへたる
名を得むともだえなげきし若き日の君をそぞろに思ふわりなさ
いくたび恋に死なむとせし人の本意《ほいと》遂げにきとわが思はなくに

14 鰭崎　潤宛

昭和十一年十一月二十六日　静岡県熱海温泉馬場下　八百松方より
東京府下小金井村新田四六四　鰭崎潤宛

謹啓

善四郎君のことについて、無量のお世話受け、私からも、お礼申しあげます。以下、私のことについて、事実をのみ、あやまちなく申しあげます。

十二日に退院いたしました。脳病院ひとつき間の「人間倉庫」の中の心地については、いまは、申しあげませぬ。「新潮」新年号に「HUMAN LOST」といふ題の小説（四十枚）書き送りましたが、それも全部を語つてゐませぬ。

更生のプラン、すべて笹の葉の霜の如くはかなく消えて、一面の焼野原に十日間さまよひ、私、完全の敗北を、この目に、はつきり見せつけられ、デスペラに落ち込む危険を感知、昨夜、この地へまゐり、下宿屋一日三食二円の家を見つけて、ここにひとつき位ゐたいと思つてゐます。

「改造」から新年号に小説、三、四十枚言つて来てゐます。来月五日までに書きあげて送る約束してゐます。四十枚、「二十世紀旗手」すでに、十一枚書きあげました。「文藝春秋」は正月号には間に合はず、二月号三十枚書かなければなりません。ジヤアナリズム、私の悪名たかきを利用する、と一時は不快、ことわる決心いたしましたが、この世への愛のため、われより若き弱き者への愛のため、奮起した。御信用下さい。「なんぢを訴ふる者とともに途に在るうちに、早く和解せよ。恐くは、訴ふる者なんぢを審判人にわたし、審判人は下役にわたし、遂になんぢは獄に入れられん。誠に、なんぢに告ぐ、一厘も残りなく償はずば、其処をいづること能はじ。」入院中はバイブルだけ読んでゐた。それについて、いろいろ話したきことございます。

私の、完全の孤独を信用せよ。

二円のお小使ひしか持たずに、ここへ走つて来ました。

三十円、電報がわせにてお借りいたしたく、今月末におかへしできるのですが、万一を思ひ、来月（十二月）末日、「改造」へ小説後、五、六日間には、どんなことあつてもおかへしできます。君、ひとりにだけ、たのむのだ。私の最後の、非小市民、非パリサイ人たる君に。

この点、事務的《ビジネスライク》にはつきり御信用ありたし。お金算段、おそらく、血の出るほど苦しいこと、承知、一厘ものこりなく償ひます。一時間でも早いほど助かります。他の誰へも、たのんで居りません。たのみたくないのです。お察し下さい。

「改造」の小説、たいてい三十日ごろまでに、書きあげます。それから、ゆつくり、「文藝春秋」の小説、たのしみながら書いてゆくつもりゆゑ、そのころ、きつと遊びに来て下さい。そのころならば、私も豊富故、君、二円の汽車賃のみにて、走つて来て下さい。幾日でも困らぬ。

最後に一言の告白ゆるせ。これは、巧言令色でない。今夏の君の広告費の拒絶の態度、私、はつきり、是認して居る。私は、まちがつてゐた。

鰭崎潤宛書簡は、昭和十年九月十一日付から二十年十月三十日付まで二十四通が収録されている。鰭崎は小館善四郎らと帝国美術学校西洋画科の同期。昭和十年八月下旬、二十五歳のときに小館に伴われて初めて船橋の家を訪問、交際は戦後まで続いた。鰭崎は昭和五年から塚本虎二の無教会派の集会に参加、キリスト教の信仰をもっていた。昭和十二年六月、初代との離別後、下宿鎌滝の時代には、無教会的聖書研究誌「聖書知識」を持参し、太宰とキリスト教について話すことが多くなり、昭和十五年頃から太宰も購読者になった。太宰にキリスト教の知識と関心を最初に与えたのは、昭和九年九月「青い花」同人になり、たちまち意気投合した山岸外史の方が早いかもしれないが、信仰的には鰭崎の影響は無視できない。

太宰治は、「HUMAN LOST」（昭12・4）の中で「聖書一巻によりて、日本の文学史は、かつてなき程の鮮明さをもて、はつきりと二分されてゐる。マタイ伝二十八章、読み終へるのに、三年かかつた」と書いており、晩年の「如是我聞」には「私の苦悩の殆ど全部は、あのイエスといふ人の、「己れを愛するがごとく、汝の隣人を愛せ」といふ難題一つにかかつてゐる」とも書いた。そのキリスト教信仰や、聖書の問題の背後に、影のように見え隠れするのが、鰭崎だといえるかもしれない。鰭崎は太宰の数ある友人後輩の中でも特別の人であった。

知りあって間もない昭和十年九月三十日付の鰭崎宛書簡の一節を引いてみよう。
知ることは最上の栄誉ではありません。誰でも、みんな知つてゐるのです。重要なことは、丸太を運《はこ》び、壁《かべ》を塗《ぬ》り、大理石を彫《ほ》る、「力業《ちからわざ》」だと思ひました。「ボオドレエルはなんでもない。おしやれな、のらくら者だつたのさ。」と言はれても、私は、返す言葉《ことば》がありません。
死ぬるまへに、あらん限りの力《ちから》を発し、汗を流してみたいものですね。
その日その日を一ぱいに生きること。

これが「川端康成へ」という激越な芥川賞選評批判を書き、「ダス・ゲマイネ」のような前衛的な作品を発表していた頃の太宰のものとは思えない語り口である。年が二つしかちがわなかっただけでなく、生真面目なクリスチャンであったからか、以後も鰭崎への書簡は、一貫してていねいで、いわば折目正しいものである。

とはいえ、鰭崎にも借金申込みの手紙はある。次の昭和十一年六月二十八日付書簡は数ある借金申込み状の中で白眉ともいうべく、もっとも高揚した典型的なものなので全文を掲げる。

謹啓
生涯いちどの　生命《いのち》がけのおねがひ申しあげます。別封にて、拙著「晩年」お送りいたしました。御一読、御叱正、ねがひあげます。来月三日に、おかね、お返し申します、五十円、電報為替にて、明日朝、ぜひとも、お助け下さい。

貴君に対しては、私、終始、誠実、厳粛、お互ひ尊敬の念もてつき合ひました。貴兄に五十円ことわられたら、私、死にます。それより他ないのです。

ぎりぎり結着のおねがひでございます。来月三日には、きちんと、全部、御返却申しあげます。著書の広告費全部、私が立てかへることになつて、上京、東奔西走、あいにく日曜にて、むなしく帰ります。

たのみます。一点ごめいわくおかけしませぬ。

治 拝

鰭崎学兄

どんなに、おそくとも三日には、キット、キット、お返しできます。充分御信用下さい。お友達に「太宰に三日まで貸すのだ。」と申して友人からお借りしても、かまひませぬ。雑誌に新聞に堂々たる広告出すつもりでございます。

五十円、どんなに苦しいか承知して居ります。その上で、たのみます。

ところで、鰭崎への借金申込みは、これが最初ではなかったようだ。というのも、ひきつづき五日後の七月二日付鰭崎宛書簡（はがき）には「誠実一路、信頼セヨ。ヤガテ氷解スルモノト安心シテヰマシタ。／「文学界」七月号ニモアナタヘノ厳正ナルオ答、発表シテ置イタ筈、金、七月十日以内ニカナラズオカヘシイタシマス、タノミマス」とあるからだ。「文学界」七月号は前月二十日前後には発行されていると思われるが、そこには「虚構の春」が発表されており、その第五十五番目の書簡には「細野鉄次郎」の名で、次のようにある。

「御手紙拝見いたしました。御窮状の程、深く拝察致します。こんな御返事申し上ることが、自分でも不愉快だし、殊にあなたにどう響くかが分るだけに、一寸書きしぶつてゐたのですが、今月は自分でも馬鹿なことを仕出かして大変、困つてゐるのです。従つて到底御用立出来ませんから悪しからず御了承下さい。これは全く事実の問題です。気持の上のかけ引なぞ全くございませぬ。あなたに対する誠意の変らぬことを、若し出来れば、信じて下さい。窓の下、歳の市の売り出しにて、笑ひさざめきが、ここまで聞えてまゐります。おからだ御大事にねがひます。太宰治様。細野鉄次郎。」

この細野名義のものは、鰭崎の太宰治宛書簡であると推定される。この作品は、五月末日頃までには完成されていたはずだから、その「細野鉄次郎」名義の書簡は、先の六月二十八日付書簡への返信ではありえない。したがって七月二日付鰭崎宛書簡にある「「文学界」七月号ニモアナタヘノ厳正ナルオ答、発表シテ置イタ筈」というのは、五月末以前の借金申込みのことでなければならないし、しかも文中に「歳の市」のことが出て来ることからすれば前年末のことにかかわるものでなければならない。もっとも「虚構の春」の「細野鉄次郎」名義の書簡がどうして「厳正ナルオ答」になるのか、よくわからない。「歳の市」云々のところは、作者による仮構かもしれない。

鰭崎は「太宰治と私」(『太宰治全集』第三巻月報　昭和30・12)という文章の中で「其後例の注射が

段々こうじて悲惨なことになりかかったのだが、その頃のことを書いた「虚構の春」に言い争った時の私の手紙も一つ利用されたが、こんなものが自分の作品といえるのか、ひどいものだ、いよいよ窮してここまで来たのかと思った」といっている。

さて、書簡*14*は、東京武蔵野病院退院後に出されたものである。太宰は昭和十一年十月十三日から同病院に入院し、麻薬中毒症は「全治」して十一月十二日に退院。退院に先立って、長兄文治との間で、井伏鱒二、北芳四郎、中畑慶吉立ち合いのもとに、送金は月額九十円を三回にわけて、井伏宅宛に送り、井伏から手渡すことなど種々の約束がとりかわされたという。退院後は杉並区天沼に借りてあったアパートが気に入らず、三日後に天沼一丁目の碧雲荘に移り、そこで二十四日までに「HUMAN LOST」を書いた。十一月二十五日からは熱海の馬場下の八百松に滞在して「二十世紀旗手」を書く。この書簡はその八百松から発信されたものである。

まず「善四郎君のことについて」は、太宰の入院直前の十月十日頃、小館善四郎（帝国美術学校在学中）が、東京府下小金井村小金井新田四六四の鰭崎宅近くの林の中で手首を切って自殺をはかり、鰭崎の家に駈け込んで、鰭崎が阿佐谷の篠原病院に入院させた事件をさしている。篠原病院は十年四月四日、太宰が急性虫様突起炎で入院して手術し、その後悪化した患部の疼痛鎮静のためパビナール注射を受け、麻薬中毒をひきおこすきっかけになった病院である。太宰は十月十一日頃、初代とともに善四郎を見舞った。善四郎には在京の妹小館れい子が付きそったが、太宰の入院後の十五日頃、れい子にかわって初代が付きそい、二人の間に過ちが起こることになった。

「脳病院ひとつき間の「人間倉庫」の中の心地」にふれているのは、鰭崎宛書簡のみである。サナトリウムでの「更生のプラン、すべて笹の葉の霜の如くはかなく消えて、一面の焼野原に十日間さまよひ」とは、退院後「HUMAN LOST」執筆中の心境を語っている。各誌の執筆予定のうち「文藝春秋」は実現しなかった。「文藝春秋」には「ダス・ゲマイネ」以後、昭和十六年二月に「服装に就いて」一篇があるだけである。「なんぢを訴ふる者とともに」の聖句は「マタイ伝五章二五・二六」の、いわゆる「山上の垂訓」で、「HUMAN LOST」にも引用されている。それにしてもまた借金の申込みである。「入院中はバイブルだけ読んでゐた」というのは、鰭崎にのみいっていることで、先にものべたように、そもそも入院中のことは、書簡では他の誰にも語っていないことに注目すべきだ。その意味ではキリスト者としての鰭崎への信頼が感じられる書簡である。「最後に一言の告白」として「今夏の君の広告費の拒絶の態度、私、はつきり、是認して居る。私は、まちがつてゐた」とあるのは、先にあげた六月二十八日付書簡の借金申込みに対して鰭崎の「拒絶」の返信があったことをさしているだろう。「パリサイ人」はいうまでもなく、キリストを迫害したユダヤ教の一派。

十一月二十九日付鰭崎宛書簡によれば、今回の申込みには鰭崎も応じたようだ。しかし、それには太宰へのきびしい忠告、説諭の手紙がそえられていて、太宰としては弁解の余地もなかったはずである。十一月二十九日付書簡の前半部をあげておこう。

お言葉いちいち身にしみて、ましろき吸取紙の如く、全部そのまま子供の如く無心に首肯き、首肯き拝聴した。

君のお手紙には、母の心が、乳母の声が、ひそめられて居りました。恥づかしい話ですが、私は、君の手紙を両手でささげて、「拝み」いたしました。群集の声に押されて、心なくキリストを罪しなければならなかつたピラト、私の師は、私の友は、すべてピラトに化してゐた。

君、

誇つて下さい。君ひとり、ピラトではなかつた。

ここでいう「ピラト」化した師友とは誰をさすのだろう。少なくとも「師」のなかには佐藤春夫と井伏鱒二も入っているはずだ。この手紙でも、次の十二月三日付鰭崎宛書簡（はがき）でも熱海へ遊びに来るようしきりに誘っており、鰭崎は十二月五日に熱海を訪れている。その後、初代からの金をもって来た檀一雄と飲みかつ遊び続けて料金支払い不能となり、太宰は二十八日には檀一雄を人質に残して金策に帰京。太宰がいっこうにもどって来ないので、料亭「大吉」の主人をいわゆる馬にして檀が帰京してみると、太宰は井伏邸で将棋をさしていた。檀が激怒すると太宰は「待つ身が辛いかね、待たせる身が辛いかね」とつぶやいたという。いわゆる熱海事件である。

昭和十二年に入って、四月五日付鰭崎書簡（はがき）には「冠省／お話申したきこともございますゆゑ、すぐにお遊びにおいで下さい。／お待ち申して居ります」とあった。このときには、太宰はすでに三月上旬に小館善四郎から太宰入院中の初代との過ちを告白され、三月二十日前後、谷川温泉で初代と心中未遂事件をおこし、帰京後別居していた。四月五日付書簡をみた鰭崎が、友人の久富邦夫とともに碧雲荘を訪ねると、太宰は初代と別れたい、といったという。

昭和十四年の再婚後、三鷹周辺での貸家さがしに、鰭崎を煩した書簡が何通かある。その後、鰭崎は仕事で長野県佐久に移住したが、文通は続いた。三鷹の家を訪問したこともあったが、しだいに三鷹を訪れるのはより若い世代が多くなり、昭和二十年十月三十日付の金木から佐久への書簡が鰭崎宛の最後の便りとなった。

15 小館善四郎 宛

昭和十一年十一月二十九日　静岡県熱海温泉馬場下　八百松より
青森県浅虫温泉　小館別荘　小館善四郎宛（はがき、横書、朱麟堂の署名あり）

寝間の窓から、羅馬の燃上を凝視して、ネロは、黙した。一切の表情の放棄である。美妓の巧笑に接して、だまつてゐた。緑酒を捧持されて、ぼんやりしてゐた。かのアルプス山頂、旗焼くけむりの陰なる大敗将の沈黙の胸を思ふよ。

一嚙の歯には、一嚙の歯を。一杯のミルクには、一杯のミルク。（誰のせいでもない。）

「傷心。」

川沿ひの路をのぼれば

赤き橋、また　ゆきゆけば
人の家かな。

小館善四郎は、大正三年生まれ。洋画家。太宰治の四姉きやうの夫小館貞一の三弟。貞一は青森市の小館製材所の小館保治郎、せいの長男で、きやうは昭和三年六月に貞一に嫁いだ。盛大な嫁入りはのちのちまで金木の語り草になった。きやうは年齢も近く、気性も似ていて、太宰がもっとも親しみを感じていた姉である。善四郎とは以来、次兄保もふくめて、太宰の弟礼治や甥の津島逸朗などとともに兄弟のようにつきあった。その中でいちばんの年長者である太宰がつねにリーダー役だった。

昭和五年頃から、太宰の影響を受けて善四郎は逸朗とともに左傾して、昭和六年十一月、青森中学五年のときには父兄とともに警察当局に召喚され、厳重訓戒を受け、逸朗が停学処分になるということもあった。昭和七年四月、帝国美術学校に入学してからも、つねに太宰の身近にあってその影響をうけ、太宰からもその人柄と才能を愛された。

全集には昭和七年七月（日付不詳）から、昭和十一年十一月二十九日付書簡*15*（はがき）までの十六通が収められている。昭和十年七月三十一日付の次の書簡（はがき）は、青森に帰省中の善四郎に宛てたものである。

このごろ、どうしてゐるか。不滅の芸術家であるといふ誇りを、いつも忘れてはいけない。ただ頭を高くしろといふ意味でない。死ぬほど勉強しろといふことである。and then ひとの侮辱を一寸《イッスン》もゆるしてはいけない。自分に一寸五分の力があるなら、それを認めさせるまでは一歩も退いては、いけない。僕、芥川賞らしい。新聞の下馬評だからあてにはならぬけれども、いづれにせよ、今年中に文藝春秋に作品のる筈。お母上によろしく。僕は君の家中で母上をいちばん好きだ、母上は好い人だ。

これより先、同年三月十五日、太宰は小館と銀座などで飲み、横浜本牧に一泊した。小館と別れたあと十七日には、鎌倉の深田久弥・北畠八穂宅を訪ねたのち、鎌倉の鶴岡八幡宮の裏山で、縊死をはかったが、未遂に終わった。四月には入院手術したのをきっかけにパビナール中毒になり、六月三十日退院後は千葉県船橋に転居したことは、これまでもくりかえしのべたとおりである。七月二十四日に芥川賞第二回選衡委員会があり、五名の候補の中に入ったことは小林倉三郎（佐藤春夫夫人千代の兄）からきいていた。新聞報道のことは不明。

八月十三日付の青森に帰省中の小館宛書簡には「芥川賞はづれたのは残念であつた。「全然無名」といふ方針らしい」とのべ、さらに「今月号の「行動」買つて京ちやその他に思ひ切つて読ませるがよし。地平の小説。これは必ず実行せよ」と書いている。「地平の小説」というのは、「行動」（昭10・8）に載った中村地平の「失踪」のことで、太宰の鎌倉の事件の前後の事情をかなり忠実に書いたものである。この事件は郷里にも伝わっていたはずで、「狂言」と見るむきもあったから、いっそ姉きやうなどにも事の真相を知ってもらいたいという気持もあったのだろう。姉きやうは、昭和五年十一月二十八日の鎌倉腰越海岸での心中事件のときも、たまたま鎌倉に滞在していて、いちはやく弟の事件を知って郷里に電報を打ったりしたのであった。

同じ八月二十一日付小館宛書簡（はがき）にも、「明日、佐藤春夫と逢ふ。東京のまちを半年ぶりで歩くわけだ」と書いている。八月二十二日には山岸外史に伴われて、佐藤邸を訪問し、帰宅後すぐによろこびの礼状を送った。なお右の八月二十一日付小館宛書簡には「こんどの君の手紙は、たいへんよかつた。この調子、この調子とひとりで喜ぶ。／われわれのあひだでは、もはや自意識過剰が凝然《ぎようぜん》と冷えかたまり、厳粛の形態をとりつつあるやうだ。自らの厳粛（立派さ）に一夜声たてて泣いた。君はいま、愛の告白《こくはく》をなさむとしてゐる。思ひのたけを言ふがよい。また逢つた日には、お互ひに知らぬ顔をしてゐてもよいわけだ。思ひのたけを言ふがよい」などと書かれている。小館は「ダス・ゲマイネ」の人物造型などにも影をおとしているのではなかろうか。

小館宛には「小説」（「めくら草紙」）の口述筆記に来てくれという東京杉並へのはがき（昭10・10・22付）などもあるが、次の青森に帰省中の小館に宛てた十年十二月四日付書簡などは、重大なことを語っているようだが、意味が十分に読みとれないものである。

謹啓

このたびのことで、男のなかでかなしみ最も深かつたのは、私だ。

かう書いてゐても涙が出て、しやうがないのだ。

だいいちに母へちからをつけること。これは、きみの義務だ。

純粋のかなしみをかなしみたまへ。

けふ、保さんからお手紙もらつたが、私には保さんが、恐しいひとになつた。

こんど、私の「晩年」が出ることにきまつた。プルウストのあの白く大きい本と同じ装釘にした。

保さんには、「受けとりました。」とそれだけ申して呉れ。

君の友は、母上だけになつたのだ。

敬具

善四郎様

ぼくたちのかなしみを笑ふひとは、殺す。取り乱したまま投函。

「このたびのこと」とは、昭和十年十一月二十七日、善四郎の父小館保治郎(青森ヒバの振興に尽し、小館製材所を経営するかたわら、青森造船鉄工所社長、青森銀行取締役などをつとめた)が五十九歳で死去したことをさしている。そのことをきっかけに小館家内で何か確執があった模様である。のちのちまで交際が続く小館保について、「恐しいひとになつた」というのも不可解である。同年十二月十七日付小館善四郎宛書簡(はがき)に「先づ、肉親のあくことを知らぬドンランなるエゴを知れ!」とあるのも「このたびのこと」に関連したものと推定される。「プルウストのあの白く大きい本」とは、淀野隆三・佐藤正彰共訳『スワンの方』(武蔵野書院)のこと。『晩年』は十一年六月二十五日発行。いわゆる菊判、帯付で題簽は吉沢祐(初代の叔父)。口絵著者近影写真一葉、目次二頁、本文9ポ二四一頁。定価二円。初版五百部といわれている。三版まで出た。十年十一月二十二日浅見淵(砂子屋書房編集部）宛書簡には「私の出版については、一部定価二円以下にして、しかも大兄のはうへは、決してご損は、お掛けしません。私、自費出版でやるつもりだつたのです」などとある。『晩年』の出版記念会（十一年七月十一日）を前に、太宰は体調をくずし病床にあった模様で、各方面への書簡にそのことが見える。もちろん、借金の返済にも追われていた。

昭和十一年七月七日付小館善四郎宛書簡（はがき）。

バカノ果。コヨヒ、七夕祭。治。

今ヨヒ、

誰ヲウラマム、

ケフマデ、ワガイノチノ在リシコトノ不思議、キミ、アナタ、先生、ミンナヤサシク、黙々ワレノ拝跪、今ヨヒ、感謝、マチハ豪雨、太古ノヒトノ微笑モテ、「ワレヲ罪セヨ。」水蓮ノ花。ケフ離床。イマダ外出自信ゴザイマセヌ。約束ヤブリ、心奥ヨリ悪イト思ツテキマス。失礼ナガラ二十円ダケサキニ送リマス。ノチホドキツトオワビト吉報持ツテユキマス。トビシマサン近日、宇都宮支局長ニ栄転ノ由、チヨツト顔出シ、然ルベク、カレニ借セン、アツタラ、知ラセテ下サイ。

前半は同日付大鹿卓宛書簡とまったく同文。小館善四郎にも借金があった模様。「トビシマサン」は飛島定城のこと。

七月十一日は午後五時から上野精養軒で出版記念会。その前に船橋郵便局から長兄文治に二百円の借金申込みのはがきを出してから会場に向かったらしい。出版記念会には小館善四郎も出席したが、太宰の挨拶が体調のせいかしどろもどろであったことは、何人かの出席者が伝えている。

十一年夏の群馬県谷川温泉滞在中には、青森に帰省している小館宛に二通の書簡を送っている。

謹啓

七日から、こちらへ来てゐます。丈夫にならうと存じ、苦しく、それでも、人類最高の苦しみ、くぐり抜けて、肺病もとにかく、おさへて、それから下山するつもりです。一日一円なにがし、半ば自炊、まづしく不自由、蚤がもつとも、苦しく存じます。中毒も、一日一日苦痛うすらぎ、山の険しい霊気に打たれて、蜻蛉すら、かげうすく、はらはら幽霊みたいに飛んでゐます。芥川賞の打撃、わけわからず、問ひ合せ中でございます。かんにんならぬものございます。女のくさつたやうな文壇人、いやになりました。

「創生記」愛は惜しみなく奪ふ。世界文学に不抜孤高の古典ひとつ加へ得る信念ございます。

貞一兄、京姉、母上、によろしく。（昭11・8・12付）

「芥川賞の打撃」とは、第三回芥川賞に『晩年』が有力候補になっていると佐藤春夫から聞かされ、受賞をほぼ確信していたのに落選したこと。この書簡を出す二日前の八月十日に知って衝撃をうけ、執筆中の「創生記」に急遽「山上通信」の一章を挿入、佐藤から芥川賞受賞を示唆されていたことを書き込んだ。十日後の八月二十二日付の同じ谷川温泉からの小館善四郎宛書簡には「芥川賞、菊池寛の反対らしい。たうとう極点まで掘つて掘つて、突き当つた感じ、もちろん、以後、菊池寛研究三味」とあることは、先にもふれた。もとより、根拠のない妄想である。同年九月八日付小館あて書簡（はがき）では「十月ごろ三部曲「虚構の彷徨」、それから短篇集「浪曼歌留多」と、二冊出版することほぼ定つた」として、うち一冊の装幀を「君にたのまうと思つてゐる」といっている。

かくして、十月二十九日付で青森県浅虫温泉、小館別荘にいる小館善四郎にあてて運命的な一通のはがき*15*が届けられる。朱麟堂の署名。昭和七年頃、善四郎らと俳句をもてあそんでいたときの雅号である。その署名自体、このはがきがいわば戯れ書きで、深刻なものでないことを示していたはずである。しかし、何げなく、それを目にした善四郎は強い衝撃をうけた。すでにくりかえしのべたように、太宰の昭和十一年十月十三日からの東京武蔵野病院入院中に善四郎と初代の間に姦通の過ちがあった。もちろん二人は絶対に秘密にすることを約束したのだが、このはがきをみた小館は初代が告白してしまったのだと直感した。とりわけ「一嚙の歯には、一嚙の歯を」ということばが、善四郎の胸をさしつらぬいたことだろう。しかし、この書簡の文章は、同年十二月二十五日までには完成していた「HUMAN LOST」（「新潮」昭12・4）の一断章と同一文で、二人のこととは無関係に書かれたものであった。翌十二年三月上旬（「新潮」四月号は三月中旬に発行された）に上京した小館は、太宰が二人の関係を知っているものと思いこんで、すべてを告白するのである。

太宰は三月二十四日、井伏鱒二のところを訪れ、井伏と北芳四郎にあてた次のような覚書を提出した。

記

爾今　初代のことは

小館善四郎に　一任致し　私

当分　郷里にて

静養いたします

右

津島修治㊞

井伏鱒二様

北芳四郎様

その後太宰と初代の叔父吉沢祐五郎との間で、小館と初代との結婚についても話し合われたが、実現せず、太宰と初代との六年半にわたる結婚生活に終止符がうたれた。また昭和三年以来の小館との兄弟のような間柄も終わり、二人は二度とあうことはなかった。

この出来事について「東京八景」（昭16・1）には次のように書かれている。

けれども、まだまだ、それは、どん底ではなかつた。そのとしの早春に、私は或る洋画家から思ひも設けなかつた意外の相談を受けたのである。ごく親しい友人であつた。私は話を聞いて、窒息しさうになつた。Hが既に哀しい間違ひを、してゐたのである。あの、不吉な病院から出た時、自動車の中で、私の何でも無い抽象的な放言（引用者注・「おまへの事も信じないんだよ」）に、ひどくどぎまぎしたHの様子がふつと思ひ出された。私はHに苦労をかけて来たが、けれども、生きて在る限りはHと共に暮して行くつもりでゐたのだ。私の愛情の表現は拙いから、Hも、また洋画家も、それに気が付いてくれなかつたのである。相談を受けても、私には、どうする事も出来なかつた。私は、誰にも傷をつけたく無いと思つた。三人の中では、私が一番の年長者であつた。私だけでも落ちついて、立派な指図をしたいと思つたのだが、やはり私は、あまりの事に顚倒し、狼狽し、おろおろしてしまつて、かへつてHたちに軽蔑されたくらゐであつた。何も出来なかつた。そのうちに洋画家は、だんだん逃げ腰になつた。私は、苦しい中でも、Hを不憫に思つた。Hは、もう、死ぬるつもりでゐるらしかつた。どうにも、やり切れなくなつた時に、私も死ぬ事を考へる。二人で一緒に死なう。神さまだつて、ゆるしてくれる。私たちは、仲の良い兄妹のやうに、旅に出た。水上温泉。その夜、二人は山で自殺を行つた。Hを死なせては、ならぬと思つた。私は、その事に努力した。Hは、生きた。私も見事に失敗した。薬品を用ゐたのである。

戦後、金木から善四郎の妹小館れい子にあてた昭和二十一年八月二十四日付の手紙では、善四郎が離婚したという「ケチくさいねたみ根性から」あらぬ噂をする「卑劣な」世間に対して怒り、「私は四郎君の今後の家庭生活の幸福をいつでもひそかに祈つてゐました、秋頃には四郎君に案内していただいて十和田湖へ行つてみたいと思つてゐます」と書いている。十和田湖行は太宰の東京への引あげが決まったことで実現しなかった。

善四郎と初代の過ちについて、もっとも心をいためたのは、姉小館きやうであったろう。津島美知子は、『回想の太宰治』（前掲）の中できやうについて、次のようにのべている。

年が近いため、幼時から接触が多く、最も親しんだ姉であった。お互に、わかり合えるものを持っていたようにも思う。

成人後、太宰が著書を贈り、私信を交わしたのは、肉親中、京姉ひとりである。さんざん心配させられながらなお、この弟に、何か期待するものがあったのか、終始、見捨てず、蔭の力として支持してくれたのがこの姉である。姉の死で太宰は、かけがえのない支持者を失った。

全集には小館きやう宛のものが一通だけ収められている。昭和九年八月十四日付の書簡で、太宰のいわゆる「老《アルト》ハイデルベルヒ」である静岡県三島の坂部武郎方から出した絵はがきである。

姉上様

こちらへ来ましてから、もう半月、経ちます。勉強も、ひとまづ片づきましたから、これから毎日自転車で沼津の海岸へでも行き水を浴びようかとも考へてゐます。ここから沼津まで約一里弱です。三島の水は冷くて、とてもはひれません。あすから、三島大社のおまつりで、提灯をさげてゐます。大蛇の見せ物もある由。

金の無心などの手紙もあったはずなのに、きやうが、厄介ものの弟のこの一枚の絵はがきだけを残しておいた気持がしのばれよう。

太宰の「悶悶日記」（昭11・6）の中には「姉の手紙」という一文がある。実物そのままとはいえないかもしれないが、きやうは、このような手紙を何度となく書いたことだろう。

只今、金二十円送りましたから受け取つて下さい。何時も御金のさいそくで私もほんとに困つて居ります。母にも言ふにゆわれないし、私の所からばかりなのですから、ほんとうにこまつて居ります。母も金の方は自由でないのです。（中略。）御金は粗末にせずにしんぼうして使はないといけません。今では少しでも雑誌社の方から、もらつて居るでせう。あまり、人をあてにせずに一所けんめいしんぼうしなさい。何でも気をつけてやりなさい。からだに気をつけて、友達にあまり付き合ない様にしたはうが良いでせう。皆に少しでも安心させる様にしなさい。（後略。）

（中略。）（後略。）は原文のままである。昭和十一年七月十一日の『晩年』出版記念会の芳名録「千紫万紅」（佐藤春夫筆）の巻末見返しには、太宰の筆で「遠征一夜／懐家郷／為病床之姉君／七月十一日深夜識」と記され、『晩年』の口絵写真と同じものが貼付されている。姉によろこんでもらいたくて、大事な芳名録をおくったのだろうが、山内祥史編の「年譜」によれば、当時、病床にあった四姉きやうは、小館善四郎によって届けられた、この芳名録の「表裏の見返に貼られた二葉の写真を見ると、ちらと面を曇らせて眼を閉じた」という。

きやうは昭和二十年十一月十四日に死去した。享年三十九歳であった。疎開中の太宰は金木から葬儀に参列した。十一月二十三日付井伏鱒二宛書簡には「小館へ嫁いでゐる私の姉が十四日に死にました。二十一日お葬式で青森へ行つて来ました。私はお焼香の時に泣いて醜態でした」と書いている。

若い時の津島家の家族写真でみるきやうは、美人揃いの姉妹の中でもとりわけ「黒髪豊かな美しい人」（前掲『回想の太宰治』）である。

なお、若き日の太宰は、「人物に就いて」（昭11・1）という文章の中で、善四郎の父小館保治郎を「青森三通」の一人にあげ、次のようにいっている。

小館氏は、孤芳と号し、俳句をつくられる。七八年前、相州鎌倉の御別宅にて、「正月や酒も肴もくにのもの」の一句を私に示された。まことに長者らしき、なごやかな、人柄そのままの自然の風ありて、われらの及ぶところでないと思つた。

小館善四郎・小館保にあてた創作集『晩年』の献辞にはそれぞれ次のようにあるという。

小館善四郎宛　ワレヨリカナシミフカキモノ

小館保宛　自信モテ生キヨ　生キトシ生ケルモノ　スベテ　コレ　罪ノ子ナレバ。A氏「ワレヲ罪セヨ、ワレ七度ノ七十倍、虚栄ノイツワリノ約束シテ、シカモ七度ノ七十倍、約ヲ破リヌ」B氏「アア、ワレヲ殺セヨ、ワレソノA氏以上。ワレハA氏ヲアザムキシコト無数。」C氏「ソノB氏ヨリ、アスカヘスト、マツカナイツワリ言ウテ、七十円カリタルモノ、私。」

Ⅲ　再生への道

16　小山初代宛

昭和十二年七月十九日　東京市杉並区天沼一ノ二一三　鎌滝方より
青森市柳町二五　長尾方　小山初代宛

拝復
無事ついた由、カチヤや誠一にわがまま言はず、やさしくつとめて居られることと思ひます。こんどのお手紙は、たいへんよい手紙でした。自分の心さへやさしかつたら、きつとよいことがあります。これは信じなければいけません。

私は、やさしくても、ちつともいいことはないけれども、それでも、まだまだ苦しみ足りないゆゑと思ひ、とにかく努めて居ります。

約束の本や時計、できるだけ早くお送りいたしませう。

蚊帳の中に机をひつぱりこんで仕事をして居ります。

いろいろ世間の誤解の眼がうるさいだらうから、これで失敬する。

修治

昭和五年九月三十日、青森の玉家を出奔して、太宰のところに上京した小山初代は、いったん連れもどされ、分家除籍を条件に二人の結婚が許された。晴れて結婚するために上京しようとしていた前日の十一月二十九日に、太宰の鎌倉での心中事件を知らされるのである。そのときの初代宛の「遺書」なるものが、最新の全集に収められている。それは事件前夜に宿泊した万世橋ホテルの用箋に記されたもので、次のようにある。

初代どの（注・封筒表書き）

お前の意地も立つ筈だ。自由の身になつたのだ。
万事は葛西、平岡に相談せよ。

遺作集は作らぬこと

借金の部（後略）

「意地も立つ」というのは、身分ちがいの結婚などいろいろいわれたはずだが、ともかくも津島家と結納までかわすに至ったことを意味するだろう。「自由の身」は落籍のこと。葛西は弘高時代の同級生葛西信造、平岡は一年上級の平岡敏男のこと。「遺作集は作らぬこと」というのは、いわでものことでいささか笑止である。

右の遺書は、他の太宰関係の証拠書類とともに、中畑慶吉のところに一括保存されていたもののようだ。それから六年半あまりの結婚生活だった。

知られているように、太宰治と初代は、太宰入院中におこった初代と小館善四郎との間の過失を清算すべく、昭和十二年三月二十日に心中をはかり未遂に終わった。その経緯は「姥捨」（昭13・10）に書かれているが、これは太宰が離別の口実を作るために行なったという見方が一般的である。その後二人は別居した。三月二十四日、太宰は井伏鱒二宅を訪ねて、「初代のことは／小館善四郎に一任致し　私／当分　郷里にて／静養いたします」という覚書をさし出した（↓160ページ参照）。太宰は初代と善四郎との結婚も考えたようだが、当人たちの意志はともかくとして、善四郎が太宰の四姉きやうが嫁いだ小館貞一の弟であることを思えば、その結婚は実現するはずもなかった。その間、初代は主として井伏家に滞在して節代夫人が面倒をみていた模様である。

この事件でも中畑慶吉には世話になっている。十二年六月十二日付中畑宛書簡（絵はがき）には次のようにある。

拝啓

先日ハ御足労シテ　イタダイテ　アリガタク存ジテ居リマス　イロイロ　オ世話ニナリマス

忘却イタシマセヌ

初代ガ　井伏サンノ許ヲタヅネテノ話ニ　籍ハハイツテヰナイトノ由ニテ　果シテ　マコトカ

ドウカ　一応オシラベノウヘ　至急オ知ラセ下サイマシ、取イソギオ願マデこのときまで、太宰は初代の入籍を信じていたのであろう。芸者を一族の籍に入れることは認めないという、祖母イシの強い意向で入籍されなかったといわれる。六月上旬から中旬にかけての頃に吉沢祐五郎の仲介で二人の離婚が成立したという。井伏夫人節代はこの事件で初代に強い同情を抱いたようである。七月六日付井伏節代宛書簡（はがき）には「このたびの事では、いろいろ御気持ちお騒せ申し恐縮の念にて身も細る思ひでございます」と詫びるとともに、「初代には、十日に来る三十円をみんなお渡し下さい、それを汽車賃として　帰青するなり　身のふりかたつけるやう　どうか　さうおつしやつて下さい　少いけれども、今の私としては精一ぱいゆゑ、初代も覚悟きめるやう　おつしやつて下さい、青森へ帰つてからは　身持ちを大事として、しつかり、世の苦労と戦ふやう　おつしやつて下さい」と書いている。初代は七月中旬に青森に帰り、一時青森市内の長尾方に滞在、やがて、青森市外浅虫温泉にいる母きみ、弟の誠一のところに身を寄せ、誠一がはじめた魚屋を手伝ったりしたが、やがて北海道に行き、さらに中国にわたって、大連・青島と「世の苦労と戦」いつつ、流転の生活を送ることになるのである。

　書簡*16*は、青森に帰った初代からの手紙への返信である。「カチヤ」は母（きみ）のこと。「やさしさ」を説いたこの手紙――おそらく初代への最後の手紙を、彼女はどんな思いで読んだであろうか。初代との別離について、七月二十二日付平岡敏男宛書簡（はがき）には「今月は、初代が、いよいよ、くにの母のもとへ帰つてしまひ、私は夜具一そろひ、机、行李一つ、にて下宿屋にうつり、あとの家財道具すべて初代にやつて、餞別も三十円、少いけれども、私ひとりの力では、とてもそれ以上できぬ有様ですから、そんなわびしい別れかたをいたしました」と書いている。

ところで二人の密通が露見するのに、一通の書簡が関わっていたことはすでにのべた。初代と善四郎の過失など知る由もない太宰は、この愛する四歳年下の義弟に、おそらくは半ば戯れにそのはがきを書き送ったのである。しかし、このはがきをみた小館は、初代が過ちを太宰に告白してしまったものと思い込み、翌年三月上旬に上京したとき、太宰にそのことを打ち明けたことも先にのべたとおりである。当然、太宰は初代をきびしく追及し、ついに二人の過失を確認することになる。しかし、考えてみれば、六年前、初代と婚約中に、いわば行きずりの女性と心中事件を引き起こした太宰に、彼女を責める資格があったろうか。それはともかくとして、またしても、三月二十日前後の谷川温泉への「姥捨」（昭13・10）の心中行となるのである。そのとき初代の中でも、鎌倉の事件が思いうかばなかったはずはあるまい。太宰にとっては谷川温泉はその前年夏に「創生記」を書いたところである。「姥捨」には「真実くるし過ぎた一夏ではあつたが、くるしすぎて、いまでは濃い色彩の着いた絵葉書のやうに甘美な思ひ出にさへなつてゐた。白い夕立の降りかかる山、川、かなしく死ねるやうに思はれた」と書かれている。そして「東京八景」（昭16・1）には次のようにある。

私たちはたうとう別れた。Hを此の上ひきとめる勇気が私に無かつた。捨てたと言はれてもよい。人道主義とやらの虚勢で、我慢を装つてみても、その後の日々の醜悪な地獄が明確に見えてゐるやうな気がした。Hは、ひとりで田舎の母親の許へ帰つて行つた。洋画家の消息は、わからなかつた。私は、ひとりアパートに残つて自炊の生活をはじめた。焼酎を飲む事を覚えた。歯がぼろぼろに欠けて来た。私は、いやしい顔になつた。私は、アパートの近くの下宿に移つた。最下等の下宿屋であつた。私は、それが自分に、ふさはしいと思つた。これが、この世の見をさめと、門辺に立てば月かげや、枯野は走り、松は佇む。私は、下宿の四畳半で、ひとりで酒を飲み、酔つては下宿を出て、下宿の門柱に寄りかかり、そんな出鱈目な歌を、小声で呟いてゐる事が多かつた。二、三の共に離れがたい親友の他には、誰も私を相手にしなかつた。私が世の中から、どんなに見られてゐるのか、少しづつ私にも、わかつて来た。

初代の叔父吉沢祐（祐五郎）は、デザイナーで『晩年』の題字は彼のものである。太宰とも気があい、初代との別離直後は、太宰は吉沢のところにいて作品を書いたりした。初代は昭和十九年七月二十三日、中国山東省青島で死去。享年三十二歳。太宰はその年七月末に書き下ろし「津軽」を完成した。

その吉沢は、姪の初代の最期について、「昭和十九年、初代は青島で一生を終へた。／上京した姉と私は、神田の旅館の一室で、四角な白布の包みを受け取つた。骨になつた初代である。妻が、出掛けに私に持たせた本願寺の紋のある袱に包み、私がそれを抱いて帰つた。初代は重さだけになつてゐた。せめて、もう少し重くて呉れればと思つた」（前掲「太宰治と初代」）と書いている。

太宰が初代の死を知るのは昭和二十年四月十一日のことで、甲府の料亭「梅ケ枝」で井伏鱒二からそれを聞いたという。

井伏鱒二に「琴の記」（昭35・10）という美しい随筆がある。太宰は初代と離別するとき、家財道具一切を彼女に渡したが、初代は青森に帰るに際して一面の琴を井伏家に遺していった。その後、初代も亡くなり、太宰も死んで十年あまりたったある日、井伏家を訪れた箏曲家の古川太郎が、求めに応じてその遺品の琴の伴奏で、三好達治の「太郎をねむらせ太郎の屋根に雪ふりつむ／次郎を眠らせ次郎の屋根に雪ふりつむ」という詩を吟じるという話である。不幸な二人の男女に対する無言の鎮魂の情が底流していて感銘深い。

最後に小さなエピソードをひとつ。昭和二十三年二月十日、銀座で催された織田作之助一周忌の追悼会に太宰が出席することを知った吉沢祐は、たまたま近くに住んでいたので、夫人を会場に行かせて、帰りに寄ってくれるように伝えたが、太宰は「揉み手」をして「いつかきっと伺います」といって断ったという。それが最後だった。二十三年三月三日付吉沢祐宛書簡（はがき）には次のようにある。

拝啓、過日は奥様わざわざお迎に来て下さつたのに、相すみませんでした。昔の事　すべてなつかしく、いちど　酒を飲みに上りたく存じながら、御ぶさたしてしまひました、なかなか銀座まで足がのびないのです、でもそのうちに、ぜひ一度。

奥様によろしく、　　　　　　　　　　　　　　　　　　　　　　　敬具。

小山初代は、いま弘前市西茂森二丁目の清安寺に、母きみ、弟誠一とともに眠っている。

17 井伏鱒二宛（二）

昭和十三年十月二十五日　山梨県南都留郡河口村御坂峠上天下茶屋より
東京市杉並区清水町二四　井伏鱒二宛

謹啓

お手紙、今夕、拝見いたしました。お言葉ありがたく、厳粛な心にて、二度、三度、拝誦いたしました。先日のこちらからのお願ひの文面は、できるだけその日のことを活写しようと思ひ、ありのままをお伝へ致したく、努めましたところ、だんだん、てれて来て、活写どころか、ずゐぶん甘つたれた文章になり、さぞ御不快でございましたでせう。事実は、浮いた花やかなことよりも、あの日は私、実社会の厳粛と四つに組んで、へとへとになつて山へ帰つて来たのでした。二日ばかり、首がまはらぬほどに肩が凝つてゐて、くるしみました。

私としても、ずゐぶん覚悟してゐるところでございます。別紙に誓約書したためましたけれど、いつはらぬ気持ちでございます。御信頼のうへ、御納め下さいまし。

石原氏御母堂よりは、先日も、ずゐぶんごていねいの御手紙いただき、私も、いままでの私の生活、現状をも、少くとも意識してかくしたところ一つもない告白を、もし、そのために、破談になつても、それは仕方がない、と覚悟をきめて、書いて差しあげましたが、今日は、御母堂と姉上様と、お二人より、長いお手紙いただきました。御母堂のお手紙には、「虚栄をはるといふことは私共大きらひです、――何事もつつみかくしなく、むりをしない様に一歩一歩正しい道をあゆんで行くのが一番いいと思ひます、まごころと職業に対する熱意とが何よりのたからです、」その他、涙ぐましいはげましのことたくさん書いてありました。姉上様も、毛筆で、二間《けん》ちかくの巻紙に、こまごま書いて下さいました。何も承知で御うけした以上何もかも事は未来にかかつてゐるのでちつとも卑下する事はないではないか、と力をつけて下さいます。このやうに、みんなで一生懸命にして呉れるのに、私ひとり、どんなことがあつても、無責任な思ひあがつたことは、できません。いい作家になります。たとひ流行作家には、なれなくとも、きつと、いい立派な仕事いたします。お約束申します。

お手紙にも、ございましたやうに、石原氏の「式や形など、どうでもいい、」といふのは、結《ゆひ》納《なふ》やら祝言《しうげん》やらのことで、酒入れは、斎藤様のお言葉で、井伏様に、とのことで、私も、できるなら、甲府地方の習慣にしたがひたい、と思ひ、お願ひしたのですが、先日斎藤様よりのお手紙に依れば、斎藤様のはうからも井伏様へお願ひのお手紙さしあげたから、津島からもお願ひするやう、重ねて言葉がございました。私から重ねてお願ひ申し上げます。のちのち、無責任なことなどして、お顔をつぶすやうなことは、決して、ございませぬ。

どうか、むりでも、ほがらかに、私をからかつて下さい。私は決してお調子に乗るやうなことございませんから。井伏さんが、憂うつなお顔をして居られると、私は、実際しよげて、くるしくてなりません。

これからも御気分のままに、ときどき御助言おたのみ申します。酒入れの日は、井伏様御都合のよい日を、斎藤様へ御通知なされば、それで決定すると思ひます。さうなさつて下さい。十円なら私いつでもお渡しできるやう準備して居ります。

奥様にも、いろいろ御心配おかけいたし、言葉がございませぬ。何卒よろしく御伝言ねがひ上げます。

修　治

井　伏　様

井伏様、御一家様へ。手記。

このたび石原氏と約婚するに当り、一札申し上げます。私は、私自身を、家庭的の男と思つてゐます。よい意味でも、悪い意味でも、私は放浪に堪へられません。誇つてゐるのでは、ございませぬ。ただ、私の迂愚な、交際下手の性格が、宿命として、それを決定して居るやうに思ひます。小山初代との破婚は、私としても平気で行つたことではございませぬ。私は、あのときの苦しみ以来、多少、人生といふものを知りました。結婚といふものの本義を知りました。結婚は、家庭は、努力であると思ひます。厳粛な、努力であると信じます。浮いた気持は、ございません。

貧しくとも、一生大事に努めます。ふたたび私が、破婚を繰りかへしたときには、私を、完全の狂人として、棄てて下さい。以上は、平凡の言葉でございますが、私が、このゝち、どんな人の前でも、はつきり言へることでございますし、また、神様のまへでも、少しの含羞もなしに誓言できます。何卒、御信頼下さい。

昭和十三年十月二十四日。

津島修治（印）

太宰は、昭和十三年九月十三日に、井伏鱒二の勧めで、山梨県河口村御坂峠上の天下茶屋に行き、十一月十六日まで滞在した。その間、九月十八日には、甲府の斎藤文二郎夫人を通じて七月上旬頃から話のあった石原美知子との見合いのため、斎藤夫人の案内で井伏鱒二が同道して石原家を訪問した。見合いの席から一足先に帰った井伏には、早速礼状（昭13・9・19付）を認め、「明朝からは、一意専心仕事に精進いたします」と書いている。また九月十九日付北芳四郎宛書簡でも、早速の結果報告をして支援をたのみ（↓89ページ参照）、九月二十五日付中畑慶吉宛書簡では、斎藤氏にリンゴの小箱を送ってくれるよう依頼している。

十月十九日付井伏宛書簡には、十月十五日に天下茶屋を訪ねてくれた礼をのべるとともに、紹介者の斎藤氏から、決まったとなると、婚約のときの甲府の習慣である「酒入れ」の式をぜひ井伏さんにつとめていただきたいといわれたが、引き受けてもらえまいかと、おそるおそるたのんでいる。初代とのことでもさんざん苦労させられた井伏としては、そう簡単に引きうけるわけにはいかなかったろう。どうしてもというなら、今後絶対に家庭を破壊するようなことはしないという一札を入れてほしいという手紙が井伏から届いた。これについては、初代に同情的であったとされる節代夫人の意志も働いていたのではなかろうか。それに対する返信が書簡17である。井伏は前記十月十九日付の書簡にある、斎藤氏や石原氏とのやりとりの「活写」に、どこか浮わついて「甘つたれた」ものを感じとったのかもしれない。井伏には何よりも一年半前の初代との心中未遂・離婚のことが強く意識されていただろう。特に「娘さん」（美知子）と二人きりになったとき、彼女が「式や形式など、どうでもいい、結婚を早くさつさとしてもらひたい、くるしくてかなはない、いま無理に小説あせつて書かなくていい、とまるで私を養つてでも呉れるやうな勢だつた」などというところや「形は、見合ひ結婚でも、どうやら、これは恋愛結婚と同じやうになるかも知れません」という一節などに、何ごとにも冷静慎重な井伏としては、話の推移が順調すぎて、ある危うさも感じたのではあるまいか。

津島美知子は、見合い当日のことを次のように書いている（前掲『回想の太宰治』）。

斎藤夫人が井伏先生と太宰とを、水門町の私の実家に案内してくださった九月十八日午後、甲府盆地の残暑はきびしかった。井伏先生は登山服姿で、和服の太宰はハンカチで顔を拭いてばかりいた。黒っぽいひとえに夏羽織をはおり、白メリンスの長襦袢の袖が見えた。私はデシンのワンピースで、服装の点でまことにちぐはぐな会合であった。

縁先に青葡萄の房が垂れ下がり、床の間には放庵の西湖の富士と短歌数首の賛の軸が掛かっていた。太宰の背後の鴨居には富士山噴火口の大鳥瞰写真の額が掲げてあった。太宰は御坂の天下茶屋で毎日いやというほど富士と向かい合い、ここでまた富士の軸や写真に囲まれたわけである。「手記」に「井伏様、御一家様へ」とあるのは、井伏節代夫人をも意識したものであろう。この「手記」に「小山初代との破婚は、私としても平気で行つたことではございませぬ。私は、あのときの苦しみ以来、多少、人生といふものを知りました」とあるのは、井伏が初代との「破婚」のことをあげて、危惧の念を示し、二度とあのようなことがあるとすれば、責任をもって「酒入れ」の席などには立ち合えないという趣旨のことを書いたからだと推測される。この「手記」のことは、戦後になってからも太宰の意識をはなれなかったはずである。

太宰は、その生涯において何度か、誓約や覚え書きのようなものをとりかわしている。まず最初は、すでにふれたように、小山初代との結婚にあたって、昭和六年一月二十七日付で、長兄文治との間でかわされた「覚」書である（↓17ページ参照）。（昭和五年十一月九日付で両者の間で仮の「覚」がかわされたが、それを破棄したもの。第一次の「覚」の内容は不明。）次は、昭和十一年八月三日付で「新潮」編集部楢崎勤宛におくられた「誓言手記」（八枚全）である（↓97ページ書簡*10*）。これは創作「狂言の神」をはじめは佐藤春夫の紹介で美術雑誌「東陽」に送っておきながら、「新潮」との約束の原稿が間にあわなかったため、「東陽」編集部から「狂言の神」をとりもどし、「新潮」へそれをもちこもうとしたことを、佐藤にきびしく叱責され、それへの詫び状として、同文のものを「新潮」の楢崎と「東陽」編集部に一通ずつ送付したものである。

もうひとつは、初代との離婚にあたって、井伏鱒二と北芳四郎に提出したとされる「記／爾今　初代のことは／小館善四郎に　一任致し　私／当分　郷里にて／静養いたします／右／津島修治㊞」という覚書である（↓160ページ参照）。たび重なる不祥事に、困り果てた井伏が、文書による約束を求めたともいえるが、太宰の方にも口頭では信じてもらえないという不安があって、自らすゝんで文書を提出しようとするところもあったのではなかろうか。戦後では、太田静子の求めに応じて、二人の間に生まれた治子を認知する文書を与えたこともよく知られていよう（↓278ページ参照）。

さて、井伏からは受諾の返事があったらしく、十三年十月三十一日付井伏宛書簡には「十一月六日に、何卒、お願ひ申しあげます。かための式は、午後四時頃からとのことにて、井伏様まへもつて甲府着のお時間お知らせ下さいましたら、私間違ひなくお迎へにまゐります」とのべ、次のような感謝と決意のことばを書いている。

　ほんたうに、こんどは、私も固い決意をもつて居ります。必ずえらくなつて、お情に立派におむくいできるやう、一生、努力いたします。

　式に必要のお金は、私、準備して置きますゆゑ、その点は、御心配下さいませぬやう。ほんたうに、おかげさまでございました。井伏様からいただいたお嫁として、一生大事にいたします。きつと、よい夫婦になります。

「酒入れ」の式は、無難に終わった。津島美知子は次のように回想している（前掲『回想の太宰治』）。

十一月六日、私の叔母ふたりを招き、ささやかな婚約披露の宴が私の実家で催された。東京からは井伏先生がわざわざ臨席してくださり、文学や画の好きな義兄Y（引用者注・三姉宇多子の夫、山田貞一）が洋酒を持参して祝ってくれた。床の間に朱塗りの角樽が一対並んでいた。結納は太宰から二十円受けて半金返した。太宰はこれが結納の慣例ということを知らず、十円返してもらえることを知って大変喜んだ。

「酒入れ」から十日後の十一月十六日、御坂峠を下り、美知子の母くらがみつけてくれた甲府市西竪町の下宿寿館に移る。二か月余の天下茶屋での生活であった。そうなると、あとは結婚式を待つばかりである。十二月十六日付井伏宛書簡は、その段取りと金策についての「お願ひ」で、井伏宛書簡ではもとより、太宰治全書簡の中でも、最長の手紙である。四百字詰原稿用紙にして、九枚近くもある。「式といつても、ただ井伏様より、お言葉と、かためのサカヅキ頂戴するだけで、あとは、ごちそうも何も一切いりませぬ故、一時間かそこらですむことと存じます」といいつつも、原稿を書いても当分は稿料の入る見込みのないことを延々とのべた上で、「何か、打開の良策ないでせうか」といっている。結納は出せないとしても、諸費用として、井伏から、中畑氏に一言いってくれないだろうかともちかけているのだ。「何か、良策ございましたら、お知らせ下さい」というのは、いかにも虫がよすぎて、三十男の言辞としては「泣きごとに似て、けふの太宰は、あまり立派でもございませんが、何卒、叱らないで下さい」と本人もいっているとおりである。

井伏がどのような「良策」を示したのか（たぶん、井伏と中畑との間に連絡があったのであろう）、十二月二十五日、斎藤夫人から石原家に結納が届けられた。十二月二十五日付井伏宛書簡にその報告がある。まさに「感涙の日」であった。

かくして、昭和十四年一月八日、杉並区清水町の井伏宅で、井伏鱒二・節代夫妻の媒酌で挙式。他に、石原家名代の山田貞一・宇多子夫妻（美知子の姉夫婦）、実質的な仲人の斎藤文二郎夫人、津島家名代の中畑慶吉、それに東京での世話人である北芳四郎が出席した。初婚である石原家としては質素にすぎる結婚式であったかもしれない。

一月十日付井伏宛書簡には「うんと永生きして、世の人たちからも、立派な男と言はれるやう、忍んで忍んで努力いたします」という「感奮」のことばをしるしている。その結婚式を、北芳四郎とともに裏でささえた中畑慶吉宛の同じ一月十日付書簡にも「ほんたうにありがとうございました／お礼は　とても言ひつくせません／今後を　ぢつと見てゐて下さい／私は　恩義忘れぬ男です／骨のある男です」などと「感激」の気持をのべていることはすでに記した。このように多くの人々の善意の支援によって、のちに「私のこれまでの生涯を追想して、幽かにでも休養のゆとりを感じた一時期」（「十五年間」昭21・4）と回想する甲府市御崎町での生活がはじまった。

いわゆる中期以後の太宰治は、これらの人々、特に井伏鱒二と石原美知子の存在なしにはありえなかったのである。もちろん、井伏節代夫人もそれをかげで支えた一人である。井伏節代宛書簡は四通のこされているが、十三年九月三十日付の天下茶屋からの井代節代宛書簡（絵はがき）を掲げておこう。書簡中「源ちゃん」とあるのは、太宰と同じ年に東京帝大医学部に入学し、在学中に早逝した美知子の兄、石原左源太のことである。

お手紙や新聞を下され、ほんとにありがたく、それに、セルもお送り下される由にて、どんなにかお手数でございませう。ほんとに、オギクボへは、足をむけて寝られませぬ。

いつか、奥さんがお捨てになり、さうして井伏さんが烈火の如くお怒りになられた栗は、まだ崖《がけ》の中頃のところに、そのままございます。褐色に色が枯れて、寒さうに、岩にひつかかつて居ります。

斎藤さんは、毎朝、新聞を送つて下さいます。けふは中畑氏から、先日おねがひしたアワセ羽織やその他二、三を、送つてもらつてうれしく思ひました。中畑氏は、いま、くにの兄と、私の嫁の話をしてゐる様子で、そのやうなハガキもらひました。

石原氏より手紙いただき、それによると石原のうちの人たちは、「源ちやんが生きかへつて来たやうだ。」と申して居る由にて、源ちやんとは、帝大在学中になくなつた長男のことらしく、本人よりも、その家族に評判のよいのは、むかしから富山《トミヤマ》(金色夜叉の)の役にて苦笑でした。大きな間違ひもなく、毎日、同じやうに、少しづつ仕事して居ります。何卒、皆さまへよろしく。　敬具。

18

高田英之助 宛

昭和十三年十一月二十六日　甲府市西竪町九三　寿館より
東京市世田谷区下馬二ノ一一六五　甘粕方　高田英之助宛

「おめでたう。」「よかつたね。」

これは、形式的辞令でもないし、また、軽薄なひやかしでもない。いろいろ考へて、僕の君に最初に言ふ言葉は、やはり以上の二つでした。素直に受けて呉れたまへ。

二十三日、どんなに僕も、待つてゐたか知れないのだ。ひそかに神に祈るところあつた。よかつた。

すみ子さんは、いいひとです。君の、最もよい伴侶と、確信あります。幸福は、そのまま素直に受けたはうが、正しい。幸福を、逃げる必要は、ない。君のいままでの、くるしさ、僕には、たいへんよくわかつてゐます。いまだから、朗らかに言へますが、僕は、君の懊悩の極点らしい時期に、御坂にひとりゐて、君の苦しさ思ひやり、君の自殺をさへ、おそれたくらゐです。でも、もういい。君は、切り抜けた。「おめでたう。」「よかつたね。」

もう、ひとつ、「ありがたう。」といふ言葉が、ある。これは、老生、いささか、てれます。でも、この言葉も、素直に受けて下さいね。すみ子さんは、僕たちの恩人、といふことになつてゐます。大月のひとは、いつでも、すみ子さんの幸福を祈つてゐる様子です。すみ子さんは、恩人だ、すみ子さんが最初に「大月のひとは、どうだらう」と言つて下さつた由にて、よく気がついて呉れた、と大月のひと、口癖のやうに言つてゐます。

恩人御夫婦、しつかりやつて下さい。

斎藤さん、いいひとですね。僕は、大好きだ。すつかり、お世話になつちやつた。忘れませぬ。君から、何か手紙のついでに、斎藤さんに、僕の山ほどの謝意の一端、伝へて置いて、下さい。これは、ぜひとも、お願ひします。

僕、貧書生にて、心に思つて、他日を期して居るだけで、なんにもお礼できませぬゆゑ、どうか、君から、よろしく、その辺、伝言ねがひます。

君は、僕の恩人なのだから、そのかはり、乳兄弟の場合は、僕を、兄にして下さい。へんな交換条件だが、僕は、兄になりたい。何かと、これから、弟の、誰にも言はれぬややこしい心理の動きや、あるひは秘密など、弟から打ち明けられ、兄は、それを聞いて、整理し、形をととのへ、あるひは養ひ親（井伏さんのことですよ。）にお願ひするなど、兄として、うれしいことだからね。

君のいままでの、あの苦しみは、大半は、いや、全部、すみ子さんを愛してゐる苦しみなのです。それから、多少、君のダンディスムと。

君の、昨日までの苦悩に、自信を持ちたまへ。僕は、信じてゐる。まことに苦しんだものは、報いられる、と。堂々と、幸福を要求したまへ。神に。人の世に。

これから、幸福な日が来るだらう。それは、きまつてゐる。てのひらを見るより明らかだ。それは、信じたまへ。すみ子さんを精一ぱい、愛して、愛撫してやりたまへ。

決して、てれたり、深刻がつたりしては、いけない。たのしみは、純粋に、たのしみとして、受けたまへ。君には、しばらく安楽に休息する権利がある。君は、苦しみ、努めて来た人だから。甘さに酔つても、決して下等になるものではない。鶴は、立つてゐても鶴、寝てゐても鶴ではないか。安心して、新居いとなみ、すみ子さんだけを愛してあげたまへ。すみ子さんは、君を、愛して、甲府でひとり、ずゐぶん苦しんでゐたのだよ。充分に、ごほうび、あげよ。
二、三年、いや五、六年、日本には僕たちの黄金時代、無いかも知らない。けれども、僕は、気がながくなつた。自信があるのだ。きつと勝てる。確信してゐる。僕たち、だめになる理由、ちつともないぢやないか。それまで、君、悠然と一剣磨《みが》いて置くんだね。悠然と、だよ。
僕は、年内こちらにゐます。毎日、二枚三枚、長篇書きつづけてゐます。結婚は、来年になるだらう。結納《ゆひなふ》なんて、一文《いちもん》もない。すべて、はぶくつもりだ。結婚費用など、できるあてもないが、まあ、そのときは、そのときだ、と自信たつぷり。貧より楽なことはない。(新居きまつたら、教へて下さいね。すみ子さんに、よろしく。)

高田英之助は、太宰より二歳年少の明治四十四年、広島県新市町の生まれ。井伏鱒二の福山中学時代の同級生高田類三（嘉助）の末弟。昭和十二年に、慶応義塾大学文学部国文学科を卒業して、東京日日新聞社（現・毎日新聞）山梨支局に勤める。その頃井伏を介して太宰を知った。太宰、伊馬鵜平（のち春部）とともに、井伏門下三羽烏と呼ばれたという。全集には、昭和十三年十一月二十六日付書簡*18*から十七年十二月八日付のはがきまで二十一通が収録されている。昭和十三年、太宰の再婚相手をさがしていた井伏に、高田がその婚約者である甲府在住の斎藤すみ子（斎藤文二郎の娘）の友人石原愛子の姉石原美知子のことを紹介し、太宰の見合いが実現することになった。

書簡*18*は、高田英之助と斎藤すみ子との結婚を祝った手紙である。「おめでたう。」「よかつたね。」はそのことをいっている。同時に「ありがたう。」は、すみ子が石原美知子を推薦してくれたことに対する感謝である。すなわち「すみ子さんは、僕たちの恩人」なのだ。すでにのべたように、太宰はこの年九月十八日に、石原家で美知子と見合いをし、十一月六日に婚約の式である「酒入れ」を行なった。高田英之助とすみ子は、その後、おそらく十一月二十三日に結婚したのだろう。「大月のひと」とはもちろん当時都留高女に勤めていた石原美知子をさしている。

高田と太宰は、この時期、双方とも斎藤氏を仲立ちとして、同じく甲府の女性との婚約と結婚を、高田がやや先行しつつも、ほとんど相前後して進めつつあった。しかも、そこにはいずれも井伏鱒二の関与があったわけだ。先にふれた昭和十三年十月十九日付井伏宛書簡には、「英ちゃんのときにも、それを井伏さんにしていただいた」という斎藤夫人のことばを引いて「酒入れ」の式の立ち会いを懇願し、「私は英之助君のときのやうには事情もちがひますし、できるだけ小規模に、それこそ五円か、十円で行ひたいと思ひますが、どんなものでせう」などと書いている。
高田宛書簡*18*全体に感じられる、いささかたかぶった調子には、「大月のひと」との自身の婚約が成功したよろこびが、多少の曲折もあったらしい高田夫妻の結婚への祝意に重ねられているのは明らかである。

ところで、「はじめて本気に、文筆生活を志願した」(「東京八景」昭16・1)という甲府時代に、太宰はなぜか、主人公が苦境の中で昔の「女中」に再会する話をいくつかくりかえし書いている。「黄金風景」(昭14・3)と「新樹の言葉」(昭14・5)がそれである。昭和十三年頃の旧稿を書きあらためた「花燭」(昭14・5)もそれに入れてよいだろう。「黄金風景」は、結婚後の最初の作品で、美知子による口述筆記だという。この作品は国民新聞社主催の短篇小説コンクールに上村暁「寒鮒」とともに入賞し、賞金五十円を得た。家郷を追放され、落魄の境遇の「私」が、幼時にいじめたお慶という女中が今は幸せな一家の主婦になっているのと偶然に再会する話である。そのとき「私」は敗北を感じるが、お慶が家族に対して彼を誇りにしているのを知って「かれらの勝利は、また私のあすの出発にも、光を与へる」と考える。また「花燭」では「北国の地主のせがれ」で今は廃残の身の上である主人公の前に、彼がかつて「ことごとに意地悪く虐待した」とみという女中が、十年ぶりに今は流行の映画女優となってあらわれる。彼は「峻厳な復讐の実現」を感じるが、彼女は「新やんは、或る瞬間、人間としての一ばん高い苦しみをしたのよ。うんと誇っていいわ」といって「母のやうな微笑で」彼を眺める。

昔いじめた「女中」と、みじめな境遇の中で再会するというテーマが、太宰の民衆に対する負い目の隠喩のようなものであるとすれば、再会した「女中」からやさしく受け入れられるところに民衆との和解の願望を読みとることができるのかもしれない。それもさることながら、これまでみてきたように、この時期の太宰が、長兄を含む家郷との断絶の中で、経済的援助もないまま石原美知子との結婚問題もすすめなければならなかったことを考えると、これらの「女中」たちへの思慕と和解には、むしろ彼の故郷への強い回帰願望を読みとるべきだろう。

「新樹の言葉」も、女中思慕の系譜に属する作品だ。これは、東京での「過去の悲惨」から立ち直るために、ひそかに甲府の宿へのがれてきて、仕事をしている作家の「私」が、かつての乳母の子で、いわば乳兄弟である幸吉とその妹に出会って励まされ、再生の契機をえていく話である。高田宛書簡*18*に「君は、僕の恩人なのだから、そのかはり、乳兄弟の場合は、僕を、兄にして下さい。へんな交換条件だが、僕は、兄になりたい」とあることからも察しられるように、この時期の二人の関係が「新樹の言葉」に影をおとしているとみてよい。「すみ子さんは、いいひとです」「すみ子さんは、僕たちの恩人」などとある高田の妻すみ子は、「新樹の言葉」における、けなげな妹に通うところがある。「鶴は、立つてゐても鶴、寝てゐても鶴ではないか。安心して、新居いとなみ、すみ子さんだけを愛してあげたまへ」とある「鶴」のイメージも、作中の乳母で幸吉兄妹の母が「つる」と名づけられていることと無関係ではあるまい。

一方、美知子との結婚式についても、やはり、英之助の場合との比較が気になっているようで、先にあげた十三年十二月十六日付井伏宛書簡にも「斎藤さんでは、「津島さんが簡略に、簡略に、と言ふから、私も簡単にするやう取りはからつたが、英ちやんのときには立派にやつて、津島さんのときにはやたら簡略簡略と斎藤がすすめて、いい加減にしてゐる、と思はれやせぬか、」と心配して、井伏さんにも、「決してそんなつもりではないのだから」と、よろしくおつしやつて下さい、と奥さんが申して居りました。私も、英ちやんくらゐには、できるならば、したはうがいいと、なんぼ心で思つても、無力ゆゑ仕方ございませぬ」などと愚痴めいたことをいっている。

高田英之助とすみ子との新婚生活は、英之助の病気のために長くは続かなかったようだ。高田が体調をくずして、年末に東京世田谷下馬の新居から、ひとり療養のために伊豆の大島元村に単身移住したからである。昭和十四年一月四日付高田宛書簡（はがき）では「大島に居るとは、知らなかつた。（中略）すみ子さん、ずゐぶんしよげてゐて、毎日うつうつして居られる様子で、とても見て居られません。これは、ただ、私一個人の、気持だけから、君にお願ひするのですが、もし君が、もつと長く大島に居られるやうなら、すみ子さんを、一日でも二日でも、そつと大島に呼んでやりたまへ」と書きおくっている。その後御崎町の新居からの十四年一月十七日付高田宛書簡には、自らの結婚式がすんだことを報告するとともに、斎藤夫人のことを「英ちやん、おまへは、いいおふくろできて仕合せだぞ」などとも書いている。斎藤家と高田の間には多少の齟齬もあったらしく、その間に立って、井伏を「養い親」とする乳兄弟の「兄」としては、苦労人ぶりを発揮して双方の連絡に相つとめるところがあった。一月三十日付高田宛書簡には、高田の勤め先の上司である阿部真之助夫人が、すみ子を大島につれていくという話について「兄上様やその他の肉親のかたのおもわくは、このさい二のつぎにしても、だいいちは、おつとめさきの阿部さん、阿部さんの奥さまの言ふこと聞いて、甘えること最も肝要」と忠告したものの、その後すみ子が急に病気になったと知り、「どうも、くるしいね。深くお察し申してゐます。ぼくなど、いままでの、あまりの苦しさに、いまは、多少苦悩ぼけしてゐる感じだ。君も少し、呆《ぼ》ける必要あるぞ」などと、どこかちぐはぐながら奮闘の様子がしのばれる。

二月四日付高田宛書簡によれば、二月十八日に高田が東京に来るという連絡があったらしく、こちらからも電報をうつなど大はしゃぎで、甲府の斎藤家でも待っているから寄ってくれるように、あれこれくどいほど気を使っている。しかし、二十一日付書簡によれば、この大騒ぎは太宰の一人合点のようなところもあったらしく、十八日に、すみ子をつれた太宰が、高田の東京の宿（甘粕方）にたずねていったが、高田はもう出発したあとだった。

昭和十四年十二月十五日付高田宛書簡によると、高田はようやく東京に帰り、世田谷区松原のアパートにすみ子と同居することになったらしく、「衷心からの祝意」として

待ち待ちて　ことし咲きけり　桃の花　白と聞きつつ　花は紅なり

という歌に加えて、次の句を送っている。

春服の　色教へてよ　揚雲雀

高田は、戦後、帰郷し、家業である鋳造業を営むなどしたが、晩年は福山地方の文化振興にも尽した。高田をモデルにした井伏鱒二の作品に「早春感傷記」（「三田文学」昭11・3）「五三郎君に関する

記」(「文学界」昭16・4)などがある。後者は五三郎(高田がモデル)の結婚候補者に対する印象を、五三郎の故郷の長兄に書き送る形をとったもので、英之助とすみ子の見合いのことを書いたものと思われる。

19 今官一宛

昭和十五年(月日不詳、発信地不詳)
東京市世田谷区大原町一〇七〇 今官一宛

先日は久しぶりで水いらずの気焔をあげることができて、心強く存じました。これから何年、また何十年さきも、お互ひ誤解なく文学に精進して行きたいと思ひます。くるしさは、もう、たいてい覚悟も出来たやうだ。行くも千里、帰るも千里だよ。とぼとぼ、すすむより他はない。

善蔵碑は、よく考へてみたら、どうも僕はもう五年では、おぼつかない。もう十年、といふことにしませう。さうでないと、どうも僕は、善蔵にすまないやうな気がしてならない。もう五年くらゐの苦労では、善蔵碑を建設する資格に於て欠けるところがあるやうだ。もう十年経てば、君も僕も四十二歳になる。善蔵の没した年齢だ。僕は、それまで「出世」に於ては、ちつとも加へるところ無いだらうが、でも「苦労」に於ては、多少、善蔵に対しても、てれずにすむやうな……気がする。どうだらう。十年後、といふことにしませう。

今官一は、太宰治と同じ年の、明治四十二年十二月八日弘前市生まれで、生家は曹洞宗の宗蘭庭院。東奥義塾をへて、第一早稲田高等学院を中退し、いったん帰郷。太宰も「地主一代」「学生群」を発表した青森の総合文芸雑誌「座標」に青木了介の名で小説「胎児昇天」（昭5・2）「丘学入門」（昭5・6）を発表。両者が親しくつきあうようになったのは、今官一が再び上京して横光利一に師事するようになってからで、同人誌「海豹」に太宰治を同人として推薦したのも今官一である。「海豹通信」第四便（昭8・2・15）に掲げた「田舎者」には次のようにある。

私は、青森県北津軽郡といふところで、生れました。今官一とは、同郷であります。彼も、なかなかの、田舎者ですが、私のさとは、彼の生れ在所より、更に十里も山奥でありますから、何をかくさう、私は、もつとひどい田舎者なのであります。

今官一とは同人誌「青い花」「日本浪曼派」をともにする。上京後の文学的青春をともに生きた数少ない同郷の作家である。

太宰は、七年七月中旬、青森警察署特高課に出頭し、取調べを受け、非合法運動からの絶縁を誓約し、書類送検となった。帰京してから、静岡県静浦村に滞在して「思ひ出」を書きはじめたことは、すでにのべた。九月になって、白金三光町に、飛島定城一家と住むようになる。この間、井伏のところにも通って原稿をみてもらい、「思ひ出」は「甲上の出来」（九月十五日付井伏書簡）とほめてもらった（↓119ページ参照）。その後、十一月頃には「魚服記」初稿も書いた。十二月下旬には、青森検事局に出頭を命じられて、取調べを受け、左翼運動との絶縁を誓約して帰京した。昭和五年以来続いた非合法運動からの最終的な離脱である。

次に掲げるのは、今官一に宛てたもっとも古い太宰治書簡である。昭和七年十二月二十五日付で、芝区白金三光町から出されている。この書簡は、青森検事局出頭以後のものとみていいだろう。思いなしか、過去を清算したあとの、さわやかな意気込みさえ感じられる手紙である。署名はまだ太宰治ではない。

お手紙拝誦。

井伏氏訪問は三日ときめませう。三日の午前中貴兄の宅を私おとづれます。楽器について呻吟してゐるとか、大いに意を強うしました。井伏氏のお手紙にも「今官一は君のよき友也」とあつた。此の言の依つて来る所も、ひつきやう君のこの呻吟にあると愚考する。

はげめよや。

私は気が短いから、早く君の楽器のセンリツに感動したくてならぬのだ。私をして感動せしめなさい。

しかしあせる必要もないと存じます。ことしはまだ五日あまりある。酉歳吉辰ほのぼのと明けるころほひ、厳然とペンを擱くのも亦いいではないか。

私も亦花作りに苦労してゐる。

「この花を見よ」「この花を見よ」と呟きつゝ。
汝はかの楽器をかなで、われはこの花をさゝげ、世の群盲をなぐさめん。
(私は正気で言つてゐるのですよ)
思ひあまつて後略のまゝ　草々。

津島修治

今官一様

「井伏氏訪問」は、翌年正月三日、今官一とともに羽織・袴の正装で行なわれた。以後正月の恒例となる。文面からは、これより以前にも、今官一を伴って井伏家を訪問したものと推定される。

「楽器について呻吟してゐる」とは、今官一が執筆中であった「楽器」という作品のことであろう。「花作りに苦労してゐる」とあるのは、太宰が八年一月一日に脱稿したとされる「花」という短篇のこと。これはのち「葉」の中に、その断章を改作してくみこまれている。八年一月十八日付井伏宛書簡に「「花」といふ十六枚の短篇を元旦に脱稿いたしましたが、どうやら、お見せする程の出来でもなささうでしたから、そのまま倉庫へ入れて了ひました」とあるのがこの作品のことで、日本橋のたもとで花を売るロシアの女の子の話である。この年一月十九日に、大鹿卓、神戸雄一、古谷綱武、木山捷平、新庄嘉章、今官一、藤原定、塩月赳などが企画していた同人誌「海豹」に、今官一が太宰治を推薦した。古谷の「昭和八年　昭和九年」(八雲書店版『太宰治全集』付録第一号　昭23・8)によれば、「作品をひとつ見せてもらつた上で決定しよう」ということになり、後日とどけられた太宰治の筆名による「魚服記」の原稿を読んで古谷はおどろいたという。「魚服記」に続いて「思ひ出」も「海豹」に発表される。はじめて津軽関係以外の雑誌に作品を発表したのである。文字どおり作家「太宰治」の出発であった。書簡でも、昭和八年三月一日付木山捷平宛以降ほぼ一貫して太宰治を名のるようになる。

次に昭和十年八月三十一日付今官一宛書簡の前半を掲げてみよう。筆がきの「一間手紙」(今官一)である。

拝啓

佐藤春夫氏からぼくへ、ぼくの作品に就いて、こんせつな手紙を下され、また、こんどの芥川賞のことでも、たいへん力《チカラ》こぶをいれて下された由、今月二十一日、先方からまねきもあり、知遇を深謝するつもりで上京した。

半年ぶりで東京のまちを歩いた。佐藤氏はやはり堂々としてゐた。さかんにぼくも放言して、ごはんなどごちそうになつてかへつたが、かへつたら、やはり工合ひがよくないのだ。

肺のはうは、もうすつかりいいのだが、酒をやめ、たばこをやめ、一日一杯ひとりで籐椅子に寝てゐては、君、ヒステリイになるのがあたりまへではないか。ねえ。

長篇小説を出す由。時期が大切ではないかしら。ぼくも、それとなく宣伝して置くのは勿論であるけれども、そのまへに「作品」かどこかへ問題作を掲載し、それから、ときをうつさず長篇発刊と行くのがいいのぢやないか。君が僕を策士《サクシ》と言つてゐると、佐藤佐《たすく》といふ青年が言ひふらして、ならびに僕の悪口をもこきまぜて言つてまはつてゐる由、聞いたけれども、若《も》し、君がそれを言つたところで、僕は君の胸中を信じてゐる。君が僕に愛情を感じてゐるやうに。だんだんとしとともに古い友人を大事にしたい気持ちが一杯だ。君、策士《サクシ》云々は気にしないやうに。そんなことで、お互ひの芸術が傷つかない。そんな安つぽい芸術ではなかつた筈だ。佐藤佐（僕とはまだよく話合つたことはないんだ）に逢つたら、君からよく叱つて置くやうに。（紙がなくなつたのであわててゐる。）別な紙を使ふが、ゆるしたまへ。

来月、十月号には、「文藝春秋」「文藝」「文藝通信」と三つに書いた。「文藝通信」のは、「川端康成へ」といふ題で、「下手な嘘はお互ひにつかないことにしよう」などと相当やつたから、或ひは返却されるかも知れない。私は、ただ川端康成の不正を正しただけなのだが、ひよつとしたら没書ものかも知れない。

「文藝」のは、君、まへに読んだことのある原稿だが、「文藝春秋」のは、新しく書いたものだ。四十枚といつて来たのに六十枚送つてやつた。「ダス・ゲマイネ」（卑俗について）といふ題であるが、これは、ぜひ読んで呉れ。

僕が先《さき》に出て、先にくたばる。覚悟してゐる。

船橋のまちは、面白くない。ぼくの自意識過剰もこのごろ凝然《ぎようぜん》と冷えかたまり、そろそろ厳《げん》粛《しゆく》といふ形態をとりつつあるやうだ。厳粛といふ形態はそのうち「間抜け」の形態に変じた。僕はいまそこに暫時、定着してゐる。（後略）

「ぼくの作品」とは「道化の華」(昭10・5)。佐藤春夫訪問は、八月二十二日のこと。そのときの礼状(昭10・8・22付)はすでに紹介した。「佐藤佐といふ青年」は津軽出身で、田中英光、鳴海和夫らの同人誌「非望」の同人。来月発行予定「文藝通信」の「川端康成へ」については「返却」「没書」になるのではないかという不安をもっていたことがわかる。また「ダス・ゲマイネ」については、相当の自信をもっていたことが文面からもうかがわれる。「僕が先に出て、先にくたばる。覚悟してゐる」ということばも、この作品に賭けていたことを示すものだろう。「『文藝』の」ものとは「陰火」のことだが、これはのち「文藝」からとりもどし「文藝雑誌」(昭11・4)に発表した。

この書簡に対する今官一の返信(九月一日付と推定)と考えられる林彪太郎名義のものが、「虚構の春」第二十四番目にある。今官一「洞窟のヴィナス——船橋時代の太宰治の私信に就いて——」(八雲書店版『太宰治全集』付録第八号、昭24・7)によれば「感情の乱れを畏れて」箇条書きにした手紙だとあるが、かなりの長文なので、各条の冒頭部を中心に掲出してみよう。

「返事よこしてはいけないと言はれて返事を書く。一、長編のこと、言はれるまでもなく早まつた気がしてゐる。(中略)二、僕と君との交友が、とかく色眼鏡でみられるのは仕方がないのではないかな。中畑といふのにも僕は一度あつてるきりだし、世間さまに云はせたら、僕が君をなんとかしてケチをつけたい破目に居さうにみえるのではないかしら。(中略)三、それから、君の手紙はいくぶんセンチではなかつたか。(中略)四、これが君の手紙への返事だつたら破いて呉れ。僕としては依頼文のつもりだつた。僕のこんどの小説を宣伝して呉れといふこと。五、昨日、不愉快な客が来て、太宰治は巧くやつたねと云つた。僕は不愛想に答へた。『彼は僕たちが出したのです』——今日つくづく考へなほしてゐる。こんなのがデマの根になるのではないか——と。（中略）太宰治は、一寸、偉くなりすぎたからいかんのだ。これぢや、僕も肩を並べて行かなくては。漕ぎ着かう。六、長沢の小説よんだか。『神秘文学』のやつ。あんな安直な友情のみせびらかしは、僕は御免だ。（中略）七、長沢にも会ひたいと思ひながら、会はずにゐる。（中略）僕と君と二人だけでゐる世界だけが一番美しいのではないだらうか。八、無理をしてはいかん。君は馬鹿なことを言つた。君が先に出て先にくたばる術はない。僕たちを待たなくてはいかん。九、これから太宰治がじやんじやん僕なんか宣伝する時になつたやうだ。（中略）十、君不看双眼色、不語似無愁——いい句だ。では元気で、僕のことを宣伝して呉れと筆をとること右の如し。林彪太郎。太宰治様机下。」

「中畑」は仮名。「長沢」は、中村地平のことと推定される。「『神秘文学』のやつ」とは、太宰の鎌倉での縊死未遂事件のことを書いた「失踪」（「行動」昭10・8）をさしていると思われる。

ここには、同郷人としての今官一のかなり濃厚な友情とともに、芥川賞候補として先に文壇への足がかりを得た太宰への複雑な感情がよみとれる。「太宰は、一寸、偉くなりすぎたからいかんのだ」とか「君が先に出て先にくたばる術はない。僕たちを待たなくてはいかん」などというい い方にそれがあらわれている。

ところで十年九月一日付の今官一の右の手紙に対し、太宰はまたすぐさま九月二日付速達（このときの書簡はすべて速達だった）で、次のような返信をおくっている。

けさ、寝ながら手紙読んで、はね起きた。なんだ、君はちゃんと判つてゐるぢやないか。よし。よし。

一昨日、君への手紙を書きながら、ニイチエの、「人は賞讃し、或ひは、けなすことが出来るが、永久に理解せぬ」といふ悲しい呟きを思ひ出したりなど、しながら、それでも夢中で（ぼくは、このごろ夢中になれることができた。放心の状態もたまにある。その状態が僕にはなつかしく、大事にしてゐる。）手紙書いた。やつぱり、書いたら、よかつた。（中略）僕はこの五六日、全くしよんぼりしてゐた。けれども、僕は自信がついた。僕はヴイナスだ。ヴイナス、そろそろ、今官一の宣伝にとりかからむ、といそいそしはじめた。そのうちお天気のよい日をえらんで上京するつもりである。

それから一年後、麻薬中毒治療のための入院も近づいた十一年十月四日付今官一宛書簡には、「きみを、ほめたたへぬ日なし」とあり、ついで「入院出発の前夜、自殺しさうで、かなはぬ。その夜、すこしでも、にぎやかにしていただきたく、佐藤《さとう》先生、井伏先生はじめ、ほんの内輪《うちわ》で、お茶の一夜、私の家で行ひたく、その夜は、奥さん、キリ子ちやん、みな様そろつて、キツト、来て呉れ」と書きおくり、「君を信じ、敬ふ、たつた一人の、のこされた、光栄の、硬骨の男」と結んでいる。この内輪のお茶の会は太宰の一人合点で、実現しなかった。

今官一は「碧落の碑——「善蔵を思ふ」について——」（辻義一編『太宰治の肖像』昭28・11）という

文章の中で、三十二歳のとき、太宰と二人で五年後に郷里の先輩葛西善蔵の碑を建てる計画をしたが、その後、太宰から突然計画の中止を告げる手紙をもらったことを書いている。それが昭和十五年（月日不詳）と推定される今宛書簡*19*で、そこには「善蔵碑は、よく考へてみたら、どうも僕はもう五年では、おぼつかない。もう十年、といふことにしませう。さうでないと、どうも僕は、善蔵にすまないやうな気がしてならない」とある。書簡は「月日」不詳だが、太宰の望郷の思いを語った「善蔵を思ふ」（昭15・4）が書かれる前後のものではなかろうか。

「善蔵を思ふ」は、贋の「百姓女」から薔薇を買わされたことのある「私」が、故郷とは義絶状態にあるのに衣錦還郷の夢にさそわれて、新聞社主催の郷土の芸術家の集まりに出席し、緊張のあまりに大失態を演じてしまい、やはり自分は一生「路傍の辻音楽師」で終わるしかないと故郷への思いを断念しようとしていると、過日買った薔薇がいいものであることを知って「神は在る」と考えるようになる話である。作中に「善蔵」のことは出て来ないが、自らの境涯に郷里の先輩でふるさとを思いながら、東京の陋巷に死した葛西善蔵を重ねていることはいうまでもない。この作品には今官一も「甲野嘉一」の名で出て来る。甲野については作中に「甲野嘉一君とは、十年来の友人である。同郷のゆゑに交つて居るのでは無い。甲野君が、誠実の芸術家であるから、私が求めて友人にしてもらつてゐるのである」と書かれている。

「月刊東奥」主催の『ふるさとの秋』を語る青森県出身在京芸術家座談会」は、昭和十四年九月二十日、日比谷公園松本楼で開かれた。津島美知子によれば、この集会の日の様子は、ほとんどそのまま事実であるという（前掲『回想の太宰治』）。また、当日、かすれた声で自己紹介する太宰に上席の方から「もう、いつぺん！」とだみ声でいって、彼が「うるせえ、だまつとれ」といい返してしまった相手というのは、棟方志功だとされている。「青森」（昭16・1）という文章の中には、中学のとき世話になった豊田家の主人のために、ある花屋にかざってあった一枚の画を二円で買って「この画はいまにきつと高くなります」といったことを紹介し、「いまでは百円でも安すぎるでせう。棟方志功氏の、初期の傑作でした。（中略）豊田様のお家の、あの画が、もつと、うんと、高くなつてくれたらいいと思つて居ります」と書かれている。棟方の作品は高く評価していたのである。

今官一は、太宰におくれて昭和十五年九月に『海鷗の章』（竹村書房）を出した。太宰は「パウロの混乱」（昭15・11）で次のように書いている。

先日、竹村書房は、今官一君の第一創作集「海鷗の章」を出版した。装幀瀟洒な美本である。今君は、私と同様に、津軽の産である。二人逢ふと、葛西善蔵氏の碑を、郷里に建てる事に就いて、内談する。もう十年経つて、お互ひ善蔵氏の半分も偉くなつた時に建てようといふ内談なのだから、気の永い計画である。今君も、これまでずゐぶん苦しい生活をして来たやうである。この「海鷗の章」に依つて報いられるものがあるやうに祈つてゐる。（中略）今官一君が、いま、パウロの事を書いてゐるのを知り、私も一夜、手垢の付いた聖書を取り出して、パウロの書簡を読み、なぜだか、しきりに今官一君に声援を送りたくなつた次第である。

なお、この創作集に収められた作品「海鷗の章」（「作品」昭10・12、11・1）について、太宰は「もの思ふ葦（その二）」（昭11・1）の中で、「本誌連載中、同郷の友たる今官一君の「海鷗の章。」を読み、その快文章、私の胸でさへ躍らされた。このみごとなる文章の行く先々を見つめ居る者、けつして、私のみに非ざることを確信して居る」として約束どおり「今官一の宣伝」につとめている。

戦後になって、今官一は、昭和三十一年七月刊の作品集『壁の花』（芸術社）で直木賞を得た。結果としては、太宰が「先に出て、先にくたばる」ことになった。二人で約束した善蔵碑もついに建つことはなかったのである。太宰没後「桜桃忌」を提唱したのは今官一だといわれている。晩年には『〈青年の伝記〉太宰治 上』（鶴書房、昭49・4、のち『少年太宰治』としてすばる書房から出版）を書き下ろしたが、完結に至らなかった。太宰との交友をしのぶ多くの文章をかいているが、没後遺稿集『わが友太宰治』（津軽書房、平6・6）にまとめられた。

なお、『晩年』の今官一宛献辞には次のようにあるという。

誠実、花咲いては愛情、仕事に在りては敬意、燃えては青春、夜、夜、もの思ふては鞭。誠実、このぎりぎりの一単位のみ跡にのこつた。

20　山岸外史 宛（二）

昭和十六年二月八日　東京府下三鷹町下連雀一一三より
東京市本郷区駒込千駄木町五〇　山岸外史宛（はがき二枚つづき）

①拝復

おハガキを、なんども熱心に読み返しました。ところどころにムツとしたり、恥づかしく思つたりしました。それから、ずゐぶん考へて（もちろん厳粛に過去を調べました。）ハガキを書いて、三枚やぶりました。二、三日待たうかと思ひましたが、ふと思ひ当る事もありましたので、また、全然あたらしく御返事したためました。兄は、きつと、私がイヤになつたのだと思ひます。それは私のこのごろの、多少ぢやらついた衰へた作品のせゐもあると思ひます。けれども、それ以上に、その衰へた作品をも兄が義理たてしてほめて下さつた事にも原因があると思ひました。S氏のところに於いても、きつと私をほめてくれた事と思ひます。これからは、義理たてないで下さい。自由闊達にお仕事をすすめて下さい。私も、いつまでも同じ

②ところを、低迷してはゐないつもりです。ことしは、何か一つお見せ出来ると思ひます。ことし、だめだつたら、捨てて下さい。兄は、よほどウンザリして居られる様子ですが、もう一年がまん出来ませんか。私はユダではありません。私は、船橋で、誰の為に、なんの為に気が狂つた

か、ごぞんじですか。

私は、いまは、兄の少しいい友人だと思つてゐます。こちらのはうは、どうか御信頼してゐて下さい。（私はソントクで、兄と酒を飲んでゐません。）

宿題にお答へします。
一　ピエタ。よく、やつたと囁きました。
二　山岸は、私の一ばん好きな詩人です。いまは少し不仕合せです。
三　サタン、ユダを雇ふべし。
二　の答案は、まだ及第点でないやうです。
私のはうで、充分自信を以て、「Yは天才」と答へたい。さうなるだらうとも思はれる。

全集収録の書簡の中で山岸外史宛のものが、もっとも多いことはすでにのべたが、その中でも、昭和十六年のものが、二十六通と断然多い。この年の太宰は三十二歳。十四年の結婚以来、短篇は上質のものを着実に書いてきたのだが、十六年に入る頃からあるいは一種のマンネリズムのようなものが生じつつあったかもしれない。それを脱するために「新ハムレット」というはじめての翻案による長篇も試みられていったのだろう。再婚によって生活も落着き、いわば一市民としての平和な日常が続いていたといえる。しかし、そこに文学的な陥穽があることも太宰は気づいていた。「春の盗賊」（昭15・1）によれば、いわゆる前期においては「世の中」の制度や秩序に対する「憤怒と絶望」を自己

に忠実に表現しようとして、文学的にも実生活の上でも行き詰まり、挫折した太宰は、中期に入って「自身の言葉に、権威を持」つために、「微笑の、能面」をつけて、「つつましい一般市井人」の生活を擬装しようとする。「春の盗賊」には「自己を制限し、孤立させることが、最大の術である」というゲーテのことばが繰り返し引用されている。擬態としての市井人の生活は、表現の上では自己の内的な真実に忠実な、いわば自己のためのことばを「制限」して、一般市井人の生活的実感によりそった他者のためのことばによる表現を目ざそうとすることにほかならなかった。自己のためのことばは、かぎりなく詩に近づき、他者のためのことばはつねに通俗への傾きをはらむことになるはずである。その危うさを承知の上で、彼が意識的に採用したのが、いわゆる女性独白体に代表されるような「語り」の文体であり、「新ハムレット」をはじめとする「翻案」という語りなおしの方法であった。語りは基本的には他者のためのことばだ。自己断念(制限)による自己再生、そして現実のまるごとの肯定・受容の中から、自在で平明自然な文体が生み出されていく。換言すれば、現実の制度や秩序に向かって観念や理想の上で正面から対峙したり、反逆したりするのではなく、そこから一歩後退して、それを受け入れ、あるいは受け入れたように見せかけつつ、観念よりは肉体、論理よりは生理、理性よりは感性のレベルで、受動的に自己表現を果たしていこうとする姿勢である。それはまた、彼本来の資質の再発見でもあった。

とはいえ、そこには当然内的葛藤もあったはずである。それをかつて疾風怒濤の青春をともに生きた詩人肌の山岸外史は見のがさなかった。というより、太宰自身がそのような山岸の眼を意識していたといってもよい。昭和十六年に入っても相変わらず、山岸とだけは青春の日とかわらぬ文体によるはがき交換が続いていた。

一方、友人としては、昭和十五年四月、山岸の著書『芥川龍之介』（ぐろりあ・そさえて、昭15・3）の出版記念会に幹事として尽力したり、十六年六月には、鷲谷の「志保原」で、佐藤春夫夫妻の媒酌による、山岸外史の結婚披露宴のために奔走したりもしたのである。

山岸について書いたものとしては「『人間キリスト記』その他」（昭14・7）がある。山岸外史『人間キリスト記』は昭和十三年十一月、第一書房から刊行され、第三回透谷文学賞を受賞した。太宰の文章の冒頭を引用してみよう。

山岸外史氏の「人間キリスト記」を、もつと、たくさんの人に読んでもらひたい、と思つてゐる。さうして、読後の、いつはらざる感想を、私はたくさん、たくさん、聞いてみたい。それは山岸のため、といふよりは、私自身の開眼のために聞いてみたい。遠慮なさらず、思つたこと、たくさん教へてもらひたい。私も、さうであるが、山岸の表現に就いての努力は、たつたいまのこの苦悩を、瞬時の距離に於いて切断し、一まづ時間の流れのそとにピンセットで、つまみ出し、その断面図をありありと拡大し、鮮明に着色して壁に貼りつけ、定着せしめることにある。鏡を、ふたつ対立させると、鏡の中に、また鏡、そのまた奥に、また鏡、無限につらなり、ついにはその最深奥部に於いて、青みどろ、深淵の底の如く、物影がゆらゆら動いてゐる。あいつを、あの青みどろを、しかと摑んで計算し、その在りのままの姿を、克明に描写し、黒白確実に、表現し、それを、やさしい額縁に入れて呈出したい。私は山岸の永年の苦悩をそのやうなところに在ると解してゐる。謂はば、錯乱への凝視であり、韋駄天における計量であり、激憤絶叫への物差《ものさし》であり、眩暈《めまひ》の定着である。かれは、沈黙に於ける言葉、色彩をさへ、百発百中、美事に指定しようとする。純粋リアリズム。あるひは、絶対ヒユウマニズム。そのとき、山岸は、「人間キリスト記」を書いた。

引用がながくなったが、さすがにシュトルム・ウント・ドラングの青春をともにした者のみが書きうるような知己の文章である。

さて山岸宛書簡*20*である。山岸は、太宰の近作について、率直でかなりきびしいことを書いたものと思われる。「多少ぢやらついた衰へた作品」とは、どのようなものをさすのだろうか。いずれにしても、太宰自身何か思いあたるところがあったのであろう。「その衰へた作品をも兄が義理たててほめて下さつた事」とは、十六年二月一日付山岸宛書簡にある「都新聞」の時評のことであろう。山岸の「文芸時評③」(「都新聞」昭16・1・31)は、太宰治の作品の「面白さ」は「心理の純粋度をもつてゐるところ」にあるとし「その人間性とその生活が面白く読めるのは、太宰氏が極端に繊弱な良心家で、底の底に到つてゐる自己の生活を気取らずに表現してみせるからである」と好意的に批評している。それについて太宰は「兄の文は、あたたかい言葉でした。やつぱり私は、かなり弟《おとうと》だと思ひました。安心して、これから努力できるやうに思ひました。気ながにみてゐて下さい」といっているように、やはり太宰は、山岸に対してどこか兄事に近い気持をもち続けている。「S氏」とは佐藤春夫のことだろう。太宰は、昭和十一年十月以降、破門同様になっていた佐藤春夫のところに、十五年正月から年始の挨拶に行き、同年十月には佐藤春夫、井伏鱒二、山岸外史とともに、甲州旅行などもするようになっていた。「ことしは、何か一つお見せ出来ると思ひます」というのは、十六年二月一日から書きはじめた「新ハムレット」を念頭においたことばであろう。「私はユダではありません。私は、船橋で、誰の為に、なんの為に気が狂つたか、ごぞんじですか」というのは具体的にはどのようなことをさしているか、わからないが、「青春の最後の情熱」を燃やす「死ぬる前夜の乱舞」(「東京八景」昭16・1)に、山岸・檀一雄とともに「三馬鹿」といわれながらも、そこから逃げることなく真正面から、いわば狂気のようにつきあったことをさしているのではなかろうか。たとえば次に掲げる同人誌「青い花」解散後のはがきなどは、そのような二人の交友のありかたを端的に示していた。昭和十年八月八日付書簡。

今夕の君の手紙、いままた繰りかへして読み、屈辱、無念やるかたなく転てんした。私は侮辱を受けた。しかもかつてないほどの侮辱を。

けれどもぼくは君の友人だ。かうなると、いよいよこの親友と離れがたい。君も同じ思ひであらうと思ふ。

ソロモンの夢が破れて一匹の蟻。

いまは夜の一時頃だ。

土曜あたりに、また逢つて話したいのだが。

私は、けふよりまた書生にならうと思つてゐる。いままでの僕はたぶんに「作家」であつた。

七日午前しるす。

おれはしかし、病人でない。絶対に狂つてゐない。八日朝しるす。

三服のスイミン薬と三本の注射でふらふらだ。昨夜一睡もせず。八日朝しるす。

山岸自身回想しているように、彼の「苛斂誅求」は、中期に入ってからの太宰の「欺瞞と妥協に対しては、容赦しなかったのである」(『太宰治おぼえがき』審美社、昭38・10)。書簡20の「宿題」は、質問の方がわからないので意味不明だが、山岸の方はまだ昭和十年頃の雰囲気をひきずっているといえる。

さて、七月になってはじめての書き下ろし長篇小説『新ハムレット』(文藝春秋社)が出版された。山岸は、「太宰治について 新ハムレット及び東京八景」(「文学界」昭16・9)で、「自由な会話に巧みでない太宰君が、最も会話を重要とする戯曲の形式を踏襲した点で、この作品は重大な失敗をまづやつてゐる。読破してゆくにつれて、あまりに文章化されてゐる会話(自然と自由のない説話体)に、僕が窮屈な気持を感じたことは確かであつて、その上、形式の繰り返へしが多いのである。その為めに、この一作は、稍々戯曲に囚はれ過ぎた結果を示し、素直な感覚を欠いてゐた」として、「スタイリスト」太宰の形式の失敗を指摘するとともに、「彼が、この仕事に於てなし果したいと考へてゐたい、い、或るものが(人間生活に於て、如何に、その心理は相互に生々しい変遷と無限の発展を重ねてゐるものであるかといふ問題が)極めて野心的に純粋に盛り込まれてゐるといふこと」を評価した。「レーゼドラマ」とはいえ、「会話」が不得意だという指摘などはさすがである。

時間的に前後するが、「このごろ（三）」（「国民新聞」昭15・2・1）の中で、太宰が山岸とおぼしい人物の風貌を描いた一文の冒頭を引いておこう。

Y君といふ友人があります。私も、とかく理窟つぽい男ですが、Y君ほどではありません。Y君は、実に議論の好きな男であります。先日かれは人力車に乗つて、三鷹村の私の家へ議論しにやつて来ました。夜明けの三時までさまざまの議論をいたしましたが、雌雄決せぬままに蒲団にぶつたふれて寝てしまひました。翌る日、起きて、ふたりで顔を洗ひに井戸端へ出て、そこでもう芸術論がはじまり、一時間ちかく井戸端をぐるぐるめぐり歩いて最近の感想を述べ合ひました。朝ごはんを食べて、家のちかくの井之頭公園へ散歩に出かけ、行く途々も、議論であります。

「それでは一たい」とY君は一段と声を張り上げ「君の最も、書きたいと思ふものは、なんだね。君のパッションをどこに置いてゐるのか。それから、さきに決定しよう」と詰め寄り、私は少し考へて、「それは、弱さだ」ドストと言ひかけた時、突然、右手の生垣から赤犬が一匹わんと言つて飛び出し、私は、あつと悲鳴を挙げて体をかはしましたがその犬は、執拗にも私にばかり吠えつき、白い牙をむき出してかかつて来るので、私は今は見栄も外聞もなく、Y君の背後にひたと隠れて、

「だめだ、だめだ、これあいけねえ、わあ、いけねえ」などと意味不明の言語を発するばかりでありました。

Y君は、持つてゐたステツキを振り上げて、悠然とその犬を撃退してくれたのですが、私は一時、死ぬばかりでありました。

「なるほど、弱さ、かね」とY君に、笑はれても、私は抗弁することもできず、かの赤犬の出現以来、もう、めつきり気が弱くなつて、それからの議論は、ことごとく私の敗北になりました。

その後、山岸は、山形県米沢に疎開し、戦後は共産党員として地方の文化運動にたずさわった。その間、太宰に対して何度目かの絶交状を送ったりしたが、死の四か月ぐらい前に一度だけ、病臥中の太宰を若い青年たちと深夜訪ねたという。

太宰治の死をきいた山岸は、米沢からかけつけた。遺体が引揚げられた日、彼は近くにいた若い三人の編集者たちが止めるのもきかず、蓆をとって、その遺骸をみたという。山岸外史はその後、別の場所に移されて検視をうけている「太宰の唇の影には、ほのかな微笑さえ浮んでいた」(前掲『人間太宰治』)と書いている。

21 中谷孝雄宛

昭和十八年八月十七日　東京都下三鷹町下連雀一一三より
東京都杉並区高円寺一ノ五〇六　中谷孝雄宛

謹啓　このたびは御心労をわづらはし、申わけなく存じて居ります。十日頃に甲府の家内の実家にお盆ですのでちよつと行き、すぐ帰るつもりのところ、胃腸をひどくやられまして寝込んで、けふやつと帰宅いたしました。帰宅してみましたら、大兄からの御手紙が来て居りまして、早速拝読仕り、淡泊の御心境がしみじみうれしく心強く存じ、さつそく御返事に取りかかつた次第でございます。

思つたことはなんでも即座に言ふといふ御態度は真に爽快にて、私も及ばずながら、そのやうに心掛けるつもりでございます。

お手紙に依り、もう何もかも、きれいさつぱり流れ去つた思ひが致します。私は単純な男です。それこそユダヤ人のやうに、いつまでもねちねちしては居りません。

○○君といふのは芳賀君でした。芳賀君が酔つぱらつて、邪念なく放言してさうして酒飲みの常として忘れてゐるのかも知れませんが、とにかく、芳賀君からは真情のこもつた長い手紙をもらつてゐますし、これ以上とやかく人を疑ひたくございませんし、これはこれで打切りにしたいと存じて居ります。

本当に、このたびは御心配をおかけして、相すまなく存じて居ります。「実朝」が出来上つたら、恭献させていただくつもりでございます。いろいろと骨を折らせた作品でした。先月だつたか、井伏さんにお逢した時、井伏さんが中谷さんの小説（文藝春秋に発表の短篇と記憶してゐます）を、まじめな作品だ、と言つてほめて居られました。私は、まだ読んでゐません。こんど短篇集が出ましたら、どうか一部御恵与下さい。お互ひ作品の交換が、先輩後輩の間に於いても、最も堅く愛情信頼をつなぐものだ、とこのごろまた、しきりに思はれます。

酒を飲んで、怪気焔を挙げて、握手したりするのは、あまりあてにならないものだと思ひます。このごろは私も本当に、仕事だけだと思ふやうになりました。ひまな時には、奉公袋を枕に昼寝といふ形であります。
三十五、六歳は、とにかく、生きるのにさへ苦しい年齢なのではないでせうか。中谷さんの御経験では、どうでしたでせうか。秋からは、また次の長編に取りかからなければなりません。武蔵野の片隅で、もそくさと、生きて、道で逢ふ人にも振り向かれず、さうして内心、月々の生活費の事ばかり心配をして、本屋から前借して、さうして一生終るのは、覚悟してゐた事とは言へ、仕事の難儀も思ひ合せて、思はず溜息をつく事はありますが、でも、これは私ひとりに限つた事ではないでせうし、不覚にも愚痴をもらした形になりましたが、でも、たまには愚痴も聞いて下さい。おひまの折には、井の頭公園へ遊びにおいで下さいませんか。

まづは、今日は、旅から帰宅してすぐさまの御返事で、乱れて居りますが、意のあるところお汲取下さいまし。
本当に、胸がせいせい致しました。すべて淡泊な御心境のおかげと信じて居ります。
この後も、よろしく御願申します。
敬具。
十七日
太宰治
中谷孝雄様

中谷宛書簡は、昭和十一年二月二十五日付はがきから昭和十八年八月十七日付書簡21まで六通が全集に収められている。

中谷は、明治三十四年生まれ。三高時代の友人、梶井基次郎、外村繁らと「青空」創刊に参加。昭和九年四月には、浅見淵、青柳瑞穂、尾崎一雄、小田嶽夫らと「世紀」創刊。太宰はその十月号に「彼は昔の彼ならず」を、中谷や、尾崎、浅見らの推薦で発表している。中谷は、昭和十年三月に、神保光太郎、亀井勝一郎らと「日本浪曼派」創刊に参加した。当時太宰は、「青い花」の同人だったが、五月号から同人とともに「日本浪曼派」に合流し、同誌に「道化の華」を発表。中谷は、昭和十一年七月十一日の『晩年』出版記念会にも出席、太宰は中谷宛の献呈本に「花は散る。中谷さん、あなたは松だ」と記した。「もの思ふ葦（その二）」（昭11・1）には「中谷孝雄なる佳き青年の存在をもゆめ忘れてはならない」と書いている。また「中谷孝雄氏の「春の絵巻」出版紀念宴会の席上で、井伏氏が低い声で祝辞を述べる。「質実な作家が、質実な作家として認められることは、これは、大変なことで、」語尾が震へてゐた」（「思案の敗北」昭12・12）という文章もある。

いわゆる中期の太宰治のひとつの特色は、「新ハムレット」（昭16・7）にはじまる、翻案の方法による書き下ろしの作品を書いたことである。原典を用いた翻案は、本格的客観小説をめざして中絶した「火の鳥」の失敗以後思いつかれた方法であろう。太宰治の作品中、長篇は「津軽」「人間失格」以外はすべて何らかの原典がある。中でも『右大臣実朝』（錦城出版社、昭18・9）は自他ともに認める力作といってよいだろう。「鉄面皮」（昭18・4）は、『実朝』執筆中の様子を鉄面皮を承知で書いた予告編的作品だが、その中で太宰治は、「HUMAN LOST」（昭12・4）という日記体の作品の中から「実朝《さねとも》をわすれず。〃伊豆の海の白く立ち立つ浪がしら。／塩の花ちる。／うごくすすき。〃蜜柑畑。」という文章を引いたのち、次のように書いている。

くるしい時には、かならず実朝を思ひ出す様子であつた。いのちあらば、あの実朝を書いてみたいと思つてゐた。私は生きのびて、ことし三十五になつた。そろそろいい時分だ、なんて書くと甚だ気障な空漠たる美辞麗句みたいになつてつまらないが、実朝を書きたいといふのは、たしかに私の少年の頃からの念願であつたやうで、その日頃の願ひが、いまどうやら叶ひさうになつて来たのだから、私もなかなか仕合せな男だ。

『右大臣実朝』は、『新ハムレット』（昭16・7）『正義と微笑』（昭17・6）につづく三番目の書き下ろし長篇小説で、錦城出版社「新日本文藝叢書」の一冊として、戦前の太宰作品としては最高の一万五千部が刊行された。推敲に推敲を重ねた点でも、太宰の作品中随一であろう。太宰にとって、昭和十七年末から十八年前半にかけては、「実朝」のために費されたといっても過言ではない。

この時期について、津島美知子も「いはば、実朝時代でありまして、あけてもくれても実朝、実朝で、家中そんな空気でした」といっている（「実朝のころ」八雲書店版『太宰治全集』付録8　昭24・7）。歴史上の人物であるだけに、資料面でも苦労したようで、菊田義孝はそのころの太宰が実朝の資料のつまった重いトランクを持ち歩いており、「然しそれでも、あの頃の太宰さんにはどこか浮き浮きとはしゃいだような雰囲気さえあった。確かにあの「右大臣実朝」は太宰さんの生涯を通じてめずらしい程楽しい仕事だったのだと思う」と書いている（「『実朝』の鞄」筑摩書房版『太宰治全集』月報6　昭31・3）。「実朝」執筆の計画はすでに昭和十七年八月十九日付の戸石泰一宛書簡に見え、以後出版前後まで実に九通の書簡の中で「実朝」にふれており、異例の意気込みである。十七年十月十七日付高梨一男宛書簡には「花火」の削除処分にふれたのち、「今月の二十日頃までに、短篇などの仕事を全部片づけて、それから、いよいよ「実朝《サネトモ》」にとりかかるつもり。ナイテ血ヲハクホトトギス　といふ気持です。／来年は私も三十五歳ですから、一つ、中期の佳作をのこしたいと思ひます。（早く死にたくて仕様がねえ。）」とある。

この頃太宰の身辺に「ユダヤ人実朝」事件ともいうべきものが起こった。「十五年間」（昭21・4）には次のように書かれている。

昭和十七年、昭和十八年、昭和十九年、昭和二十年、いやもう私たちにとつては、ひどい時代であつた。私は三度も点呼を受けさせられ、そのたんびに竹槍突撃の猛訓練などがあり、暁天動員だの何だの、そのひまひまに小説を書いて発表すると、それが情報局に、にらまれてゐるとかいふデマが飛んで、昭和十八年に「右大臣実朝」といふ三百枚の小説を発表したら、「右大臣実朝《ユダヤジン》」といふふざけ切つた読み方をして、太宰は実朝をユダヤ人として取扱つてゐる、などと何が何やら、ただ意地悪く私を非国民あつかひにして弾劾しようとしてゐる卑劣な「忠臣」もあつた。

ことの起こりは、日本浪曼派の会合で、右大臣をユダヤ人と聞き違えた誰かが、今度、太宰がユダヤ人実朝というのを書いたそうだと披露した。それを伝え聞いた太宰が悪意の中傷と受けとって憤慨し、その会合にいた芳賀檀や中谷孝雄に詰問の手紙を送ったというのである。中谷もすぐ釈明の返事を出したが、十八年八月十七日付書簡*21*は、それへの返信である。『太宰治全集』第十二巻（平11・9）の「関係書簡」には、中谷孝雄の昭和十八年八月十一日付太宰宛書簡が収められている。情理をつくしたいい文章だが、長いので必要なところを摘記してみよう。

お手紙拝読しました。

あなたの右大臣実朝のことに就いて、へんなデマが飛んでゐるさうでありますが、或は小生にも多少の責任があるかもしれません。（中略）あなたが実朝をユダヤ人として書いてゐるといふ話は、鉄面皮が文学界に発表された直後、ある会の席上で始めて聞きました。何でもその月の文学界は創作特集号であつたが、その内容が良くないといふので、情報局か何処かへ亀井君が呼ばれて注意を受けたが、たまたま編輯長の河上君が渡支中でどうにもならんので、芳賀君のところへ相談に行つたといふのであります。(中略)そこで誰の作品が悪いといふのかと訊きますと、全部よくないが特に太宰の実朝がユダヤ人として書かれてゐるのでそれが当局の感情を害したらしいといふことでした。「まさか」「そんなことが」「本統かね」と小生は再三念を押してみましたが、話した人は、間違ひないといひます。そこで小生は「それは断じていかん」と少しばかり声を励まして云ひました。(中略)此処で話した人の名前を云はないと、小生が「まさか」と念を押しながらも、その人の言葉を信じるに至つた経路がよく分らないので、云つてしまふことにします。それは亀井君が雑誌のことに就いて相談に行つたといふ当の芳賀君であります。(芳賀君が何故かういふ間違ひをしたかといふことになると、他人のことだからよく分りませんが、今になつて考へてみると、亀井君が右大臣実朝といつたのを、亀井君の言葉のナマリのために、ユダヤ人と聞き誤つたのではないかとも思ひます。何れにしろ、これは亀井君と芳賀君との問題で小生の関知しないことです)(中略)小生は必ずしも実朝の歌の讃美者ではありませんが、ユダヤ人などゝいふことになると、これは別問題であります。この噂が最初亀井君の言葉のナマリから出たとすれば、ちよつとした言葉のなまりも、馬鹿にはならないことになります。(中略)時局が切迫してくるにつれ、人の心も昂ぶつてくるので、不愉快な誤解や中傷も小生の身辺などにも重なつてきてゐますが、そんなものに一々癇を立てゝゐては、お互に生きられなくなつてくるのではないでせうか。小生はこのごろ悪いと思つたことは、その場で悪いといふことにしてゐます。良いと思へば良い。さういふ風に処理してゆかなければ、身が持たなくなります。(中略)

亀井君の右大臣実朝といふ言葉が、或ひはユダヤ人実朝といふ風にナマッて聞こえはしないかと、
あなた自身でためしてごらんになるのもよいかと思ひます。（後略）

北海道出身の亀井の「ナマリ」説はいささかうがちすぎかもしれないが、誤伝の経緯と中谷の率直な人柄がよくわかる文章である。これに先だって、太宰の詰問に対する芳賀檀からの八月八日付太宰宛の返信も残っていて、「あなたにさういふ事を言つたのは、殊によつたら、K氏（引用者注・亀井か）ではなかつたでせうか、といふ事なのです。（中略）もしK氏であつたら、彼は、僕にふくむ所あつて云つたのだと思はねばならぬからです」などと芳賀とK（亀井）の確執にまで及んでいる。

中谷宛書簡*21*で「思つたことはなんでも即座に言ふといふ御態度は真に爽快にて」といっているのは、右の中谷書簡の「小生はこのごろ悪いと思つたことは、その場で悪いといふことにしてゐます」ということばを受けたものである。「○○君といふのは芳賀君でした」とあるのは、太宰が質問状のなかで「○○君」と匿名で書いたのであろう。それに対し、中谷は「此処で話した人の名前を云はないと」自分がその「デマ」を信じるに至った「経路」がわからないからというので、率直に亀井と芳賀の名を出したわけである。太宰の質問状には「情報局」を気にすることばがあったらしく、中谷は追記で「小生の身辺の人で、情報局などへ出入してゐる人は一人もゐません。小生などは情報局や翼賛会や文学報国会などが、何処にあるのかも今だに知らない時勢遅れであります。小生は日本浪曼派などゝいふことをやり出した日から、時勢が如何に変らうとも、常に在野の人間であることを貫きたいと思つてゐます」と毅然たるところをみせている。

津島美知子は「この頃、戦局が次第に進展して、言論出版が、喧しくなつてきていましたから、「御所」はいけないといふので、「御ところ」とわざわざ書き直したり、南面といふ言葉で心配したりいろいろ苦心があつたやうです」（前掲「実朝のころ」）といっているから、ここではむしろ太宰がその神経過敏を中谷にたしなめられたかたちである。（日本近代文学館所蔵の「右大臣実朝」の原稿をみると、確かに「御所」を「御ところ」と訂した形跡がある。）

太宰は一転して井伏が中谷の作品（たぶん「文藝春秋」昭和十八年六月号の「野村望東尼」のことだろう）をほめていたとか、書簡後半の省略部分で「下戸不粋」なので「阿佐ケ谷会」にも出ていけないという中谷に対して、「酒を飲んで、怪気焰を挙げて、握手したりするのは、あまりあてにならない」と共感のそぶりを示している。「武蔵野の片隅で、もそくさと、生きて」という「愚痴」も、中谷書簡後半にある「時勢が如何に変らうとも、常に在野の人間であることを貫きたい」ということばへの反応のようにもとれる。

中谷書簡後半に「小生は太宰治の告発者では断じてありません。（中略）それから変な噂が伝はつた時には、遠いところを見るよりも、脚下身辺を留意することが、お互に大切ではないかと思ひます」という直言があるが、問題の発端が親友の亀井の「ナマリ」が原因だということになれば、「脚下身辺を留意」せずデマに逆上して、質問状をおくった軽率も恥じられるはずで、太宰としては「お手紙に依り、もう何もかも、きれいさつぱり流れ去つた思ひが致します」として「打切りにしたい」ところだったろう。にもかかわらず、「情報局」へのこだわりや「ユダヤ人実朝」問題が、「きれいさつぱり流れ去つた」わけでなかったのは、先にあげた「十五年間」のことばが、それを示している。事実、書簡中にある「次の長編」である「雲雀の声」は、一時出版不許可のおそれありとして、出版を見合わせるということもあったのである。また翌十九年の一月、太宰が、日本文学報国会による「大東亜五大宣言」の小説化にあたって、執筆者に選定され『惜別』の意図」を提出したこともよく知られている。中谷はのち太宰治について「常に権威に反抗の姿勢を示しながら、その反面妙に権威に弱いところがあった」(「思い出の人」「太陽」昭46・9)と回想している。

22 小山 清宛

昭和二十年六月十三日 甲府市水門町二九 石原方より
東京都下三鷹町下連雀一一三 津島方 小山清宛(絵はがき)

拝啓 無事お帰宅の事と存じます。いま、聞いておどろいたが、君は米も何も御持参でなかつたさうで、それは、まづかつた。この時代に於いては、暴挙に近いね、そんな事から、この五、六日に於ける君の気配をいろいろ思ひ合せて、何か君の生活に小さい危機があるやうな気がする。それは、この葉書を読んだ日から必ず克服しなければならぬ。そのために、
一、甲府行は、しばらく断念する事。こんどは、僕のはうで、米を持つてあそびに行きます。

タバコも心配するな。
一、オバサンや、友人たちに対し、気前よくせぬ事。ケチになる事。拒否の勇気を持つ事。
（間違ひのない、小さい孤独の生活を営め！）
一、会社のツトメと、帰宅してからの読書と、執筆と、この三つ以外に救ひを求めぬ事。
以上、たのむ！　このハガキには返事不要。
滝の如く潔白なれ！
滝は跳躍してゐるから白いのです。
めめしさから跳躍せよ！
お前も三十五ぢやないか。

全集は、昭和十五年十一月二十三日付から二十二年十二月九日付のものまで五十八通の小山清宛書簡を収録している。量において山岸外史の百七通につぐ。長文の書簡はないが、小山は敬愛する人からの手紙を大切に保管したのであろう。
小山清は明治四十四年一月四日、東京浅草千束町（新吉原）に生まれた。太宰より一歳半ほど年少である。父は盲目の義大夫の語り手。祖父は明治四十四年の吉原の大火までは、吉原で貸座敷「兼東楼」を経営していた。府立三中をへて明治学院中学部を卒業。下谷竜泉寺で新聞配達をしていた昭和十五年十一月、はじめて三鷹下連雀の太宰の自宅を訪ね、以後師事するようになった。その後、小山は徴用で軍需工場で働くことになるが、昭和二十年三月の大空襲以後は三鷹の太宰宅に同居し、四月に太宰一家が甲府に疎開してからは留守宅を守った。

六月十三日付書簡22は、甲府の石原宅から三鷹の留守宅におくられたものである。小山は六月上旬に甲府の太宰を訪ねているが、この書簡はその直後に届けられた。戦争末期の配給時代の旅行には、食糧持参が常識だったので、米も何も持参しない小山ののんきな態度は、太宰からみても生活の「小さい危機」が小山に訪れているように見えたのだろう。「拒否の勇気」「小さい孤独の生活」などのすすめも、この時期小山の生活態度に対する太宰の危惧の意識がいわせたものと考えられる。「滝の如く潔白なれ！／滝は跳躍してゐるから白いのです。／めめしさから跳躍せよ！」ということばは、津島美知子が「小山清さんのこと」（「木靴」昭42・9）の中で「太宰が流水なら、小山さんは淵。太宰が疾走する帆舟なら、小山さんは錨をどっかとおろした軍艦みたいである。年中よどみ動かず、底の深さは窺い知れず、流出口がないような感じでかなわない。たまには錨を巻き上げて大洋へ出てほしい」とのべた批評と照応しているように見える。

はじめての三鷹訪問後の十五年十一月二十三日付小山宛書簡（はがき）には次のようにある。

原稿を、さまざま興味深く拝読いたしました。生活を荒さず、静かに御勉強をおつづけ下さい。いますぐ大傑作を書かうと思はず、気永に周囲を愛して御生活下さい。それだけが、いまの君に対しての、私の精一ぱいのお願ひであります。不乙。

以後の書簡は「貴稿は拝読いたしました。一、二箇所、貴重な描写がありました。恥ぢる事はありません。後半、そまつ也」(昭16・6・18付)「こんどのは前作にくらべて、その出来栄《できばえ》は、たいへんよいと思ひます。ところどころに於いて感心し、涙ぐんだ箇所も一箇所ありました」(昭16・6・30付)「貴作を読んだ。ゆるめず、このまま絞《しぼ》つて、くるしいだらうが、少しづつ書きすすめて下さい。いい調子だ」(昭16・9・8付)「ただいま、貴稿を拝読しました。予想以上といふわけでもなし、また予想以下といふ事も決してありませんでした。ところどころに貴重なものが光つてゐて、うごかされました」(昭17・3・2付)「こんどの作品も、いいものでした。ジャーナリズムは、どたばたいそがしい中で君の作品を静かに観賞できないのは無理もないとも思ひますが、残念なことです。けれども、必ずいつかは、正当に評価されると思ひます」(昭17・8・9付)など、習作への励ましの便りが多い。

昭和二十一年十一月、太宰一家が疎開先の青森から帰京すると、一時同居ののち、小山は昭和二十二年一月には、鉱夫として、北海道夕張炭鉱に赴く。太宰生前には、「離合」(「東北文学」昭22・9)「聖アンデルセン」(「表現」昭23・2)「その人」(「八雲」昭23・6)を発表したのみだが、太宰没後から、しだいに作品発表もふえはじめ「安い頭」(「新潮」昭26・9)「小さな町」(「文学界」昭27・2)が芥川賞候補にあげられる。特に昭和二十七年頃から、作品が多くなり、第一創作集『落穂拾ひ』(筑摩書房、昭28・6)によって文壇に独自の地位を築くに至った。太宰についての思い出や作品解説の類も多い。

小山は太宰没後、井伏鱒二のところにも出入りするようになった。井伏に小山の縁談をめぐる「加山君のこと」（「中央公論」昭26・4）という好短篇がある。小山は昭和二十七年四十一歳のとき亀井勝一郎の世話で、十八歳年下の房子夫人と見合結婚をする。二人の間には二人の子も生まれるが、昭和三十三年、四十七歳のとき、小山は失語症に陥り、昭和三十七年、内職で生活を支えていた房子夫人が自殺した。小山も昭和四十年三月六日、心不全によって死去するのである。

昭和十五、六年頃からの太宰治のもとには、若い文学好きの青年たちが、集まるようになった。太宰は彼らに誠実に向きあったといえる。彼らに与えられた多くの書簡がそれを物語っている。なかでも田中英光と小山清はその代表的存在である。

小山は「最後の人 師太宰治」（「新潮」昭28・10）の中で、師の印象を次のように書いている。

私は太宰さんと会つて、太宰さんの人柄が、またその生活が、作品と一枚のものであることを知つた。太宰さんは私が作品を読んで想像してゐたとほりの人であつた。私は自分の心が満されるのを感じた。私は何か書けると太宰さんのもとに持参して読んでもらひ、また辛くなると太宰さんの顔を見に出かけた。そして太宰さんに親炙するにつれ、私もまた、「この人の生きてゐる間は、自分は孤独ではない。」と思つた。その後、田中英光君に会つたとき、田中君は、「太宰さんは傘張剣法だから好きさ。」と云つた。私が太宰さんは僕たちにとつてLast manだと云つたら、田中君はLast oneだと訂正した。三鷹へ行くと、いつも帰りは終電車間際になつた。私は酒は呑めなかつたが、それでも太宰さんは私を連れて、駅前にある呑み屋をあちこち呑み歩いた。私は真赤な顔をして、太宰さんにくつついて歩いた。別れ際には、太宰さんはいつも私を元気づけるやうなことを云つてくれた。（中略）――侘しい時にはいつでも来い。私もまた、暗い夜々を、太宰さんの肌の匂ひになぐさめられてきたのである。

小山にとって、太宰治はまさに「最後の人」であった。

Ⅳ　無頼派宣言から「人間失格」へ

23 田中英光宛

昭和二十年九月二十三日　青森県金木町　津島文治方より
静岡県田方郡内浦村三津　田中英光宛

拝復　先日は、私こそ大へん失礼いたしました。わざわざおたづね下さつたのに、あの混雑最中で、それに居候の身の上、お察し下されたく、先輩も胸中悲痛のものがあつたデス、御寛恕下さい。他日必ず東京で飲み直しませう。

会社のはうが、あぶない由、まああせらずに休養し、さうして読書と執筆をおつづけ下さい。文運大いに起つてゐます。

四、五日前、小山の加納君が金木へあらはれました。彼は兵隊に行つてゐたのださうです。たいへん丈夫になつて、九月に除隊になつて帰り、文運大いに起るの兆を望見して、近日旗挙げ準備に上京するさうです。出版会内の小山書店にレンラクしたら逢へるかも知れません。今日まで私のところへ原稿ほしいと言つて来てゐるものの中で主なるところは、

(新興会社では)新紀元社(中野正人)神田区西神田二ノ二十一、経国社(菱山雷章)京橋区銀座西五丁目五、鎌倉文庫創立事務所　麹町区丸ノ内丸ビル六階六九三号

いづれも仲々の意気込みです。何かおついでの時でも、立寄つてみるのも一興と思ひ、右記した次第です。とにかくいゝ小説を書いて下さい。生活費くらゐはかせげると思ひます。

私は、さうは言ふものの、どうも、なまけてばかりゐて、甚だ面目ない次第です。しかし、あすから精を出します。まづ仙台河北新報にレンサイ小説を書くつもり、しかし百回くらゐでカンベンしてもらふつもり、挿絵《さしゑ》は中川一政で稿料も一枚十円くらゐらしいから、まあ新聞小説としては、ほどよい条件だらうと思ひます。題は「パンドラの匣《はこ》」としました。うまくゆくかどうか、甚だ心細く憂鬱です。

それではまたおたよりしますから、元気でゐて下さい。お子供衆お大事に。

奥さまにもくれぐ\よろしく御鳳声たのむ。

不尽。

（原一家では、田中さんはなかなかいゝお方だとたいへんです。

田中英光は大正二年東京生まれ。小山清より二歳年少。早稲田大学在学中の昭和九年七月、ボート選手としてロスアンゼルスでのオリンピックに参加した。全集には、昭和十九年八月一日付書簡から二十二年十二月十一日付のものまで十一通の田中宛のものが収録されている。しかし、田中との間には、すでに昭和十年頃から文通があった。同人誌「非望」（昭10・8）に掲載された出方名英光（田中の筆名）の「空吹く風」について、当時京城府南大門通りの横浜護謨製造株式会社朝鮮出張所に勤め

ていた田中英光に「君の小説読んで、泣いた男がある。かつてなきことである。こんな薄汚い小説ではあるが、この荒れ果てた竹藪の中には、かぐや姫がゐる。ご自愛を祈ります。君、先づその無精髭を剃り給へ。初めてたよりした罪お許し下さい」という文面のはがきを出したという。これは「非望」第七号（昭11・2）の「時々刻々」という文章の中で紹介されているが、太宰がほぼ同じ文面のはがきを出したことはまちがいないだろう。田中の「太宰さんのこと」（「文藝大学」昭23・4）にもほぼ同文に近いはがきをもらったことが書かれている。太宰はそれに前後して「もの思ふ葦（その一）」（昭10・12）に「追記」として、「文藝冊子「非望」第六号所載、出方名英光の「空吹く風」は、見どころある作品なり。その文章駆使に当つて、いま一そう、ひそかに厳酷なるところあつたなら、さらに申し分なかつたらうものを」と書いている。

「虚構の春」（昭11・7）第二十八番目には、田中英光からの書簡と推定できる中江種一名義の次のような書簡が使われている。

「はじめて、手紙を差し上げる無礼、何卒お許し下さい。お蔭様で、私たちの雑誌、『春服』も第八号をまた出せるやうになりました。最近、同人に少しも手紙を書かないので連中の気持は判りませんが、ぼくの云ひたいのはもう、お手許迄とどいてゐるに違ひない『春服』八号中の拙作のことであります。興味がなかつたら後は読まないで下さい。あれは昨年十月ぼくの負傷直前の制作です、いま、ぼくはあれに対して、全然気恥しい気持と、又は、訳の分らぬ関心のさつぱり持てぬ気持に駆られてゐます。太宰さんの葉書なりと一枚欲しく思つてゐます。ぼくはいま、ある女の子の家に毎晩のやうに遊びに行つては、無駄話をして一時頃帰つてきます。大して惚れてゐないのに、せんだつて、真面目に求婚して、承諾されました。その帰り可笑しく、噴き出してゐる最中、——いや、どんな気持だつたかわかりません。ぼくはいつも真面目でゐたいと思つてゐるのです。東京に帰つて文学三昧に耽りたくてたまりません。このままだつたら、いつそ死んだ方が得なやうな気がします。誰もぼくに生半可な関心なぞ持つてゐて貰ひたくありません。東京の友達だつて、おふくろだつて貴方だつてさうです。お便り下さい。それよりお会ひしたい。大ウソ。中江種一。太宰さん。」

「虚構の春」には、第四十一番目にもう一通、発信者の生い立ちから現在に至る経歴まで書いた作中もっとも長い手紙が入っている。

他に、投函されなかった昭和十一年十月七日付の京城府西小門町一二七—一　小島方（のち田中と結婚する小島喜代の家）から船橋町五日市本宿の太宰に宛てた封書が残されている。田中の没後、発表された「「独楽」の自序に代へて」と題された長文（四百字詰原稿用紙にして三十五枚前後）の書簡である。「独楽」は田中が太宰治におくった五百枚の作品で、太宰は「日本浪曼派」などに連載しようとしたが、実現しなかったものである。田中は昭和十二年二月に小島喜代と結婚。結婚を祝って、太宰から「わが慎ましき新郎の心を」と題し「はきだめの花／かぼちゃの花／わすられぬなり」と書いた色紙が送られて来た。七月に京城で召集され、十二月に除隊、さらに十三年七月に再召集されて、十五年一月除隊するまで中国各地を転戦。その間も、田中は戦地から太宰宛に原稿を送り続けたようだ。

「鷗」(昭15・1)に次のようにあるのは、従軍中の田中英光のことをさしている。

戦線からも、小説の原稿が送られて来る。雑誌社へ紹介せよ、といふのである。その原稿は、用箋に、米つぶくらゐの小さい字で、くしやくしやに書かれて在るもので、ずゐぶん長いものもあれば、用箋二枚くらゐの短篇もある。私は、それを真剣に読む。よくないのである。その紙に書かれてある戦地風景は、私の陋屋の机に頰杖ついて空想する風景を一歩も出てゐない。新しい感動の発見が、その原稿の、どこにも無い。「感激を覚えた。」とは書いてあるが、その感激は、ありきたりの悪い文学に教へこまれ、こんなところで、こんな工合に感激すれば、いかにも小説らしくなる、「まとまる」と、いい加減に心得て、浅薄に感激してゐる性質のものばかりなのである。

なお太宰は、この作品の中で、自らを社会的敗残者である「辻音楽師」にたとえながらも、「辻音楽師には、辻音楽師の王国」があるのだと書いた。この年の四月、田中の「鍋鶴」という作品が太宰の紹介で「若草」に載る。はじめての商業雑誌への掲載だった。太宰から中国戦線の田中へ「若草」の新聞広告の切り抜きが送られて来た。田中は十五年一月に除隊。三月にはじめて三鷹の家に太宰を訪ねる。そのとき持参した原稿「杏の実」を改作のうえ「オリムポスの果実」と改題させて「文学界」(昭15・9)に紹介し、それが第七回池谷信三郎賞を受けて、田中の出世作となった。『オリムポスの果実』は、他の短篇とともに単行本として、十五年十二月に高山書院から出版されるが、太宰は巻頭に「田中君に就いて」という序を寄せた。その一節には次のようにある。

田中君が戦地から帰つて、私の家に来た時も、戦争の手柄話は、一言も語りませんでした。縁側に坐つて、ぼんやり武蔵野を眺め、戦地にもこんな景色がありますよ、と、それだけ言ひました。さうかね、と私もぼんやり武蔵野を眺めました。その日、私に手渡した原稿は、戦争の小説ではありませんでした。オリンピック選手としての、十年前の思ひ出を書いた小説でありました。

さて書簡23について。田中は昭和二十年八月四日、青森県金木町に太宰を訪ねて二泊したという。津島家では避難小屋作りなどで「混雑最中」で、十分なもてなしが出来なかったことをわびている。「会社のはうが、あぶない由」とあるが、田中は同年九月に会社の人員整理で横浜護謨製造株式会社を退社している。二十年十月五日付田中宛書簡（絵はがき）には「クビの件、感無量の事と、衷心より御察し申します。（本当に、冗談でなく）」とある。

小山書店の加納正吉の名をあげているが、かねてから太宰は新風土記叢書の『土佐』の執筆を田中にすすめていた（田中の父が高知県出身）。新興の出版社の名前をあげているが、このあとの書簡でも毎回のように出版社への原稿の斡旋をしている。昭和二十二年六月三日付田中宛書簡には「どうも田中出版社の集金がかりみたいになつて来た」などと書いているほどだ。「河北新報」の連載小説「パンドラの匣」の挿絵は中川一政とあるが、恩地孝四郎に変更された。「斜一家」とは、次姉トシが嫁いだ津島市太郎一家のこと。田中は、この家に泊められたのだろう。『自叙伝全集 太宰治』解説（文潮社、昭23・10）の中で、田中は次のようにいっている。

私はその太宰さんが、その最悪の時期、厚釜しくも太宰さんの御生家をお邪魔したが、その時、太宰さんは、坊主頭に地下足袋を穿き、「津軽」に出てくる、アヤさん（古い下男）の疎開小屋を作る手伝いをしておられた。

その時、金木のガソリンカアの停車場で、太宰さんは、私の子供たちの為、ボオル紙の着替人形とか、郵便局ごっことか、安いお土産を沢山、買ッて下さッた。（中略）私はその時、太宰さんが長身猫背の、眉太く、鼻大きい美貌に、はにかんだ微笑を浮べ、手をふッて下さッた姿をありありと今も思い出す。

昭和十五年頃から太宰治の周囲には、多くの後輩や作家志望の青年たちが集まるようになった。なかでも、田中との文通は既にのべたように昭和十年からで古いが、はじめてあったのは昭和十五年三月下旬である。ついで十一月には小山清が、十二月には、戸石泰一が、同月に堤重久がそれぞれ三鷹を訪ねた（菊田義孝は十六年七月？）。代表格は、田中英光と小山清だろう。小山清は、明治四十四年生まれで田中より年長だが、はじめて太宰を訪ねるのは、昭和十五年十一月のことで、作家的出発も太宰没後からで、田中よりおそい。二人の間にはある種のライバル意識のようなものもあった。小山清は「風貌――太宰治のこと」（「風雲」昭25・7）の中で次のようにのべている。

その後田中英光君は「太宰さんは傘張剣法だから好きさ。」と云つた。私が太宰さんは僕たちにとつてLast manだと云つたら、田中君はLast oneだと訂正した。（中略）太宰さんは私に向かつて、「おれは小山に云ふことがあるんだ。」と云つた。私が「わかつてゐますよ。わかつてゐますよ。」と云つたら、「これから田中と信じあつて行け。」と云つた。田中君はあゝいふ豪傑だから忘れてしまつたかも知れない。（中略）「惜別」のある個所にはまた、人の顔色ばかり窺つてゐる、奴隷の表情をした魯迅のことが書いてある。田中君のある作品に私のことを「むかし藤村の書生をしてゐたとかいふ、小川君といふ老文学書生」といふふうに書いてある。私はむかし島崎先生に大変お世話になつたことがあるが、書生をしてゐたといふわけではない。私はあれを読んで、田中も、もう少し書きやうがありさうなものだといふ気がした。田中君が逝くなられてから、亀井さん（引用者注・亀井勝一郎）の追悼の文章のなかに、「太宰の最大の弟子が後を追つた」といふやうに云つてあつた。おそらく田中君にとつて、最上の手向けの言葉であらう。田中君が第三者の口から一番云つてもらひたかつた言葉である。

ここにいう「田中君のある作品」とは「生命の果実」（「別冊文藝春秋」昭24・8）のことである。

太宰は、小山と田中とでは、手紙もあきらかに書きわけている。小山に対しては、送られて来た作品を読んで、励まし続け、実生活上のこまごました忠告などもしている。田中宛書簡は十九年ごろからしか残っていないが、一人立ちしつつあった田中へは、出版社の紹介が多い。戦後の田中は二十一年に日本共産党に入党、沼津地区委員長などもつとめたが、二十二年三月には離党し、「N機関区」「地下室から」などの革命運動批判を含む作品を書いた。静岡県三津浜と東京を往き来しつつ、しだいに荒れた生活を送るようになっていた。

昭和二十二年四月二日付の静岡県田方郡内浦村三津の田中宛書簡には、出版社・雑誌社の状況や田中の就職問題にもふれながら次のように書いている。

御手紙拝見、どうも君には東京が鬼門のやうだ。もつとも僕もいま死にたいくらゐつらくて、(つい深入りした女なども出来、どうしたらいゝのか途方に暮れたりしてゐて)ひとの世話どころではないが、とにかく、新潮にたのんでみます。(中略)

八方ふさがりの時は、(僕にも実にしばしば、その経験があり、いまだつて、いつもその危機にさらされて生きてゐるわけですが)あせつて狂奔するよりは、女房にあやまつて、ごろ寝するのが一ばんのやうです。(中略)

子供は三月三十日に生れました。女の子供です。名前はまだきまつてゐません。長女と長男が同時にハシカにやられ、長女はいゝのですが長男が思はしくなくて、気になつてゐます。みんな寝たので、ばあやをひとりやとひました。けふは大風で、私は神妙に読書などしてゐます。しかし前途にいろいろ解決しなければならぬ問題があつて、それを思ふと胸がどきどきして、三十九歳も、泣きたくなります。

危急突破を祈る。

あせつてはいけない。まづ、しづかに横臥がいちばん。

敬具。

四月二日

太宰　治

田中詞兄

「つい深入りした女など」というのは、太田静子のことをさしている。「東京が鬼門」とあるのは、田中にも東京で女性に関わる問題が生じていたのだろう。太宰の方も、二十二年三月二十三日頃と推定される太田静子宛の書簡に「昨日帰宅したら、ミチは、へんな勘で、全部を知つてゐて、(手紙のことも、静子の本名も変名も)泣いてせめるので、まゐつてしまひました」とあるような火宅的状況にあった。「八方ふさがりの時」は「女房にあやまつて、ごろ寝するのが一ばん」というのは、自戒のことばでもあったはずだ。

田中は二十三年六月の太宰治の自殺に強い衝撃を受け、アドルム、カルモチンなどの中毒になり、二十四年十月三日、三鷹禅林寺の太宰の墓前で自殺した。

24 井伏鱒二宛(三)

昭和二十年(月日不詳)青森県金木町　津島文治方より
広島県深安郡加茂村　井伏鱒二宛

謹啓　けさ畑で草むしりをしてゐたら、姪が「井伏先生から」と言つて、絵葉書を持つて来ました。畑で拝読して、すぐ鍬《くは》をかついで家へ帰り、ゲエトルをつけたままでこの手紙を書いてゐます。このごろは、一日に二、三時間、畑に出て働いてゐるやうなふりをして、神妙な帰農者みたいにしてゐるのです。御教訓にしたがひ、努めて沈黙し、人の話をただにこにこして拝聴してゐます。心境澄むも濁るも、てんで、そんな心境なんてものは無い、といふ現状でございます。まあ一年くらゐ、ぼんやりしてゐようと思つてゐます。親戚の印刷屋に原稿用紙をたのんで置きましたが、それが出来て来たら、長編小説をゆつくり書いてみるつもりです。でもまあ、故郷があつてよかつたと思つてゐます。東京でまごついてゐたら、イヤな、末代までの不名誉の仕事など引受けなければならないかも知れませんから。

福山もヤラレタ様子を新聞で知り、御案じ申して居りましたが、御一家御無事の由なによりでございます。御子供様の御丈夫だけが、幸福です。

お酒、タバコ、そちらは如何ですか。こちらは、日本酒一升五十円、ウキスキイ、サントリイ級一本百円ならば、どうにか手にはひるやうです。タバコも、まあ、どうやらといふところです。この一箇月間、毎晩兄の晩酌の相手をしてゐます。兄も少し老いました。

私がこちらへまゐりました当座は、青森がヤラレ、それに艦載機が金木へもバクダンを四、五発落して、焼けた家もあり死傷者も出て、たいへんな騒ぎでした。私の家の屋根が目標になつたのだと、うらんでゐた人もあつたさうです。先日、中村貞次郎君の蟹田の家へあそびに行きましたが、ここもバクダンのお見舞ひで、中村君の家の戸障子ほとんど全部こはされてひどい有様でした。金木でも蟹田でも、みんな野原や山に小屋を作つて、そこに避難といふ事になつたのですが、こんどはその小屋の後始末に一苦労といふわけです。丸山定夫氏が広島で、れいの原子バクダンの犠牲になつたやうですね。本当に私どもの身がはりになつてくれたやうなものです。原子バクダン出現の一週間ほど前に私によこした手紙が、つい先日金木につきましたが。虫の知らせといふものでせうか。妙に遺書みたいなお手紙でした。縞の単衣があるから、あれをお前にやる、などと書いてゐました。惜しい友人を失ひました。

申しおくれましたが、甲府罹災の折には、かずかずのお品を奥様からいただき、女房が感激して居りました。どうか奥様によろしく山々御伝言おねがひ申し上げます。またその折には、白ズボンまでいただき、私はあれをはいて蟹田の中村君を訪問いたしました。

申し上げたい事がたくさんあつたやうな気がいたします。でも、もう、死ぬ事も当分ないやうですし、あわてず、ゆつくり次々とおたより申し上げる事に致します。

終りに一つ、当地方の実話を御紹介いたします。

「いくさにも負けたし、バイショウ金なども たくさんとられるだらうし。」

「イヤ、そんな事は何も心配ない。無条件降伏ではないか。よくもしかし、無条件といふところまでこぎつけたものだ。」

大まじめに答へたといふその人は、隣村の農業会長とか何とか立派な身分のお方だ さうです。神州不滅なり矣。

これから秋になりますと、お互ひ田舎は、ゆたかになつて来るのではないでせうか。津軽は凶作の危機を、この十日間ばかりの上天気でどうやら切り抜け平年作の見とほしがついたやうです。

それではどうかくれぐれもお大事に、またおたより致します。

太宰治と井伏鱒二は、ともに昭和二十年八月十五日を、それぞれ疎開先の故郷の生家で迎える。しかし、その前後の両者の作家的姿勢は、太宰の多産、井伏の沈黙というようにまったく対照的だ。太宰は昭和十九年、二十年という困難な季節に多くの良質の仕事を残した作家として記憶されるべきだろう。十九年には『津軽』『新釈諸国噺』を書き、二十年七月までに『惜別』『お伽草紙』を完成している。決して長くない彼の文学的生涯の実質的頂点は、前期の『晩年』でも、『斜陽』『人間失格』の後期でもなく、この時期にこそある、とさえいえるかもしれない。この時期の太宰の特色を一言でいえば、根所としての故郷や伝統への回帰志向であった。また、「パンドラの匣」（昭20・10〜21・1）で出発した戦後の彼は、「便乗思想」的民主主義論や戦争責任追及、あるいは「サロン思想」的文化国家論議や天皇制批判などにひそむ一種の欺瞞性に対して、「保守派」の立場からもっとも早く、もっとも激越な批判を加えた一人であったといえよう。同時に、戦後の彼は、「倫理の儀表を天皇に置く「アナキズム風の桃源」（「苦悩の年鑑」昭21・6）を夢想する。これは、おそらく津軽の自然と共同体を背景に夢みられた「自給自足」の一種農本主義的なユートピアであり、それはまた「すべてを失ひ、すべてを捨てた者の平安」である「かるみ」（「パンドラの匣」）の思想が具現するはずの場所であった。しかし、戦後的現実の推移とともに、そのロマン派風のユートピアの夢も、所詮冬の花火のように季節はずれの滑稽で空しいものであることを思い知らされた太宰は、「桃源」の夢に幻滅して「落ちるところまで、落ちて行くんだ」という「冬の花火」（昭21・6）の主人公数枝とともに上京し、

「人間失格」への急坂を一気に駈け下ることになるのである。

敗戦直後、少なくとも九月上旬か中旬頃にかけてのものと推定される井伏宛書簡24によれば、井伏鱒二は、敗戦前後にこの愛弟子に対して混迷の時期はつとめて「沈黙」して「心境澄む」のを待つようにという趣旨の「教訓」を与えていたらしいことがわかる。この返信は受信の即日に書かれたようだからこの「教訓」を書いたのはこの書簡の前便であるかもしれない。「まあ一年くらゐ、ぼんやりしてゐようと思つてゐます」といっているが、実際そうはいかなかったことは知られているとおりである。太宰は、九月二十日すぎには、「河北新報」への小説連載を約束し、早くも九月三十日には、「パンドラの匣」二十回分、八十枚近くを「河北新報」の村上辰雄宛に送っている。もとになった「雲雀の声」のゲラ刷が手もとにあったとはいえ、敗戦から一か月半ほどたったばかりであることを考えると、「沈黙」とか「ぼんやり」という状態ではなかった。その早すぎる反応が、連載を予定の半分ほどで打切ることにもなったのである。

井伏は昭和十九年五月に山梨県甲運村に疎開し、二十年七月十日に広島県深安郡加茂村に再疎開して、二十二年七月下旬まで滞在した。一方太宰は二十年四月から甲府に疎開、七月二十八日に甲府を出発して金木の生家に再疎開するまでは、妻美知子の生家石原家にいた(七月六日深更、石原家全焼後に一時大内家に移る)ので、その間井伏とはお互に行き来があった。「甲府罹災の折には」とはそのときのことをさしている。「丸山定夫氏が広島で、れいの原子バクダンの犠牲になつた」ことが書かれている。丸山は明治三十四年生まれで、土方与志の新築地劇団やエノケン一座などでも活躍し、新劇の団十郎といわれた役者だが、太宰とは戦時中、おそらく菊谷栄か伊馬春部を介して知りあって意気投合し、急速に親しくなった。全集には昭和二十年六月一日付で丸山定夫が、甲府水門町の太宰の疎開先に出した長文の手紙がのこされているが、その中に「洋和服売り立て中、少しきざかも知れないが、よかつたらどれか一つ上げやうか」とある。丸山は日本移動演劇連盟桜隊を引率して慰問巡業中の広島で、原爆のため団員九名とともに死去した。全集の「関係書簡」には七月二十八日付で広島から甲府市水門町石原方にあてたはがきも収められていて、「飢えかわく様に新旧の君の作品が読みたい。／あゝ、あなたは、大きくも小さくも独自に生きて、その生きてゐるさまを呼号してくれなければいけない」とある。「原子バクダン出現の一週間ほど前に」出した「遺書みたいなお手紙」とは別にあったのだろうか。伊馬春部宛太宰書簡（昭21・3・2付）には「丸山定夫の死んだのは、なんとも残念。戦争は羽左衛門と定夫を奪ひました」と書いている。

さて、戦後の太宰の井伏鱒二宛書簡は、九通が残っている。一方、井伏の太宰宛書簡は十一通（うち一通の内容は津島美知子宛）保存されていて、一種の往復書簡のおもむきがある。

先の書簡24にある井伏からの「絵葉書」とは、次にあげる二十年八月二十八日付の福山市外加茂村からのものがそれに該当するようだ。

御無事の由万慶です。小生安着の通知出して未着のおもむき。但し水門町宛て。福山も甲府そつくりになりましたが拙宅は田舎ゆゑ安全也。かつて山のぼり鮎つりで鍛えた体力は奉仕荒仕事には何の役にも立たず、たゞ当地へ適応させ得る原動力は我が身の寄る年波のごとくに思はれる。

行く末を思へば思へば日本人はとても苦しまなくてはならぬことだらうと胸苦しく候。文治旦那によろしく。また美智子《ママ》さんによろしく。拙宅一同無事。須美子さんは高田家にて健在。英之助からの通信ないさうな。僕の仕事はこれからのごとし。いや、必ずさうあり度い。いまだ着手せずといへども云々。中畑さんへもよろしく。但し、よろしくとは安泰を祈るといふ意味に候。

八月二十七日　夜

右書簡中「須美子さん」とは、書簡*18*でもふれられていた高田英之助夫人。「高田家」は、広島県芦名郡新市町の高田類三宅のこと。

二十年十月七日付井伏宛書簡は、同年九月二十六日付太宰宛井伏書簡への返信である。「水害」の見舞や「進駐軍との通訳」のこと、甥と鮒釣りにいったことなど報告したあと、文治兄は代議士に立つのではないかと書いている。また「十月十六日から仙台の河北新報に、連載小説を書く事になりました。一枚十円ださうです。挿絵は中川一政氏の予定ださうです。たのしみながら書いて行かうと思つてゐます。どんな事を書いてもかまはないさうですから、気が楽です」とまんざらでもなさそうだ。

戦後の井伏宛書簡九通のうち、七通は津軽からのもので、上京後は二通（はがき）のみ。二人の間はしだいに疎遠になりがちであった。

井伏との往復書簡がもう二組確認できる。井伏の昭和二十年十一月二十二日付太宰宛書簡。

きのふ岩国の河上徹太郎のところから帰つて来ると君の諸国噺が届いてゐた。ちよつと面白さうではないか。今晩読まう。河上に東京で生活できるだらうかときくとちよつと無理だらうねと云つた。彼もおいしいものを食べに岩国のおかあさんのところへ帰つた、といふところが本音らしい。僕はお従伴《ママ》のわけで大いに飲み且つ大いに食つた。（中略）

僕は先日はじめてジープなるものを見て以来、このごろ町へ行く度に見かけるやうになつた。先方は我等に無関心ではないか。だから日本人の女が関心を持つて口紅をつけるものらしい。手、だね。

さて君の健康を祈ります。匆々

それに対する太宰治の昭和二十年十一月二十八日付の井伏宛返信を摘記しよう。

拝復　お手紙ありがたく拝読いたしました。河上さんと飲んだり食つたりなさつた由、よかつたですね。私は相手が無く、ひとり奥の部屋に閉ぢこもつて、せきばらひばかりしてゐます。文治兄は選挙も近づいたので、この寒いのにどこかへ出かけ、家の者は皆、「トンボ釣、けふはどこまで行つたやら」の心境です。もう地主生活もだめになるでせうし、選挙で走り廻つて、いつそ死にてえ、なんて思ふ夜もあるかも知れません。ハラハラします。（中略）

出版景気といつても、景気にはこれまでいつもだまされて来ましたし、とにもかくにも、私はヒカン論一点張り。

ただもう酒を飲んで俗物どもを罵倒したい気持で一ぱい。（後略）

太宰は、これに先立ち、十一月二十三日の井伏宛書簡で「パンドラの匣」打ち切りの件や、十四日に小館家に嫁いでいた四姉きやうが逝去したことなどを報じ、「私の津軽にゐるうちに、いちど津軽に先生を迎へて、三日も四日も続けて飲みたいものです。わが念願はそればかり。共産主義も自由主義もへつたくれもない、人間の欲張つてゐるうちは、世の中はよくなりつこありませんよ、日本虚無派といふのでも作りませうか」と書いていた。井伏はそれが着信しないうちに、十一月二十二日付書簡を投函していたわけだ。したがって、井伏は十二月五日付太宰宛書簡で「本日貴翰二通落掌、(中略)今度の地主五町歩以内といふ話ではずゐぶんみんなセンセイションきたしたが、地主も小作もお互に家臣になるだけのことでせう。現地人に(判然と)なるだけのことです。かうなれば確たる雰囲気を自分で持たなくてはやりきれぬ。しよげたつてつまらない。君は酒くらつて俗物を罵るといふが僕は煎り豆の粉の代用コーヒーを飲みながら五十男の色目をつかふ場所をさがしあてもうすこし若返り度い」と返事している。「現地人」とは戦時中、日本占領下の人々を呼んだことば。井伏家も小地主であるが、田畑は四町歩余りで、津島家のような大規模な不在地主とは、GHQによるいわゆる農地改革に対する受けとめ方も違ったのであろう。酒のかわりに「代用コーヒー」とは、太宰の苛立ちに対するなだめともイロニーともとれる。このとき太宰治三十七歳、井伏四十七歳。

もうひとつ内容の対応する書簡をあげておく。太宰の昭和二十一年四月十九日付井伏宛書簡(はがき)には「謹啓「展望」の御作を拝読し、いよいよ佳境にはひらんと致しましたら、原稿用紙の不足、実に惜しい気持でした。原稿用紙ございますか。紙質が悪くてもかまはなければ、こちらに少しございますが、もしお困りでしたら、電報ででも御知らせ下さいまし」と書いている。「展望」の「御作」とは「二つの話」(昭21・4)のことで、末尾は、原稿用紙がなくなったという口実で終わりになっている。もとより井伏流の作為だが、太宰はそれを真にうけている。井伏もこの年に入って「二つの話」、「侘助」（昭21・5、6）、「橋本屋」（昭21・11）、「当村大字霞ケ森」（昭21・11）など、佳作を発表しはじめていた。右の太宰書簡に対する二十一年四月二十三日付の井伏書簡には「拝復二十日あまり東京見物をして昨日帰宅。朝日で君が出京（五月に）すると云ふ記者に会つた。今日の東京を見ておくのも意義あると僕は思つた。（中略）いろんな人に会つた。東京の人はたいへん親切だと思つた。知らない人までも親切にしてくれた。しかし食糧事情は甚だしい。闇屋に行けば別だけれど。／僕はいまかういふ原稿用紙をつかつてゐる。（中略）文治氏当選万慶です。僕は英之助の義兄の応援演説をしたが、お話にならなかつた。聴衆が「止せ止せ」と云ふ。ひどい恥をかいた。むろん英之助の義兄は落選であつた」とある。英之助の義兄とは、高田英之助の姉と結婚した早稲田時代の親友、田熊文助のこと。右の井伏書簡に対する二十一年五月一日付の太宰書簡には「拝復「東京の人は親切だ」といふ御言葉、身にしみました。田舎暮しの私たちにでなければわからない意味深《イミシン》です。しかし、東京も、このごろ急にまた食料危機とやらになつたとか、それも憂鬱で、上京の志を放棄しました。／新代議士はこないだ上京して、二、三日前に南京虫のあとだらけになつて帰つて来ました。／選挙中は、私はただドサクサにまぎれて酒ばかり飲み、一つとして手伝ひらしい事をしなかつたので、ヒンシユクされました。政治は憂鬱でたまりません。河盛好蔵先生からのおたよりに、「展望」の井伏さんの小説、「戦争中の忿懣を井伏さんらしく流露したものとして大いに珍重してゐます」とありました。／私も「展望」に「冬の花火」といふ三幕の大悲劇をついこなひだ送りました。六月号に掲載されるのださうです。戦後の絶望を書いてみました」とある。以下、太宰治の井伏宛書簡は、十一月に上京してからのはがき二通が残されているだけである。二十一年十一月二十一日付はがきには「たうとう東京へ移住しました」とあり、それに対して十一月二十六日付井伏書簡には「拝復東京移住、上首尾のおもむき万慶です」とある。井伏は、二十二年七月に、三年三か月ぶりに東京の自宅に帰る。上京後の太宰は、女性関係なども含めて身辺が落着きのないものになっていったこともあって、東京に帰ってからの二人の間はしだいに疎遠になっていく。

一方、先に上京していた太宰はまだ郷里にあった井伏のために『井伏鱒二選集』を企画推進したりもしている。その解説の中で、太宰は井伏文学の「不敗」の本質を「旅行上手」にたとえて次のようにいっている。

旅行の上手な人は、生活に於ても絶対に敗れることは無い。謂はば、花札の「降《お》りかた」を知つて居るのである。

旅行に於て、旅行下手の人の最も閉口するのは、目的地へ着くまでの乗り物に於ける時間であらう。すなはちそれは、数時間、人生から「降《お》りて」居るのである。(中略)所謂「旅行上手」の人は、その乗車時間を、楽しむ、とまでは言へないかも知れないが、少なくとも、観念出来る。

この観念出来るといふことは、恐ろしいといふ言葉をつかつてもいいくらゐの、たいした能力である。

太宰は、右の文章を口述筆記させてから二か月もたたないうちに自殺した。東京に転入してからの井伏は、その選集編纂の打ち合わせを含め、太宰と三、四回しかあっていない。しかも、二人きりであったことはなく、太宰にはいつも何人かのとりまきがいた。井伏は「疎開地から東京に転入してから後は太宰は私を避けてゐた」(「十年前頃」昭23・11)という意味のことをしばしば書いている。上京後の太宰は、たちまち流行作家になり、その生活は乱れ、健康も悪化していった。井伏は何度も忠告の手紙を出すが、返事はなかった。全集には井伏の東京転入後、三通の太宰宛書簡が収められている。いずれもその健康を案じたもので、最後の書簡の内容は美知子夫人に宛てられている。

井伏は「ことに最近に至つて、或は旧知の煩はしさといふやうなものを、彼に感じさせてゐたかもわからない」(「太宰治の死」昭23・8)といっているが、太田静子や山崎富栄とのかかわりができていた太宰にとって、誓約書まで入れてした妻美知子との結婚の媒妁人であり、また決して家庭を破壊することなどない生活者であり、人生における「旅行上手」でもあった井伏が、しだいに「恐ろし」くもあり、疎ましくも感じられる存在になっていったことは想像できる。それが、太宰の死の直後に一部新聞に発表された遺書のごときものにあった「井伏さんは悪人です」という不可解なことばの出て来た所以でもあろう(↓289ページ参照)。「私と太宰君の交友は、表むきでは竜頭蛇尾に終つた感がある」(前掲「太宰治の死」、傍点引用者)という井伏鱒二のことばには、ある無念さがこめられている。

25

尾崎一雄宛

昭和二十一年一月十二日　青森県金木町　津島文治方より
神奈川県足柄下郡下曾我村谷津　尾崎一雄宛（はがき）

拝復、ただいまはありがたうございました、御元気の御様子、何よりでした、私は東京でマゴマゴしてゐるうちに、三鷹の家はバクダンでこはされ、甲府の女房の実家に逃げて行つたら、こはまた焼夷弾で丸焼けになり、仕方なくこちらへまゐりましたら、すぐ終戦。ただいまは冬将軍の来襲で、ユウウツこの上ありません、五月頃までには、小田原の下曾我あたりにでも住み着きたいなど空想してゐますが、家は無いでせうね、それとなく、心掛けて置いて下さいまし、このごろはまた文壇は新型便乗、ニガニガしき事かぎりなく、この悪傾向ともまた大いに戦ひたいと思つてゐます、私は何でも、時を得顔のものに反対するのです、原稿、とてもしめきり迄には間に合ひさうもなく、春にして下さい、編輯部の方へも、あやまりのハガキ出しました、どうかそちらお大事に、

不乙、

尾崎一雄は明治三十二年の生まれで、太宰治より十歳年長である。二人がはじめてあったのは、

「青い花」創刊号ができあがった昭和九年十二月十八日頃、太宰が檀一雄とともに、下落合に住んでいた尾崎を訪ねたときと考えられる。その直後の「早稲田文学」昭和十年一月号の「同人雑誌評」で、尾崎は「青い花」巻頭に掲げられた太宰治の「ロマネスク」をとりあげて高く評価している。

巻頭に載つてゐる太宰氏の「ロマネスク」は大変面白かつた。先づ読んで面白い。その上立派な骨格を具へてゐる。作者の芸術的気稟も高く、何気ない口振りの裏に激しい思考の渦巻が感じられる。これを読んで、ロマン主義とかリアリズムとかそんな芸術上の流派は、私の頭にちつともちらつかなかつた。ロマネスクといふ題名にもかゝはらず。これについてはもつと書きたいが余白がない。要するに慢心の芸術であらう。この慢心をどこまでも募らして行くがいゝと思ふ。その鼻が折れたら折れたでまた面白いみものだらう。諸君にこの「ロマネスク」をおすゝめする。

これは無名の新人に対する、ほとんど絶讃に近い批評であろう。太宰にとっても生涯忘れられない文章だったにちがいない。やがて尾崎はこの「慢心の芸術」に、ある「不満」を感じるようになるのだが、それはもっと後のことである。それより先、太宰は、尾崎も同人である同人誌「世紀」の九年十月号に「彼は昔の彼ならず」を発表している。その後、太宰は山崎剛平の砂子屋書房から浅見淵の世話で第一小説集叢書の第四番目として『晩年』（昭11・6）を出すが、尾崎はその後、浅見に代わって砂子屋書房の仕事を手伝うようになった。叢書の第四番目としては、尾崎の創作集『暢気眼鏡』が出ることになっていたが、檀一雄の強い要請によって、『晩年』の方が先に出た。太宰は芥川賞を逸したが、そのあとに出た尾崎の『暢気眼鏡』（昭12・4）が、第五回芥川賞を受けることになる。

全集に収められている尾崎宛の最初の書簡は、昭和十二年四月八日付の『暢気眼鏡』への礼状で、「御高著　いただき　たいへん　うれしく存じます　学兄の変らぬ　愛情に　感謝よりも　敬意を感じました／世の人　みなが　学兄を忘れても　私ひとりは　忘れぬだらう　と、貴作　一篇一篇　拝読しながら、さう思つた、／御礼を申しあげます」とある。尾崎への敬愛は終生変わることがなかった。

津島美知子との結婚についても、昭和十三年十二月二十二日付で甲府の下宿から「私は、十一月中旬から、甲府に来て、仕事を少しづつ　すすめて居ります。来年お正月に、まづしい形ばかりの結婚式いたします」と報告し、それに対して、尾崎から祝詞が届いたらしく、十二月二十六日付の次のような手紙を出している。

謹啓
昨日は　お情こもつた　あたたかいお手紙いただき　どんなに　うれしかつたか存じませぬ
けふは　また御高著　お送り下され　一読　たちまち　全部を読んでしまひました
私は尾崎一雄の　愛読者のやうであります
将来、私のお嫁になる人にも　この本を読ませ
「おまへも　こんな　いい奥さんになるやうに」とまじめに　説き聞かせたく存じます
くるしさ　わびしさ　怒り　念々とうごく心を　押へつけ押へつけ　とにかく　しつかりやつて居ります
山崎さんにも　どうかよろしく御鶴声下さい

末筆ながら　御丈夫で御越年を

太宰　治

尾　崎　様

「御高著」とはこの年十月に砂子屋書房から出た『続暢気眼鏡』のことだろう。「いい奥さん」は、尾崎夫人松枝をモデルにした、主人公の妻で明るく楽天的な芳兵衛と呼ばれる女性をさしている。「山崎さん」は砂子屋書房主山崎剛平。

尾崎は早くから太宰の作品を評価して来たが、「一人角力の面白さ　太宰治「畜犬談」」（「帝国大学新聞」昭14・9・25）では、「甚だ面白かつた。（中略）太宰氏の、はぎしりするやうな表現にも、歳は争はれぬもので客観性が出て来た。これは、「女生徒」一巻あたりから目立つて来た」として、特に太宰の前期の「はぎしりするやうな表現」から中期の作風への転換を肯定的に評している。

尾崎は病が重くなり、昭和十九年九月、二十数年ぶりに東京から郷里の神奈川県下曾我村の家に引きあげて療養に専念するようになる。下曾我の家は太田静子の住む大雄山荘に近かった。

昭和二十一年一月十二日付尾崎宛書簡*25*は、「早稲田文学」の原稿依頼への返事をかねたものだが、金木に疎開中の太宰は、新聞連載をはじめ多くの原稿注文を抱え、長兄文治の衆議院議員選挙の応援などもあって「春」までには依頼に応じる余裕はなかったようだ。

「小田原の下曾我あたりにでも住み着きたい」というのは、まんざら「空想」ばかりでもなかったらしく、二月二十五日付堤重久宛書簡*26*にも移住先について「小田原、三島、または京都、なんて考へてゐる」と書いている。もっとも「下曾我あたり」を思いついたのは、尾崎が住んでいたからということもあるが、この年一月に久しぶりに手紙が来て、一月十一日付で「拝復　いつも思つてゐます。（中略）一ばんいいひととして、ひつそり命がけで生きてゐて下さい。／コヒシイ」などという返信を送ったばかりの太田静子の住んでいるところが同じ下曾我村だったからでもあろう。遠からず尾崎は、意外なことから太宰と太田の関係にまきこまれ、特に太田のことで病中の心身を煩わされることになるのである。

昭和二十二年二月二十四日夕方、尾崎のところに、突然、太田静子を伴った太宰が訪ねて来た。尾崎夫人は太田と顔見知りだったが、尾崎は初対面だった。太宰は太田の日記を借りるために、二日前から近くの大雄山荘に滞在し、二十六日は、そのノートをもって田中英光のいる三津浜に出かけた。「斜陽」はそこで書きはじめられる。

尾崎の「梅の咲く村にて」（「中央公論」昭26・3）によれば、太宰の没後、尾崎は世間知らずの太田の相談にのる破目になり、彼女の書く小説をいくつかの雑誌に紹介したりもした。しかし、読者は彼女の「世間知らずな温室的気風と、ふわッとした気分的な文章など、受け入れるはずがないのだ」った。尾崎夫人は治子を「うちへ預つたらどうか」とまでいい出したこともあったという。その他尾崎は、いわゆる「斜陽日記」についての「可成り不利な出版契約」の件や無断で刊行された偽書『小説太宰治』の回収裁断の問題などにも尽力したらしい。「梅の咲く村にて」の結びのところで、尾崎は「彼は「人間失格」とは云つたが、「芸術家失格」とは云はなかつた。／私は、はつきり云へば、その反対だ。「芸術家失格」「人間失格」、どつちかと云はれれば、前者を選ぶ」と書いている。若き日にはかなりの無頼派であったが、今や太宰の破滅型に対して調和型私小説作家といわれることもある尾崎一雄の立場からの批判である。

また、太宰の急逝を知った直後の感想を、尾崎は「太宰君を憶ふ――一愛読者として――」(「近代文学」昭23・9)で次のようにのべている。

ここ四五年来、太宰君の仕事に対して、漠然とした不満を抱くやうになつた。何で不満なのかさう深くも考へなかつたが、深く考へないでもそのことは判つて来た。太宰君といふ人が年齢《とし》を重ねて来てゐるのに作品は相変らず青年的だといふ、そのことだ。(中略)

太宰君は、ちよつとかけがへの無い存在だつた。似た作家さへ居ない。これからも出るかどうか。僕の小さな不満は、太宰君が満四十歳にならずに死んだことを思へばどうでもいいことだ。だがしかし、今度の太宰君のやり方には、極めて不賛成だ。「オマヘヲチラト見タノガ不幸ノハジメ」――その不幸とは、芸術家にとつての至福たることを信じてゐたくせに、その結果をこんなふうにつけるとは。つけなければならなかつたとは。太宰君。(六、一五)

尾崎一雄に宛てた『晩年』の献辞には「オマヘヲチラト見タノガ不幸ノハジメ」と書かれていた。尾崎は「この文句を見たとき、随分気負つてゐるな、と思つた。いかにも野心家たつぷりな、そして可なり気取つた若い芸術家、といふ感じが来た。この感じは、太宰君の作品をその殆んど書き初めから読んでゐた僕には、いかにもぴつたり来るものだつた」(同前)と書いている。

26 堤 重久宛

昭和二十一年一月二十五日　青森県金木町　津島文治方より
京都市左京区聖護院東町一五　三森豊方　堤重久宛

拝復　とにかく御無事の御様子、何よりです。こちらは浪々転々し、たうとう生れた家へ来ましたが、今年の夏までには、小田原、三島、または京都、なんて考へてゐる。東京には家が無いだらうから、東京から汽車で二、三時間といふところ、そのへんに落ちつく事になるだらうと思つてゐる。

天皇が京都へ行くと言つたら、私も行きます。このごろの心境如何。心細くなつてゐると思ふ。苦しくなるとたよりを寄こす人だからね。

このごろの日本、あほらしい感じ、馬の背中に狐の乗つてる姿で、ただウロウロ、たまに血相かへたり、赤旗をふりまはしたり、ばかばかしい。

次に明確な指針を与へますから、それを信じてしばらくゐる事。

一、十年一日の如き不変の政治思想などは迷夢にすぎない。二十年目にシャバに出て、この新現実に号令しようたつて、そりや無理だ、顧問にお願ひしませう、名誉会員は如何。

君、いまさら赤い旗振つて、「われら若き兵士プロレタリアの」といふ歌、うたへますか。無理ですよ。自身の感覚に無理な(白々しさを感ぜしむる)行動は一さいさける事、必ず大きい破たんを生ずる。
一、いまのジャーナリズム、大醜態なり、新型便乗といふものなり。文化立国もへつたくれもありやしない。戦時の新聞雑誌と同じぢやないか。古いよ。とにかくみんな古い。
一、戦時の苦労を全部否定するな。
一、いま叫ばれてゐる何々主義、何々主義は、すべて一時の間に合せものなるゆゑを以て、次にまつたく新しい思潮の擡頭を待望せよ。
一、教養の無いところに幸福無し。教養とは、まづ、ハニカミを知る事也。
一、保守派になれ。保守は反動に非ず、現実派なり。チエホフを思へ。「桜の園」を思ひ出せ。
一、若し文献があつたら、アナキズムの研究をはじめよ。倫理を原子《アトム》にせしアナキズム的思潮、あるひは新日本の活力になるかも知れず。(クロポトキンでも何でも、君が読んだあと、僕に貸してくれ。金木のはうへ送つて下さい。)
一、天皇は倫理の儀表として之を支持せよ。恋ひしたふ対象なければ、倫理は宙に迷ふおそれあり。
まだいろいろあり、まあ徐々に教へてあげる。とにかく早まつてはいかん。

僕はいま、注文毎日殺到だが、片端から断り、断りの葉書や電報を打つのに一仕事なり。まあ、ことしの夏あたりから、日本人も少しづつ沈思力行の人物が、ほの見えるやうになるだらう。断り切れない義理あるところに、二、三作品を発表しなければならぬが、しかし、四月頃から「展望」に戯曲を書く。それから或る季刊雑誌に長編「人間失格」を連載の予定なり。その季刊雑誌は、僕がその長編執筆中は、他のどこにも書かずとも僕の生活費を支給してくれるらしい。僕も三十八だからね、（君も、もういいとしになつたらう）四十までには、大傑作を一つ書いて置きたいよ。しかしそれは、心意気で、どうなるかね。

ゆつくりやつて行くつもり。

お金がかかるね。僕はもう闇タバコ一万円くらゐ吸ひました。

奥さんはじめ皆さんによろしく。

子供お大事に。

敬具。

文治さん、代議士選挙に打つて出るさうだ。愚弟も演説しなければならぬかね。


堤重久宛書簡は、昭和十九年六月三十日付書簡から二十二年十二月二日付まで三十通を収録。堤は、東大独文科在学中の、昭和十五年十二月、はじめて三鷹を訪ね、以後しばしば太宰のところに出入りするようになった。弟康久は、立教大学中退後、新協劇団をへて当時前進座研究所の俳優で芸名を中村文吾といった。十六年の暮頃、太宰は、重久を介してその弟の十六歳から十七歳にかけての日記帳を借り、翌年一月から三月にかけて書き下ろしの『正義と微笑』（昭17・6）を書いた。

昭和二十年七月三十一日から金木の生家に疎開していた太宰治は、昭和二十一年に入る頃から、その書簡に日本の戦後の現実に対する痛烈な批判のことばが目立つようになり、自ら無頼派・保守派宣言をする。「新型便乗の軽薄文化をニガニガしく思つてゐます。いまこそ愛国心が必要なのにねえ」(昭20・12・29付山下良三宛はがき)、「このごろはまた文壇は新型便乗、ニガニガしき事かぎりなく、この悪傾向ともまた大いに戦ひたいと思つてゐます、私は何でも、時を得顔のものに反対するのです」(昭21・1・12付尾崎一雄宛書簡*25*)、「このごろの雑誌の新型便乗ニガニガしき事かぎりなく、おほかたこんな事になるだらうと思つてゐましたが、あまりの事に、ヤケ酒でも飲みたくなります。私は無頼派《リベルタン》ですから、この気風に反抗し、保守党に加盟し、まつさきにギロチンにかかつてやらうかと思つてゐます。フランス革命でも、理由はどうあらうと、ギロチンにかけたやつは悪人で、かけられた貴族の美女は善人といふ事に、後世の詩人は書いてくれます。金木の私の生家など、いまは「桜の園」です。あはれ深い日常です。私はこれに一票《いつぺう》入れるつもりです。井伏さんもさうなさい。共産党なんかとは私は真正面から戦ふつもりです。ニツポン万歳と今こそ本気に言つてやらうかと思つてゐます。私は単純な町奴《まちやつこ》です。弱いはうに味方するんです。／また文学が、十五年前にかへつて、イデオロギイ云々と、うるさい評論ばかり出るのでせうね。うんざりします。(中略)ジヤーナリズムにおだてられて民主主義踊りなどする気はありません。(中略)戦争中には日本に味方するのは日本人として当り前で、馬鹿な親でも他人とつまらぬ喧嘩してさんざんに殴られてゐるとやつぱり親に加勢したくなります。黙つて見てゐるなんて、そんな人間とは、おつき合ひごめん。(中略)保守派をおすすめします。いまの日本で、保守の態度が一ばん美しく思はれます」（昭21・1・15付井伏鱒二宛）、「このごろのまた軽薄な騒ぎ方は、どうでせう、私はいつそ保守党に加盟し、第一ばんにギロチンにかかつてやらうかと考へてゐます、文化もへつたくれもありやしません、馬鹿者どもばつかりです」（昭21・1・19付河盛好蔵宛）、「『文藝冊子』は、東京の民主主義踊りの新型便乗（ニガニガしき限りなり）などより、どんなに高級かわかりません。いま最も勇気のある態度は保守だと思ひます。私はバカ正直ですから、態度をアイマイにしてゐる事が出来ません。（中略）私はこのごろ保守派になつてゐるのです。／「桜の園」を忘れる事が出来ません。私は、こんどは社会主義者どもと、戦ふつもり。まさか反動《ファッショ》ではありませんが、しかし、あくまでも天皇陛下万歳で行くつもりです。それが本当の自由思想。」（昭21・1・28付小田嶽夫宛）など。

それに先だって太宰は昭和二十年十月二十二日から二十一年一月七日まで、初めての新聞小説「パンドラの匣」を「河北新報」に連載する。はじめは二百回の予定だったが、六十四回で終わった。併行して掲載した「東奥日報」は第八回で中断。書簡体小説「パンドラの匣」の第一回には、「或る日、或る時、聖霊が胸に忍び込み、涙が頰を洗ひ流れて、さうしてひとりでずゐぶん泣いて、そのうちに、すつとからだが軽くなり、頭脳が涼しく透明になつた感じで、その時から僕は、ちがふ男になつたのだ」と書かれている。「或る日、或る時」とは「ほとんど奇蹟の、天来の御声に泣いておわびを申し上げたあの時」つまり敗戦の八月十五日をさしている。その日以来結核の主人公が、「健康道場」という療養所に入り、あらゆる悪徳のつまったパンドラの匣の中に唯一あったとされる「希望」という光る石を求めて生きようとするところから話は始まる。作品は主人公「ひばり」こと小柴利助がその道場での生活を友人に手紙で報告するかたちをとっている。主人公は「うるさい思念の洪水」を断ち切って、「素朴」「透明」に生きることで「新しい日本」の「新しい男」になることをめざす。ところが、十二月に入って第四十二回あたりから、作品に戦後の現実が強く反映するようになっていく。同室の「固パン」と通称される人物が、「自由主義者」とは「リベルタン」のことだという説を展開しはじめるのだ。「自由思想」とは「反抗精神」「破壊思想」であって、「日本に於いて今さら昨日の軍閥官僚を攻撃したつて、それはもう自由思想ではない。便乗思想である。（中略）天皇陛下万歳！この叫びだ。昨日までは古かつた。しかし、今日に於いては最も新しい自由思想だ」といいはじめるのである。

十二月三十一日の第五十八回のところでは、あたらしい時代の思想として「すべてを失ひ、すべてを捨てた者の平安こそ、その「かるみ」だ」という、無欲の思想が提出される。一切の「理論の遊戯」を捨象して「すつとからだが軽くなり、頭脳が涼しく透明になつた感じ」というのは、連載第一回のところにもすでにあったし、「羽のやうに軽いもの」や「透明」への志向は、一篇に底流しているのだが、この「かるみ」と、「圧制や束縛のリアクションとしてそれらと同時に発生し闘争すべき性質の思想」とされる「反抗精神」「破懐思想」つまり「リベルタン」の思想とはどこか矛盾しないだろうか。「かるみ」と「闘争の対象のない自由思想」とは、どこが決定的にちがうのか。結局戦後の現実の中で「かるみ」の思想の具現化する場をどこに求めるのかということに、作者は向きあわざるをえなかったはずだ。井伏宛書簡（昭20・11・23付）にあるように「新聞小説はじめてみたら、思ひのほか面白く無く、百二十回の約束でしたが、六十回でやめるつもりです」ということになったのである。作品は「昭和二十年八月二十五日」から「十二月九日」までの十三通の書簡からなっているが、その間の日本の現実の推移に作品がついていけなかったといってもよい。十一月九日には、四十一回から六十四回までの分を河北新報に送付して「完結」とした。

堤重久宛書簡*26*にあげられている「明確な指針」八項目は、「パンドラの匣」完結直後の心境を整理し、列挙したものだといえる。「十年一日の如き不変の政治思想などは迷夢にすぎない」ということばは「便乗思想」という語とともに「パンドラの匣」四十六回（昭20・12・10）にまったく同じものが出ている。「二十年目にシャバに出て、この新現実に号令しようたつて」云々というのは、十月四日、ＧＨＱ（連合国最高司令部）によって政治的・民事的・宗教的自由に対する制限の撤敗（天皇に関する自由討議、政治犯釈放、思想警察全廃など）の覚書が出され、十月十日には徳田球一・志賀義雄など旧共産党幹部らの政治犯が釈放されて、「人民に訴ふ」という声明を出したことなどをさしている。「教養とは、まづ、ハニカミを知る事也」というのも、河盛好蔵書簡*27*（昭21・4・30付）などにも同趣旨の発言がみえる。「「桜の園」を思ひ出せ」というのは、いうまでもなく、二十年十二月九日に、ＧＨＱがいわゆる農地改革を指令したことによって、大地主津島家の土地所有も解体を強いられることになったのをふまえている。二十一年五月二十一日付貴司山治宛書簡には「また東北へおいでの折には、どうか足をのばして、津軽へもお立寄り下さい。没落寸前の「桜の園」を、ごらんにいれます」とある。
「アナキズムの研究をはじめよ」「天皇は倫理の儀表として之を支持せよ」は、「苦悩の年鑑」（昭21・6）の末尾にある次のような言説と対応する。

私のいま夢想する境涯は、フランスのモラリストたちの感覚を基調とし、その倫理の儀表を天皇に置き、我等の生活は自給自足のアナキズム風の桃源である。

今や「天皇陛下万歳！」こそ「最も新しい自由思想だ」ということばは、すでに「パンドラの匣」にあったが、これは昭和二十一年一月一日の天皇の神格化否定の詔書（人間宣言）の発表とも関係があるのではなかろうか。「苦悩の年鑑」には次のようにある。

天皇の悪口を言ふものが激増して来た。しかし、さうなつて見ると私は、これまでどんなに深く天皇を愛して来たのかを知つた。私は、保守派を友人たちに宣言した。

「自給自足のアナキズム風の桃源」はもとより「夢想」にすぎないが、やがてその夢と幻滅をテーマとした「冬の花火」（昭21・6）という戯曲が書かれる。さらに二十一年四月二十二日付堤重久宛書簡には次のように書かれている。

いま「未帰還の友に」といふ、三十枚くらゐ見当のものを書いてゐる。これがすめば、「大鴉《おほがらす》」といふ題でインチキ文化人の活躍（阿Q正伝みたいな）を少し長いものにして書かうかとも思つてゐる。それからまた、「春の枯葉」といふ三幕悲劇も書くつもり、それがすむといよいよ「人間失格」といふ大長編にとりかかるつもり、これだけでもう三十代の仕事、一ぱいといふところです。

「人間失格」については、一月二十五日付書簡26でもふれられているが、すでにこの頃から構想があったことがわかる。なお「大鴉」は完成されず、その書出しの遺稿がのこされている。

堤重久の昭和二十三年五月四日付太宰治宛書簡というものが、全集の「関係書簡」に収められている。そこには「先生、僕のつらさも察して下さい。なまじつか、先生のおかげで眼がひらいたばつかりに、なにを読んでもつまらない、ばか〳〵しい、下手くそで、下劣で、痴呆で、殆んど二三行も読めやしない。（中略）それではと言ふので、自分でかいて見れば、なまじつか眼がいやに冴えてゐるばつかりに、欠点ばかりが眼につき、十枚ほどかいてはうんざりしてやめてしまひます。（中略）えらすぎる先生を持つた弟子のなげき、師匠地獄とでも言ふべきか。（中略）先生ひとりしかゐないのですから、その日本でたつた一人で小説をかいてゐる先生から教はつたのですから、あとについて書いて行くより外にありません」などと書かれている。太宰はこれらの青年の苦悩にもこたえなければならなかったはずだ。

堤重久に『太宰治との七年間』（筑摩書房、昭44・3）という著書がある。その口絵には、昭和十七年一月のある夜、新宿のタイガーというキャバレーで飲んだ帰りに、そこで働いている女性のアパートで「絵の寄せがき」をしたものが掲げられている。「堤先生像」を太宰が、「太宰居士像」を堤が、「富子女子像」をその女性自身が油絵で書いたものである。この女性は「メリイクリスマス」（昭22・1）のモデルになった秋田富子（画家林倭衛《しずえ》の元妻で、文壇バーで有名な「風紋」の経営者林聖子の母）である。

27 河盛好蔵 宛

昭和二十一年四月三十日 青森県金木町 津島文治方より
東京都杉並区天沼二ノ四〇〇 河盛好蔵宛

拝復 いつもお手紙に葉書が添へられてございますので、あんなに長い御手紙を、しかも大先輩からいただき、こちらも手紙で御返事したいのに、でも、葉書が同封せられてゐますので、この葉書に書かなければ失礼に当るかしらん、と考へて、泣き泣き（すこし誇張）あの葉書で御返事申してゐるのです。けふも、やつぱり葉書でなければいけないかなあと思ひ、考へ、心を致して居りましたが、ちやうど親戚の者が来て、昼《ひる》から酒を飲み、その者がいま汽車で帰りましたので（この汽車は面白いのです、私の父が奥羽線から五所川原から金木、それから津軽半島の北端まで鉄道を敷く事を計劃したけど、これは欠損のやうです。落葉松の並木の間を、小さい汽車が走る光景は、でも、ラヴリイです。森の中から突然、汽車が出て来たなんて、わるくないでせう？）それで、いまその者がその汽車で（正午の）帰りまして、私は見送りに行き、いまうちへ帰つて、こんどは、河盛さんに負けずに長い手紙を書かうと思ひ立つたのです。私は、いやらしいくらゐに臆病で、雑誌社から返信料の十銭の切手を同封してあると、それをかへさないと何か罪に問はれるのではないかと、実におそろしく、はんもんして、さうして返事を出して、ばかを見る事が日常の事になつてゐます。こんどから、どうぞ、あの葉書を同封なさらないで下さいまし。

河盛さんの「フランス手帖」だつたかしら、あの、「わるくない話」さ、（酔つてゐます、無礼な言葉づかひを致しました、かんにんして下さい）とつてもよくて、あんなのなら、いくつでも書きたいのだけど、日本の読者はただ異様にマジメで、あんなのを書くと、小咄だの落語だのと言つて、極端に軽蔑します。ダラクしたなんて言ふんですからねえ、ひどいですよ。

文化と書いて、それに、文化《ハニカミ》といふルビを振る事、大賛成。私は優といふ字を考へます。これは優《すぐ》れるといふ字で、優良可なんていふし、優勝なんていふけど、でも、もう一つ読み方があるでせう？ 優《やさ》しいとも読みます。さうして、この字をよく見ると、人偏《にんべん》に、憂《うれ》ふると書いてゐます。人《ひと》を憂《うれ》へる、ひとの淋しさ侘しさ、つらさに敏感な事、これが優《やさ》しさであり、また人間として一番優《すぐ》れてゐる事ぢやないかしら、さうして、そんな、やさしい人の表情は、いつでも含羞《はにかみ》であります。私は含羞《はにかみ》で、われとわが身を食つてゐます。酒でも飲まなけや、ものも言へません。そんなところに「文化」の本質があると私は思ひます。「文化」が、もしそれだとしたなら、それは弱くて、敗けるものです、それでよいと思ひます。私は自身を「滅亡の民」だと思つてゐます。まけてほろびて、その呟きが、私たちの文学ぢやないのかしらん。

どうして人は、自分を「滅亡」だと言ひ切れないのかしらん。

文学は、いつでも「平家物語」だと思ひます。わが身の世話なんて考へるやつは、ばかですねえ、おちぶれるだけぢやないですか。

関西のはうから出てゐる「世界文学」だつたかな？（その雑誌ひとが持つて行つてしまひましたので）それの巻頭に載つてるジッドの大戦以後の感慨、痛快でした、お読みになつたでせう？

あの、コンゴー地方の土人の渡し舟の話、ひとりで大笑ひいたしました。戦争犯罪者なんて、およそナンセンス。

いままた、チエホフの戯曲全集を読み返してゐます。こんどまた戯曲を書きます。

気にいつたのが出来たらお送り致します。

六月末までのは間に合はないかも知れませんが、九月末の五十枚は間に合はせたく存じてゐます。私を信頼してゐて下さい。さうして、信頼される作家は、十字架です。その覚悟もしてゐます。

敬具。

赦さるる事の少き者は、その愛する事もまた少し。ルカ七ノ四七、キリストが酒飲みで、さうして、その故に、道学者から非難されてゐるといふ事が、聖書にありますけどご存じですか？はつきり書いてゐます。

河盛好蔵は、明治三十五年生まれのフランス文学者。敬愛する隣人でもあった井伏鱒二との関係から、太宰とも交友があった。二十年末から新潮社の顧問をしていた。書簡27は「新潮」の執筆依頼への返事である。河盛の依頼状も長い手紙だったようだ。河盛の『ふらんす手帖』は昭和十八年生活社刊。河盛には『ふらんす小咄大全』（筑摩書房、昭43）のような仕事もある。太宰はこの頃「フランスのモラリストたちの感覚を基調」とする「自給自足のアナキズムの桃源」（「苦悩の年鑑」昭21・6）ということをとなえるが、河盛の専門のひとつはモンテーニュやパスカルらのフランスのモラリスト研究だった。

「文化と書いて、それに、文化《ハニカミ》といふルビを振る事」は、どうやら河盛の提案だったようだ。戦後の太宰のインチキ文化人批判を知っていて、河盛が書いたのであろう。それに対して、太宰は「人」を「憂へる」やさしさこそ「文化」だという。「優」の一字を「人《ひと》を憂《うれ》へる、ひとの淋しさ侘しさ、つらさに敏感な事、これが優《やさ》しさであり、また人間として一番優《すぐ》れてゐる事ぢやないかしら」とこじつけ的に解読してみせ、含羞《はにかみ》こそ文化の本質だという河盛説に賛同するわけである。しかし、河盛とのちがいは、含羞こそ文化だとすれば、太宰のばあい、それは現実の中でつねに弱者のものであり、敗北し、滅びる側のものだと考える点である。両者は一見似ているようで、そこにモラリスト河盛と「滅亡の民」太宰治の決定的な差異があった。

太宰治没後に河盛好蔵は「滅亡の民――太宰論」（「改造」昭23・9）という文章を書いている。その中で、河盛は「斜陽」「桜桃」「人間失格」などよりも、「嘘」「親友交歓」「トカトントン」の系列の方に彼の本領があると考えていたとのべ、「太宰君には、人を愛したい強い欲望に燃えながら、その能力について絶えず疑ひを抱いてゐるところがあつた」とのべている。

「ジッドの大戦以後の感慨」とは「世界文学」創刊号（昭21・4）の巻頭にのった「架空のインタビュー」（伊吹武彦訳）のことであろう。ジイドがフランス敗戦後、新聞・雑誌に掲載した対話体の評論。それによれば「コンゴー地方の土人の渡し舟の話」は次のような「寓話」である。

或る大きな河を渡らうと、沢山の人が大きな船に折り重なつて乗つてゐた。超満員で船は浅瀬へ乗りあげてしまつた。誰かを船からおろしにかからねばならぬ。誰を狙つていいかわからない。そこで先づ太つた商人と三百代言と悪い金貸と女郎屋の女将をおろした。船はやつぱり泥にひつかかつてゐる。それからまた、賭奕場の親方と奴隷買ひと、堅気の人さへ何人かおりたが一向に動き出さない。ところが船は段々軽くなり、針金のやうに痩せこけた一人の宣教師がおりた途端、何と船は浮きあがつた。すると土人たちは大声に、「あいつだ。あれが重《おも》りのぬしだ。やつつけろ。」

これはジイドが第一次大戦後のフランスの、国家という「船を〝不沈〟ならしめるため」の「敗戦責任」者追放騒ぎを諷刺したものだが、河盛にジイドの『コンゴ旅行』の翻訳（岩波文庫、昭13・9）があることを太宰は知っていただろうか。太宰にはインチキ文化人批判をモチーフにして「新版タルチュフ」（モリエール）日本版「阿Q正伝」（魯迅）のような諷刺文学の計画もあったようだが、「斜陽」

のような「滅亡の民」の方に傾いていったのが、河盛には不満だったはずだ。先に引いた同年一月十九日付河盛宛書簡の中では「このごろのまた軽薄な騒ぎ方はどうでせう、私はいつそ保守党に加盟し、第一にギロチンにかかつてやらうかと考へてゐます、文化もへつたくれもありやしません、馬鹿者どもばつかりです、(中略) 私の erehwon を書かうと思つてゐるのです」といっている。「erehwon(エレホン)」(一八九二) はサミュエル・バトラーの諷刺小説で、架空の国エレホン (逆に綴ると nowhere) にことよせて、当時のイギリス (ヴィクトリア時代) を痛烈に諷刺したもの。

「赦さるる事の少き者は、その愛する事も少し」というルカ伝七―四七の一節は、「今の所謂「指導者」たちへの抗議のつもりもあり、また劇場の怠慢への原子バクダンのつもりでもありました」(昭21・4・1付河盛宛) という戯曲「冬の花火」のテーマだが、太宰のばあい、魯迅やモリエールとは反対に、その「優しい」含羞の文学は、敗北や「滅亡」の方に向かうことになるのであった。また「キリストが酒飲みで」あったことはマタイ伝十一章十九にみえる。

「冬の花火」は必ずしも作者の意図どおりに読まれなかった。二十一年八月二十二日付河盛宛書簡には次のようにある。

「冬の花火」は、ひどく悪く言ふひともあるやうで残念でした。お説の如く、数枝といふ女性に魅力を感じてもらへたら、それで大半私は満足なのです。それから、あのドラマの思想といつては、ルカ伝七章四七の「赦さるる事の少き者は、その愛する事もまた少し」です。自分に罪の意識のない奴は薄情だ、罪深きものは愛情深し、といふのがテーマで、だから、どうしても、あ

さは、あのやうな過去を持つてゐなければならないんです。いちどあやまちを犯した女は優しい、
　といふのが私の確信なんです。

「戦後の絶望」(昭21・5・1付井伏鱒二宛書簡)をこめた津軽疎開中の最大のこの問題作は、たしかに、作者の意欲ほどには評価されなかった。山内祥史編『太宰治著述総覧』(前掲)には、十篇ほどの同時代評が集められているが、作者の意に反して「悪くいふ」批評が大半であった。作者にとっては「みんな不勉強なんだから、ちつともわかりやしない」(河盛宛)という思いであったにちがいない。その中で、「惜別」執筆のとき以来敬愛している貴司山治宛書簡(昭21・9・1付)によれば、貴司の「作品に対する不満やら御忠告やら」は納得できるところがあったらしく「御説の二幕目の母親の告白の件など、なるほどなあ、と思ひました。でも娘に希望を持たせるのは、むづかしく、やつぱりどうも、私は絶望になつちやふんです。おゆるし下さい。私自身がまだ、いまのこの現実に対して希望の確信を持てないでゐるのでせう」と答えている。確かに二幕目の母の告白のところは、不自然さを否めない。ここで私見をひとつだけいうとすれば、汚され病んで死んで行く「美しい母」あさは、日本(あるいは、ユートピアとしてのふるさと)の表象だということである。「斜陽」に代表されるように、戦後の太宰作品には、汚され、病んで「死に行く母の系譜」を指摘できる。その母たちが死に絶えた後に、「母」の登場しない「人間失格」が書かれるのである。

二十一年十月二日付河盛宛には、ようやく「新潮」(創刊五百号記念)のための作品(「親友交歓」)が出来たらしく「ただいま別封速達書留で、拙稿四十一枚御送り申しました、タッチが荒すぎはしなか

つたかと、非常に気になります、でも陳腐でだけはないつもり、など、みじめな負け惜しみを言つてゐます」と書いている。先にふれたように、河盛は「斜陽」「人間失格」などより「親友交歓」のような系譜に太宰の可能性をみようとしていた。

とにかく、この金木疎開時代の太宰は、まめに手紙を書いた。それも長い手紙を書き、百五十通以上がのこされている。しかし、二十一年十一月に上京すると、たちまちジャーナリズムの寵児のごとくなり、書簡は用件のみのものが多くなる。そして、事態はたちまちあの二十三年の六月にむけてなだれをうっていくのである。

河盛好蔵はその「滅亡の民」(前掲)の中で、死の二か月ほど前に会ったとき、太宰は相当酔っていたが、「僕はどんなに悪い手がついても、決して下りないで勝負をするんだ。そんなときには無理をしないで下り賃を出し、次の順番を待つ方が良いことはよく分つてゐるが、しかし僕は決して下りない。この僕の気持をどうして皆が分つてくれないかなあ」といったと書いている。その前後太宰治が、師の井伏鱒二の文学を「旅行上手」にたとえて「旅行の上手な人は、生活に於ても絶対に敗れることは無い。謂はば、花札の「降り方」を知つて居るのである」といっていた(『井伏鱒二選集』第四巻後記　昭23・11)ことはすでにのべた。さすがに、井伏文学の「不敗」の本質をよく見抜いている。一方、河盛の「滅亡の民」は次のように結ばれている。

太宰君の自殺を聞いたとき、まづ私の感じたことは、「戯れに文学をすべからず」といふことであつた。断つて置くが、これは太宰君の死に対する批判ではない。私自身に対する戒めの言葉

である。(中略)
太宰君! 君の自殺に私の賛成でないこと、それは君の敗北に外ならないことは既に幾度も私は書いた。しかし君は誠実だつた。井伏さんの深い愛情と薫陶に支へられてきたことはもちろんであるが、君はよく今まで生きてきた。定めし苦しい一生であつたらう。心から君の冥福を祈りたい。(一九四八・七・二三)

28 太田静子宛

昭和二十一年(十月頃) 青森県金木町 津島文治方より
神奈川県足柄下郡下曾我村原 大雄山荘 太田静子宛

拝復 静夫君も、そろそろ御くるしくなつた御様子、それではなんにもならない。よしませうか、本当に。

かへつて心の落ちつくコヒ。

憩ひの思ひ。

なんにも気取らず、はにかまず、おびえない仲。

そんなものでなくちや、イミナイと思ふ。

こんな、イヤな、オツソロシイ現実の中の、わづかな、やつと見つけた憩ひの草原。
お互ひのために、そんなものが出来たらと思つてゐるのです。
私のはうは、たいてい大丈夫のつもりです。
私はうちの者どもを大好きですが、でも、それはまた違ふんです。
やつぱり、これは、逢つて話してみなければ、いけませんね。
よくお考へになつて下さい。
私はあなた次第です。（赤ちやんの事も）
あなたの心がそのとほりに映る鏡です。
虹あるひは霧の影法師。

静　子　様

（あなたの平和を祈らぬひとがあるだらうか）

全集で確認できる太宰の書簡の受信者百二十一名中、女性はきわめて少なく十二名にすぎない。女性宛のものは、それぞれほとんど一通ないし数通にすぎないが、太田静子宛のものは十一通と他を圧している。

太田静子は大正二年滋賀県愛知川町の生まれ。家は代々医家で、愛知川高等女学校をへて東京の実践女学校に進んだ。その頃から鳴海要吉の影響で口語短歌を学びはじめ、口語歌集『衣裳の冬』（昭

9・2）がある。昭和十三年に計良《けら》長雄と結婚するが、出産した長女がひと月足らずで死んだのを機に、昭和十五年に離婚した。十六年四月には婦人画報社が経営する文学塾に入った。太田の『あはれわが歌』（ジープ社、昭25・11）によれば、昭和十六年、日記風のノートを太宰に送ると、次のような返事があったという。

ただいま、作品とお手紙、拝誦いたしました。／才能おありになると思ひますが、おからだが余り丈夫でないやうですから、小説は、無理かもしれません。私は新ハムレットといふ長い作品を書いて、すつかり疲れてしまひました。／お気が向いたら、どうぞあそびにいらして下さい。／毎日ぼんやりしてゐますから。／では、お待ち申しあげてをります。不一

太田は九月上旬頃、文学塾の友人、児玉信子、金子良子を誘って三鷹の家を訪ねた。それが二人の初対面だった。それから三か月ほどして、太田は太宰から「ニジ　トウキヨウエキ　ダザイ」と電報で呼び出されてあい、その後二人はしばしばあったようだ。一方、堤重久『太宰治との七年間』（前掲）によれば、堤は太宰から太田とつきあってみないかとすすめられ、十八年の春先に、二人はあったという。堤は太宰が太田を自分におしつけようとしていると感じた。昭和十八年十月に、太田は母とともに神奈川県下曾我村にある知人の山荘（大雄山荘）に疎開する。翌十九年早々、太宰に転居を知らせると太宰から「アス　オタハラエキ」という電報があり、太田は駅で出迎えて山荘に案内した。太宰は「佳日」の映画化のために滞在していた熱海山王ホテルからの帰りで、山荘に一泊して帰ったという。その後二年間、二人はあっていない。

敗戦の年の十二月に、太田の母がなくなった。そのことを告げるはがきを疎開先の太宰に書くと金木から返事が来た。昭和二十一年一月十一日付の書簡には「拝復　いつも思つてゐます。ナンテ、へんだけど、でもいつも思つてゐました。正直に言はうと思ひます。／おかあさんが無くなつたさうで、お苦しい事と存じます。（中略）青森は寒くて、それに、何だかイヤに窮屈で、困つてゐます。恋愛でも仕様かと思つて、或る人を、ひそかに思つてゐたら、十日ばかり経つうちに、ちつとも恋ひしくなくなつて困りました。（中略）一ばんいいひととして、ひつそり命がけで生きてゐて下さい。／コヒシイ」などと書かれていた。どこか意味ありげで単なる近況報告ではないが、はっきりした恋文というのでもない。最後にいきなり「コヒシイ」とは驚かされる。しかし、太田の方は積極的に出た。妻子ある人の「愛人」として生きたいという暗示をこめた手紙を出したのだ。二十一年九月頃と推定されている太田宛書簡には次のようにあった。

御手紙拝見、「いさい承知いたしました。」

私は十一月頃には、東京へ移住のつもりでゐます。下曾我のあそこは、いいところぢやありませんか。もうしばらくそのままゐて、天下の情勢を静観していらしたらどうでせう。もちろん私はお邪魔にあがります。さうしておもむろに百年の計をたてる事にしませう。あわてないやうにしませう。あなたひとりの暮し事など、どうにでもなりますよ。安心していらつしやい。また御手紙を下さい。さやうなら。

お身お大事に。

こうなると、三十七歳の妻子ある男としては、余りに危なっかしいし、アバンチュールだとしても軽率のそしりをまぬがれないだろう。妻の美知子への思わくもあったはずである。同じ九月頃と推定される次の手紙では「手紙の差出人の名をかへ」て、太田は「小田静夫」、太宰は友人中村貞次郎の名をもじって「中村貞子」とすることを提案している。故息あるいは幼稚といわれてもしかたあるまい。そういう点では太宰は女性に対して余りに無防備であり、無責任でもあったといえよう。

そして二十一年十月頃と推定される太田宛書簡*28*が届くのである。「かへつて心の落ちつくコヒ。／憩ひの思ひ」などという文章を、仮に客観的な眼で読んだとしたら、作家太宰治はどう評するだろう。「私はうちの者どもを大好きですが、でも、それはまた違ふんです」とはどういう意味だろうか。それはともあれ、この手紙が重要なのは「よくお考へになつて下さい。／私はあなた次第です。（赤ちゃんの事も）」とあることで、太田が太宰の子を生みたいといってきたことがわかる。かくして「斜陽」の「道徳革命」ははらまれつつあった。しかし、太田の方にも「プライド」はあったはずだ。太宰にも自意識はあったであろう。太宰は返信のなかでそれを示している。同じく十月頃の太田宛書簡には「最も得意な筈の「文章」を書くのが、実は最もニガテといふ悲劇、私はさうなのです。／私はいつのまにやら、自分の「心」を喪失してゐるのかも知れません。だから、鏡だといふのです」とのべつつ、「私の仕事をたすけていただいて、（秘書かな？）さうして毎月、御礼を差し上げる事が出来ると思ひます。毎日あなたのところへ威張つて行きます。きつと、いい仕事が出来ると思ひます。あなたのプライドを損ずる事が無いと思ひます」とのべている。

多忙な太宰は、上京してからも大雄山荘に行けなかったが、十二月（日付不詳）の太田宛書簡で「三鷹郵便局の反対側の小川に沿つた一階建の洋風のドアの玄関の家」に来てくれと伝えた。太田は二十二年一月六日、その仕事部屋をたずねた。太宰は彼女を吉祥寺の「コスモス」に案内し、彼女が書いている日記を見せてほしいといった。二十二年一月某日（日付不詳）の太田宛書簡には「同じ思ひでをります。／二月の二十日頃に、そちらへお伺ひいたします。そちらで二、三日あそんで、それから伊豆長岡温泉へ行き、二、三週間滞在して、あなたの日記からヒントを得た長篇を書きはじめるつもりでをります。／最も美《かな》しい記念の小説を書くつもりです」とある。田中英光は、二十二年十月二十六日付太田静子宛書簡の中で、「まさか、太宰さん、あなたに藤十郎の恋だったとは思えません」と言っているが、「藤十郎の恋」といわれてもしかたがあるまい。二月二十一日、太宰は伊豆へ行く途中で大雄山荘に太田静子をたずね、五日間そこに滞在し、太田の日記を借りて、田中英光一家のいる別荘の前の静岡県田方郡内浦村三津の安田屋旅館に宿泊し、太田の日記をもとに「斜陽」を執筆しはじめた。太田はすでにこのとき宿命の子治子をみごもっていたのである。それより前に太宰は、生家の没落をモチーフに「斜陽」という題の作品を書くつもりでいたといわれるから、太田の日記を読むことで「斜陽」の構成は大きく変わっていったと思われる。

三津浜の帰りに下曾我によるつもりだったが、行き違いになってあえなかった。三月二十日すぎ、突然、太宰が大雄山荘を訪れた。このとき太宰は、太田から懐妊を告げられたものと思われる。そして、三月二十三日頃のものと推定される太田への書簡は次のようなそっけないはがきである。

昨日はありがたうございました。昨日帰宅したら、ミチは、へんな勘で、全部知つてゐて、(手紙のことも、静子の本名も変名も)泣いてせめるので、まゐつてしまひました。ゆうべは眠らなかつた様子で、けふ朝ごはんをすましてから、また部屋の隅に寝てゐます。お産ちかくではあり、カンが立つてゐるのでせう。しばらく、このまま、静かにしてゐませう。手紙も電報も、しばらく、よこさない方がいいやうです。どうもこんなに騒ぐとは意外でした。ではそちらは、お大事に……

もう太宰の心は太田にはなかった。一方、三月二十七日には、三鷹駅前で、初めて山崎富栄とあった。そして、三十日には次女里子が誕生するのである。五月二十四日には、太田静子が、弟太田通とともに、三鷹を訪れた。翌日午後太宰は、「饗応夫人」のモデルである桜井浜江の画室で太田をモデルにした油絵を書き、それを渡して別れた。七月から「斜陽」が「新潮」に連載されはじめ、十月に完結。十一月十二日、太田静子に女子(治子)が誕生し、同十五日に訪れた静子の弟通の要請で「太田治子《はるこ》／この子は　私の　可愛い子で　父をいつでも誇つて　すこやかに育つことを念じてゐる」という認知の「証」を書いた。

それにしても、このように世をはばかる内容の書簡がどうして残り、しかもそれが、筑摩書房版第一次全集以来、公開されることになったのか。その事情は、井伏鱒二の「下曾我の御隠居」(「新潮」昭58・6)に語られている。

その年、太宰君が亡くなつて、「斜陽」の印税をモデルの人が要求して来る出来事があつた。

それで亀井勝一郎、伊馬鵜平、今官一、豊島与志雄などが集まつて相談の結果、税金を差引き印税の半分だけモデルの人に渡し、残りは新潮社から渡すことにして、取敢ず半分だけ先方へ届けることにした。使者に立つ豊島、亀井は尻込みして、伊馬君と今官一君と私が、印税半分を新潮社から貰つて先方に届けに行つた。

それについては、こちらで条件を出した。もともと「斜陽」はモデルの日記に似せて書いたものので、先方はその日記自体に愛着を持つてゐる。だから先方に対し、その日記帳を返すことと、先方に太宰の出した手紙類をこちらに返して貰ふのを条件に、印税を先方へ渡す。たぶんさう云つた条件であつたと思ふ。

井伏は「材料にした「斜陽」の日記は決して発表しないこと」を「付随条件にした」といっている。随分なまなましい話だが、太田静子宛書簡はこうして津島家の方にのこったのである。普通なら焼却されてもしかたのないところだが、美知子夫人は、それを第一次筑摩版全集の書簡篇に入れるのである。私情をこえた夫人の太宰文学への公正な態度には敬服のほかない。

29

伊馬春部 宛

昭和二十二年四月三十日　東京都下三鷹町下連雀一一三より
東京都目黒区緑ケ丘二三三一　高崎英雄（伊馬春部）宛（はがき）

拝復　「父」はそんなにほめていただける作品でないんです。「父」を読んで下さつたら、ついでに、ぜひ、「ヴィヨンの妻」といふのを読んで下さらなくてはいけません。「ヴィヨンの妻」は、「展望」三月号に載つてゐます。「父」と一脈通じたところもありますが、本気に「小説」を書かうとして書いたものです。終戦後、私の小説のうちで一ばん長い小説です。展望はもう出てゐますから、何とか入手して読んでみて下さい。写真をありがたう。この前の写真で、大顔にうんざりし、以後顔に自信を失ひ、あのやうにしよげた顔になつたのです。あの晩、酔ひすぎて、くるしくなつて、それでいそいでわかれたのです。他意ないんです。ラジオ、やはり枯葉がいいんぢやない？　もつと動きをたくさん多くして。いづれ、打ち合せと称して、三鷹へおいで待つ。不一。

伊馬春部は、本名、高崎英雄。伊馬鵜平と号したこともある。明治四十一年、福岡生まれ。国学院大学で折口信夫に師事した。太宰とは昭和七年頃、井伏鱒二を通じて知りあった。その頃伊馬は、新宿の軽演劇劇場「ムーラン・ルージュ」の座付作者をしていた。昭和九年には太宰らと「青い花」創刊に参加、さらに「日本浪曼派」にも同人として加わった。十三年日本放送協会文芸部嘱託。戦後は連続ラジオドラマ「向う三軒両隣り」（昭23〜28）なども執筆した。「畜犬談」（昭14・8）には「伊馬鵜平君に与へる」という献辞がある。昭和十五年五月二日付伊馬鵜平宛のはがきに「お話の「盲人日記」おひまの折、こちらへ送つていただけないでせうか、ぜひ読んでみたいと思ひます」とあるが、「盲人独笑」（昭15・6）の素材となった「葛原勾当日記」は、巻頭の「はしかき」にも「葛原勾当日記を、私に知らせてくれた人は、劇作家伊馬鵜平君である」と書かれているように、伊馬が提供したものである。

二十一年一月十五日付井伏宛書簡に「伊馬君はどうしてゐるでせうか。未帰還の友人が気になつていけません」とあるが、伊馬はその年一月末に中国から帰還した。二十一年三月二日付書簡では、「拝啓　御手紙見た。無事で何より。握手握手大握手といふところ。実に心配してゐた。これでよし、といふところ」と無事帰還をよろこんでいる。同書簡では「冬の花火」を執筆中であることをつげている。

伊馬からはさっそく「冬の花火」への批評がよせられたのだろう、二十一年七月十八日付伊馬宛書簡に「御忠告ありがたうございました。（まだ、手ぬるし）これからも、私の貴重な友人になつてゐて下さい。おねがひ。戯曲も、私の作家道の修業の一つとして大変な苦心で書いてゐます。ただいま「春の枯葉」といふものを書いてゐます」とある。それに対して伊馬からまた返信があったのか、八月十七日付書簡には「拝復　ひやかしちやいけません、本気なんだから。第二の戯曲「春の枯葉」八十枚は、「人間」九月号か十月号かに発表の筈。これまた意外の大力作の由、御用心御用心」と書いている。伊馬からは「春の枯葉」に対する批評も届いたようで、十月二十四日付伊馬宛書簡（はがき）には「拝復　御手紙拝誦し、興奮し、タバコを吸つたら、指先がふるへてゐました。信用できるドラマチストからのキタンなき批評を聞きたくて、うろうろしてゐたのです。どうやら及第の様子、実にホッとしました」とある。

二十一年十一月に上京した太宰は、戯曲「春の枯葉」のラジオドラマ化を、伊馬から提案されたらしく「ラジオの事、全部、伊馬さんにまかせますよ」（昭22・1・15付）と書きおくっている。二十二年四月三十日付書簡*29*では、「ヴイヨンの妻」（昭22・3）について、「本気に「小説」を書かうとして書いたものです」と、強い自負を示していることが注目される。同書簡にも「春の枯葉」のラジオ放送にふれているが、原作は「動き」が少ないことを意識していたようだ。

同年六月二日付伊馬宛書簡は、伊馬春部の脚色演出で放送された「春の枯葉」をめぐってのものである。「ウチの若いものたちが、おいそがしい舞台稽古参観などにのこのこ出かけて」とあるのは、堤重久と山崎富栄の二人が「春の枯葉」の稽古風景を参観にいったことをさしている（堤重久『太宰治との七年間』）。ラジオドラマ「春の枯葉」は五月二十七日夜、巌金四郎主演でＮＨＫ第二放送から放送された。

太宰は伊馬を通じて折口信夫のことを知り、あったことも文通もなかったが、尊敬していたようだ。

上京して折口方に身をよせた伊馬に宛てたはがきに「末筆ながら、先生によろしく御鳳声たのみます」（昭21・4・1付）とあり、先に引いた二十一年十月二十四日付の金木からの書簡には「「パンドラの匣」は、けふ河北新報へ伊馬様に二部お送りするやう言つてやります。一部は折口先生に恭献させて下さい。パンドラはまた、あまりに明るすぎ、希望がありすぎて、作者みづからもてれてゐるシロモノですから、折口先生も、これはも少し暗くてよいとおつしやるかも知れません」と書いている。

伊馬春部「斜陽ノートのこと」（『定本太宰治全集』第十一巻月報　昭38・11）には、太宰が返却を遺言した太田静子のいわゆる「斜陽ノート」を、折口信夫の手文庫に一時あずけたという逸話が書かれている。また伊馬は、彼がはじめて執筆したNHKの番組「日曜娯楽版」が放送されたのが、太宰が行方不明になる六月十三日で、もしそれをきいていたら、「必ずや馬鹿馬鹿しくなって、死の道行きを思いとどまっていたかもしれない」とものべている。太宰は、死に際して「池水は濁りににごり藤波の影もうつらず雨降りしきる」という伊藤左千夫の歌を伊馬春部に宛てて書きのこした。伊馬はのち「桜桃の記——もう一人の太宰治——」という長篇戯曲を「太宰治研究の一資料たらしむべく」書くことになる。

先に太宰治の折口信夫に対する敬愛の念にふれたが、折口信夫（釈迢空）は「水中の友」という一文を角川文庫『人間失格・桜桃』（昭25・10）の解説として書いて、その作品の印象を「清き憂ひ」ということばで表現している。津島家には美知子夫人のために折口信夫が揮毫した「水中の友」の一節が、額装して玄関にかけてあるという。

30 津島美知子 宛

昭和二十三年五月七日　大宮市大門町三ノ九　藤縄方より
東京都下三鷹町下連雀一一三　津島美知子宛（はがき）

無事の由、安心。万事よろしくたのむ。荷物、石井君から受取る。リンゴは、もう要らない。ここの環境なかなかよろしく、仕事は快調、からだ具合ひ甚だよく、一日一日ふとる感じ。それで、古田さんにたのんで、もう五日、つまり十五日帰京といふ事にしました。十五日までに「人間失格」全部書き上げる予定。十五日の夕方に、新潮野平が仕事部屋（チグサ）で待つてゐて、泊り込みで口述筆記、それゆゑ、帰宅は十六日の夕方になる。それから、いよいよ朝日新聞といふ事になる。からだ具合ひがいいので、甚だ気をよくしてゐる。何か用事があつたら、チクマへ電話しなさい。

『回想の太宰治』は文庫版も含めてくりかえし読んでいるが、このたび「増補改訂版」（平9・8）をあらためて読み返していて、忘れていた一節に気づいてはっとするような思いにとらわれた。それは「三鷹」の章で、甲府疎開準備のことを書いたところである。

荷物をまとめているうちに私は衝動的に、タンスにしまってあった手紙やはがき――それは結婚前とり交わした手紙を太宰がお守りにしようねといって紅白の紐で結んだ一束と、その後の旅信とであったが――をとり出して庭に持ち出し太宰と小山さん二人の面前で、燃してしまった。その折の自分のことをふり返ってみると、この先どうなるかわからないのに、これらの私信を人の目に触れさせたくない気持もあったが、その裏にはこのような事態に当たって、家長である太宰は、何一つはっきりした判断も下さず、意見も出さず、小山さんの言うがままに進退をきめることになったのが、おもしろくなくて、仕事だけの人なのだから仕方がないとはいうものの、じつに頼りない。

自ら「ヒステリックな行動」と呼んでいるこの部分を、著者はどのような思いで書いたろうか。太宰のものなら、どのような断簡でも保存しようとつとめ、今日の太宰治研究の書誌的・伝記的研究の基礎を築いた人である。紅白の紐で結ばれた一束の二人の手紙の内容とはどのようなものであったろうか。決して単なる好奇心などからではなく、その内容を知りたかったと思うのは、この本の筆者だけではないだろう。というのも、全集所収の津島美知子宛書簡は、昭和二十三年のわずか四通(しかもすべてはがき)がのこされているのみだからである。井伏鱒二は「太宰治のこと」(昭23・8)という文章の中で「太宰君は自分の家庭のむつまじさを人に見せるのを恥づかしがる人であつた。それが変質的なまで極端なときがあつた。そんなときには例によつて譏語を口にした」と書いている。書簡集を読んでいて家庭的なことにふれられることは少ないが、それだけにかえって隠された「家庭のむつまじさ」のようなものを感じる人があるかもしれない。今回、書簡集を読んでいて、美知子夫人の「妹の力」（柳田国男）、あるいは「姉のまなざし」ともいうべきものが、中期以降の太宰治をおおっているような気がしたといえば恣意にすぎようか。

四通はすべて、「人間失格」執筆のための仕事先からのものである。昭和二十三年三月七日、太宰は「展望」連載予定の「人間失格」を執筆するために、筑摩書房主古田晁の配慮で、熱海市咲見町林ケ久保の起雲閣別館にこもって「人間失格」の「第一の手記」を執筆し、三月十九日に帰京した。起雲閣には、古田のほか山崎富栄、古田の知人の女性、それに筑摩書房の編者石井立が同行した。

三月十日付津島美知子宛書簡（はがき）には、次のようにある。

前略　表記にゐて仕事してゐます。十九日夜にいつたん帰り、二十一日にまたここで仕事をつづけます。ここは山のテツペンでカンヅメには好適のやうです。留守お大事に、急用あつたらチクマへ。不一。

十九日に帰京した太宰は二十日には、次兄英治の紹介で、角田唯五郎金木町長と早稲田大学志望のその子息をともない、甲州出身の村松定孝の案内で文京区雑司ヶ谷町の村松の恩師である早大教授本間久雄宅を訪問する。次の三月十六日付の起雲閣別館からの津島美知子宛書簡はその件について連絡したものである。

（英治さんからの電報見ました）

そちらあてに電報も打ちましたが、十九日の夜、帰宅します。仕事は順調にすすみました。かなりいいものかも知れません。角田の件、二十日の午後二時に飯田橋（神楽坂方面）の出口に於いて、村松君と逢ふ事になつてゐるが、直接そこへ角田が行くやうなら、それでよし。もし、飯田橋の一件が心許ない様子だつたら、お前から、電報でも打つて、二十日の午前中に三鷹の家へ来るやうに取計ひなさい。とにかく、この用事、はなはだユウウツ。手帖はとどきました。十九日に帰り、二十一日は、また熱海で仕事つづけます。不一。

この慌しい帰京は、本間久雄宅訪問が目的であったことがわかる。執筆のあい間をぬうように、故郷のために「ユウウツ」な俗事にも奔走したのである。「仕事は順調にすすみました。かなりいいものかも知れません」とあり、「第一の手記」を脱稿した時点で、ある手ごたえを感じていたようだ。なお角田唯五郎は、戦後津島邸を買い取った人である。その点でも「この用事、はなはだユウウツ」だった。

三月二十一日にはふたたび熱海に行き、「人間失格」百三枚、「第二の手記」までを執筆して三月三十一日に帰京し、四月二日から二十八日までは三鷹の仕事部屋で「人間失格」の「第三の手記」の「一」五十一枚を執筆したという。その間、「新潮」に連載中の「如是我聞」の口述筆記をし、四月二十日付で八雲書店版『太宰治全集 第二巻』が第一回配本として刊行されるなどのことがあった。

四月二十九日からは、筑摩書房主古田晁の世話で、大宮市大門町の小野沢清澄方に部屋を借り、五月十日頃までに「人間失格」の「第三の手記」と「あとがき」を含めて「人間失格」全二百六枚を脱稿する。五月四日付大宮市大門町三―九 藤縄方からの書簡（はがき）には次のようにある。

無事、大いに食すすみ、仕事も順調なり。
だいたい十日頃かへる予定。留守中は、うまくすべてやって置いて下さい。
この住所、誰にも教へぬやう、「筑摩に聞け」と言ひなさい。

「藤縄方」は、小野沢清澄の姪である藤縄信子の住所で、そこから太宰の食事を運んでいたという。五月七日付の書簡*30*は美知子宛の最後のものとなった。「無事の由」とあるから、この間に夫人の方からも通信があったことを示している。「十五日帰京」とあるが、「仕事は快調」にすすみ、五月十二日に帰京した。その日から十四日まで新潮社の野平健一による「如是我聞」の「口述筆記」を行なった。(日本近代文学館には自筆草稿ものこっている。)「いよいよ朝日新聞」とあるのは、いうまでもなく絶筆となった「グッド・バイ」連載のこと。文面は生き生きとして、どこかはずんでいるようにさえ感じられる。「からだ具合ひ甚だよく、一日一日ふとる感じ」「からだ具合ひがいいので、甚だ気をよくしてゐる」と体調のよさをくりかえし伝えているこの書簡をみるかぎり、一か月余りのちに自死する人のものとはとても思えない。五月十五日には、「朝日新聞」に八十回ほど連載予定の「グッド・バイ」を早くも起稿しているのである。

死の前後のことは省略したいが、「太宰治の手紙」について書く以上、美知子夫人に宛てたいわゆる「遺書」と称するものにふれないわけにはいかない。当時新聞等にもとりあげられ巷間伝わっているものは次の二通で、かなり乱れた毛筆で書かれ、書いたあと破り棄てようとした形跡がうかがわれるという。

永居するだけ皆をくるしめこちらもくるしくかんにんして被下度／子供は凡人にてもお叱りなさるまじく／筑摩　新潮　八雲　以上三社ウナ電

皆、子供はあまり出来ないやうです(け)ど　陽気に育てて下さい／あなたを　きらひに／なつたから死ぬのでは無いのです／小説を書くのがいやになつたからです／みんな／いやしい慾張り／ばかり　井伏さんは悪人です

特に最後の「井伏さんは悪人です」は世上の論議を呼んだが、今は真意不明としておこう。

ところで、平成十年七月の「新潮」は、「太宰治歿後五十年」を特集し、井伏鱒二、豊島与志雄、青柳瑞穂、亀井勝一郎の「弔辞」をはじめ、諸家の研究、エッセイなどが掲げられた。目を引いたのは、「歿後五十年　太宰治アルバム（津島家家蔵資料より）」と題されたグラビア三頁にわたる「遺書（初公開）」の写真である。解説によれば遺書は藁半紙に書かれ封筒に入っていたという。「遺族の意向により一部非公開」とあり、九枚のうち二―三枚目と六枚目（一部省略）と九枚目、それに「津島美知様」と書かれた封筒が公開された。写真でみるかぎり、遺書は従来いわれて来たようにくしゃくしゃに丸めたり、ちぎったりして捨てたものではなく、きっちりと三つの折目も残っている。美知子夫人宛書簡が九枚あったというのも、この時はじめて明らかにされたことであろう。他に「遺書の反古」とされるもの二枚の写真も並んで公開され、それは明らかに故人の自らの意志で廃棄されたものであることを示している。公開された三点の写真を翻字すると次のようにある。

子供は皆　あまり出来ないやうですけど　陽気に育ててやつて下さい　たのみます
ずゐぶん御世話になりました　小説を書くのがいやになつたから死ぬのです（二―三枚目）

のです、
いつもお前たちの事を考へ、さうしてメソメソ泣きます、（六枚目）

津島修治
美知様
お前を誰よりも愛してゐました（九枚目）

この未発表の美知子宛遺書の「初公開」をみたとき、太宰治の読者なら誰しも、その背後に遺族（津島園子・津島里子）の無言の強い意志《メッセージ》を感じたであろう。津島美知子は、この前年の平成九年二月一日、八十五歳で心臓発作のために他界した。太宰治の書いたものなら、いかなる断簡零墨といえども保存し、執筆年月を考証した上で公開することにつとめた人が、その遺書だけは篋底深く秘したまま逝ったのである。右の特集に先だって、平成九年八月に、故人が最後まで気にかけていた『増補改訂版　回想の太宰治』（人文書院）が刊行された。なお人文書院は、初版「はしがき」でもふれられているように、創作集『思ひ出』（昭15・6）を出版した太宰治にゆかりの出版社である。「あとがき」

は津島園子・里子の姉妹連名によって書かれているが、故人への愛惜の情あふれるその文章の末尾は次のように結ばれている。

この新しい『増補版　回想の太宰治』の発刊は母の没後になってしまいましたが、その人生の最後の日まで、自分の夫太宰治について読者のために記録すべきことは正確に記録しておくことを、妻である我が身の義務に感じ続けていた母でしたので、今度の刊行について、心から安堵し、満足してくれていることと思います。この機会を母に与えてくださった人文書院に厚く御礼を申し上げます。

おりしも太宰治の次女津島佑子（里子）が平成八年八月から九年八月まで一年余「群像」に連載して来た長篇小説『火の山——山猿記』が、平成十年六月一日に単行本になった。これは甲府の石原一族のクロニクルを素材にしたもので、作者が病気療養中の母美知子を意識しつつ、この作品を書き続けたであろうことは想像にかたくない。残念ながら母は作品の完結を見ずに逝ったが、単行本の奥付「一九九八年六月一日」が、父太宰治の没後五十年、いや母美知子の苦難の半世紀がはじまったあの「六月」を意識したものであることも、おそらく疑う余地がない。その意味で一九九八年（平成九年）は、津島＝石原一族にとって特別の年になったのである。

最後に、先の「新潮」特集号にはじめて公開された井伏鱒二の弔詞を引いて拙い一冊のとじめとしよう。弔詞も死者への手紙だから。少年津島修治が、「幽閉」（「山椒魚」）に感動してから、四半世紀がたっていた。

太宰君は自分で絶えず悩みを生み出して自分で苦しんでゐた人だと私は思ひます。四十才で生涯を終つたが、生み出した悩みの量は自分でも計り知ることが出来なかつたでせう。ちようどそれは、たとへば岡の麓の泉の深さは計り知り得るが湧き出る水の量は計り知れないのと同じことでせう。しかし元来が幅のせまい人間の私は、ただ君の才能に敬伏してゐましたので、はらはらさせられながらも君は悩みを突破して行けるものと思つてをりました。しかしもう及ばない。私の愚かであつたために、君は手まとひを感じてゐたかもしれません。どうしようもないことですが、その実は恥ぢ入ります。左様なら。

太宰治年譜

明治四十二年（一九〇九）

六月十九日、父津島源右衛門、母夕子《たね》の十子六男として、青森県北津軽郡金木村大字金木字朝日山四一四番地に生まれる。本名は津島修治。長男総一郎、次男勤三郎は夭折し、兄姉は、長女タマ（二十歳）、次女トシ（十五歳）、三男文治（十一歳）、四男英治（八歳）、五男圭治（六歳）、三女あい（五歳）、四女きやう（三歳）がいた。その他、曾祖母さよ（六十八歳）、祖母イシ（五十二歳）、叔母キヱ（三十歳）、キヱの娘リエ（十四歳）、フミ（十一歳）、キヌ（六歳）、テイ（三歳）など十七人の親族に、使用人を加えると三十人をこえる大家族であった。津島家は明治維新以降、主として金貸業によって急激に膨脹した新興の商人地主で、明治三十年には二百五十町歩の田畑を有する多額納税の貴族院議員有資格者にまで躍進、三十七年には県内多額納税者番付第四位となった。赤屋根の大邸宅は四十年に新築されたばかりで、修治はその家で生まれた最初の子だった。夕子が病弱のため、生後まもなく乳母をつけられ、一年足らずで乳母が去った後は、叔母キヱに育てられた。

明治四十四年（一九一一）　二歳

四月、近村タケ（十三歳）が年季奉公の女中として住み込み、修治の子守をするようになった。夜は叔母キヱと寝所をともにし、昼間はもっぱらタケと過ごした。この関係は七歳まで続いた。

明治四十五・大正元年（一九一二）　三歳

一月、長姉タマ逝去。五月、父源右衛門が衆議院議員選挙に当選。「津惣《つそう》」の屋号を「〈源《やまげん》」に改め、鶴丸の定紋を用いるようになった。七月、弟礼治誕生。

大正五年（一九一六）　七歳

一月、叔母キヱ一家が五所川原町に分家した。四月、金木第一尋常小学校に入学。小学校時代を通じて首席だった。

大正十一年（一九二二）　十三歳

三月、総代で小学校を卒業。四月、明治高等小学校に入学し、一年間通学。十二月、父源右衛門が青森県多額納税議員の補欠選挙で貴族院議員に当選。

大正十二年（一九二三）　十四歳

三月、父源右衛門が東京の病院で死去。享年五十二歳。四月、青森中学校に入学。市内豊田太左衛門方から通学。二学期から級長となり、在学中級長をつとめた。

大正十三年（一九二四）　十五歳

この年、津島家は田畑二百二十町歩を所有し、納税額県内第十位であった。

大正十四年（一九二五）　十六歳

三月、「校友会誌」に最初の創作「最後の太閤」を発表。この頃から作家になることを願望しはじめ、創作に熱中した。八月、同人誌「星座」を創刊、戯曲「虚勢」を発表したが、一号で廃刊。十月、長兄文治が金木町長になる。十一月、自ら編集兼発行人となって級友らと同人誌「蜃気楼」を創刊、「温泉」「犠牲」「地図」などを発表。

大正十五・昭和元年（一九二六）　十七歳

芥川龍之介に心酔し、創作に励んだ。小間使いの宮越トキに恋情を抱く。九月、三兄圭治を中心に同人誌「青んぼ」を発行。十月、第二号で廃刊。

昭和二年（一九二七）　十八歳

二月、「蜃気楼」一月号を発行。高校受験準備のために「蜃気楼」は通巻十二号のこの号で休刊。三月、青森中学校第四学年を第四席で修了。一高入学を志望したが、かなわず、四月、弘前高等学校文科甲類に入学。市内藤田豊三郎方から通学する。同期の文科乙類に上田重彦（石上玄一郎）がいた。七月、芥川の自殺に衝撃を受けた。学業を放棄して、義太夫を習い、服装にこるようになった。花柳界にも出入りしはじめ、秋頃から青森の芸妓紅子《べにこ》（小山初代）と馴染みになる。江戸文学や耽美的傾向の作家を好んで読み、特に近松門左衛門・泉鏡花・芥川龍之介に傾倒していた。

昭和三年（一九二八）　十九歳

三月、二年に進級。五月、個人編集の同人誌「細胞文藝」を創刊。生家を告発する長篇小説「無間奈落」の序編を辻島衆二の筆名で発表（第二回で中絶）。「細胞文藝」は舟橋聖一・井伏鱒二らの寄稿もえたが、九月には四号で廃刊。その間「彼等と其のいとしき母」などを同誌に発表。十二月、弘前高校新聞雑誌部委員になり、「校友会雑誌」に「此の夫婦」を発表。

昭和四年（一九二九）　二十歳

一月、青森中学在学中の弟礼治が急死した。享年十七歳。二月、校長鈴木信太郎の公費無断流用が発覚、同盟休校が行なわれた。五月「哀蚊」を「弘高新聞」に、八月「虎徹宵話」を「猟騎兵」に、九月「花火」を「弘高新聞」に、それぞれ小菅銀吉の筆名で発表。十月、急激に左翼思想的傾向を示すようになった。十二月、期末試験開始の前夜に多量のカルモチンを下宿で嚥下、第一回の自殺未遂事件を起こした。

昭和五年（一九三〇）　二十一歳

一月、青森県の総合文芸誌「座標」に長篇「地主一代」を大藤熊太の筆名で発表（三回で中絶）。三月、弘前高校を卒業。四月、東京帝国大学仏文科に入学。戸塚町諏訪に下宿。五月、井伏鱒二にあい、以後師事する。中学・高校の先輩工藤永蔵に勧誘され、非合法運動にシンパとして加わる。六月、三兄圭治死去。享年二十八歳。七月、「座標」に長篇「学生群」を大藤熊太の筆名で発表（四回で中絶）。十月、青森の小山初代出奔上京。長兄は分家除籍を条件に初代との結婚を認め、いったん初代をつれて帰郷。十一月二十八日、銀座のカフェー・ホリウッドの女給田辺あつみ（戸籍名田部シメ子）と、鎌倉腰越町小動崎海岸でカルモチンをのみ、心中を図ったが、女だけが絶命、一人七里ケ浜の恵風園療養所に収容された。自殺幇助罪に問われたが起訴猶予。十二月、初代と仮祝言を挙げる。

昭和六年（一九三一）　二十二歳

二月、初代と品川区五反田の借家に同居する。資金カンパ、アジト提供など非合法運動へのシンパ活動を続ける。六月、アジト保安のため神田同朋町に、晩秋には神田和泉町に転居する。登校は全く怠り、「朱麟」または「朱鱗」と号して俳諧の運座に興じたりした。

昭和七年（一九三二）　二十三歳

党からの指示や官憲に対する恐怖から、三月、淀橋町柏木に、六月、八丁堀に転居した。七月、青森警察署に出頭を命じられて取り調べを受け、非合法活動との絶縁を誓約して帰京した。八月、初代と静岡県静浦村の坂部啓次郎方に滞在、「思ひ出」を執筆する。九月、芝区白金三光町の借家に、同郷の飛島定城一家と同居。十二月下旬、青森検事局に出頭。

昭和八年（一九三三）　二十四歳

二月、杉並区天沼三丁目に転居。「列車」を「サンデー東奥」に太宰治の筆名で発表。三月、「魚服記」を「海豹」創刊号に、四、六、七月、「思ひ出」を「海豹」に発表。五月、天沼一丁目に移転。

昭和九年（一九三四）　二十五歳

四月、「葉」を同人誌「鷭」に、七月、「猿面冠者」を同誌に発表。夏、静岡県三島市の坂部武郎方に滞在、「ロマネスク」を執筆。十月、「彼は昔の彼ならず」を「世紀」に発表。十二月創刊の同人誌「青い花」に「ロマネスク」を発表。

昭和十年（一九三五）　二十六歳

二月、「逆行」を「文藝」に発表。三月、在学五年目の東大を落第、都新聞入社試験にも失敗。十七日夜、鎌倉山中で縊死を図る。四月、篠原病院で虫垂炎の手術後腹膜炎を併発、重態に陥る。入院中鎮痛のためパビナールを使用し、習慣化する。五月、「日本浪曼派」に参加、「道化の華」を発表。七月、千葉県船橋町に移転。「玩具」「雀こ」を「作品」に発表。八月、第一回芥川賞で「逆行」が候補となる。佐藤春夫を訪問し、師事。九月、「猿ケ島」を「文学界」に発表。東大を除籍された。十月、「ダス・ゲマイネ」を「文藝春秋」に発表。川端康成の芥川賞選評に抗議して「川端康成へ」を「文藝通信」に発表。「盗賊」を「帝国大学新聞」に発表（のち「逆行」の一篇として『晩年』に収録）。十二月、「地球図」を「新潮」に発表。

昭和十一年（一九三六）　二十七歳

一月、「めくら草紙」を「新潮」に発表。二月、パビナール中毒治療のため、済生会芝病院入院、十日ほどで全治せぬまま退院。四月、「陰火」を「文藝雑誌」に発表。六月、第一創作集『晩年』を砂子屋書房から刊行。七月、出版記念会が上野精養軒で催された。

「虚構の春」を「文学界」に発表。八月、第三回芥川賞に落ちたことに衝撃を受け、執筆中の「創生記」末尾に、佐藤春夫から『晩年』が候補にあがっていることを知らされ、不自然でなかったら貰ってくださいとたのんだ経緯などを書きそえた。知人へ借金申し込みを乱発するなど、パビナール中毒症状は極限に達していた。十月、「狂言の神」を「東陽」に、「創生記」を「新潮」に発表。井伏鱒二らのすすめで、東京武蔵野病院に入院、一か月後に中毒を根治して退院。入院中に初代が小館善四郎と過失を犯した。

昭和十二年（一九三七）　二十八歳

一月、「二十世紀旗手」を「改造」に発表。三月、小館から初代との過失を告げられて衝撃を受け、初代とともに谷川温泉に行き、カルモチンによる心中を図ったが、未遂に終わる。四月、「HUMAN LOST」を「新潮」に発表。六月、初代と離別し、天沼一丁目鎌滝方に下宿、再び頽廃的な生活へ傾斜していった。『虚構の彷徨　ダス・ゲマイネ』を新潮社から刊行。七月、創作集『二十世紀旗手』を版画荘から刊行。十月、「燈籠」を「若草」に発表。

昭和十三年（一九三八）　二十九歳

前年以来、若い友人たちと無為の日々を過ごす。七月、井伏鱒二を通して縁談があった。九月、下宿をひき払い、山梨県御坂峠の天下茶屋に行き創作に専念。石原美知子と見合いをする。九月、「満願」を「文筆」に、十月、「姥捨」を「新潮」に発表。十一月、石原と婚約。峠をおりて、甲府市西竪町の寿館に止宿する。

昭和十四年（一九三九）　三十歳

一月八日、東京杉並区清水の井伏家で、井伏夫妻を媒酌に立てて結婚式を挙げ、その日のうちに甲府市御崎町の新居に入った。心を新たに創作に専念する。二月、「I can speak」を「若草」に、二、三月、「富嶽百景」を「文体」に、三月、「黄金風景」を「国民新聞」に発表。四月、「女生徒」を「文学界」に、「懶惰の歌留多」を「文藝」に発表。「黄金風景」が、国民新聞短篇小説コンクールに入賞する。五月、書き下ろし短篇集『愛と美について』を竹村書房から刊行。六月、「葉桜と魔笛」を「若草」に発表。七月、創作集『女生徒』を砂子屋書房から刊行。八月、「八十八夜」を「新潮」に発表。九月、東京府下三鷹村下連雀一一三番地に転居。十月、「畜犬談」を「文学者」に、「美少女」を「月刊文章」に、十一月、「おしやれ童子」を「婦人画報」に、「皮膚と心」を「文学界」に発表。

昭和十五年（一九四〇）　三十一歳

一月、「俗天使」を「新潮」に、「鷗」を「知性」に、「美しい兄たち」（のち「兄たち」）を「婦人画報」に、「春の盗賊」を「文藝日本」に発表、「女の決闘」を「月刊文章」に連載（六月完結）。二月、「駈込み訴へ」を「中央公論」に、三月、「老《アルト》ハイデルベルヒ」を「婦人画報」に発表。田中英光が三鷹の家を訪問、以後師事する。四月、「誰も知らぬ」を「若草」に、「善蔵を思ふ」を「文藝」に発表。創作集『皮膚と心』を竹村書房から刊行。五月、「走れメロス」を「新潮」に発表。六月、「古典風」を「知性」に、「盲人独笑」を「新風」に発表、創作集『女の決闘』を河出書房から刊行。七月、「乞食学生」を「若草」に連載（十二月完結）。十一月、「きりぎりす」を「新潮」に発表。小山清が三鷹の家を訪ね、以後師事する。十二月、「ろまん燈籠」を「婦人画報」に連載（翌年六月完結）。『女生徒』が第四回北村透谷記念文学賞の副賞に選ばれた。この年は原稿依頼も多く、安定した生活の中で、多くの佳作を発表した。

昭和十六年（一九四一）　三十二歳

一月、「清貧譚」を「新潮」に、「東京八景」を「文学界」に、「みみづく通信」を「知性」に、「佐渡」を「公論」に、二月、「服装に就いて」を「文藝春秋」に発表。五月、創作集『東京八景』を実業之日本社から刊行。六月、「千代女」を「改造」に、「令嬢アユ」を「新女苑」に発表。長女園子誕生。七月、書き下ろし長篇小説『新ハムレット』を文藝春秋社から刊行。八月、生母夕子を見舞うために十一年ぶりで故郷の金木に帰る。創作集『千代女』を筑摩書房から刊行。九月、太田静子らが三鷹を訪問した。十一月、「風の便り」を「文学界」に、「秋」（「風の便り」の一部）を「文藝」に発表。文士徴用令を受けたが、胸部疾患のため徴用免除となる。十二月、「旅信」（「風の便り」の一部）を「新潮」に、「誰」を「知性」に発表。

昭和十七年（一九四二）　三十三歳

一月、「恥」を「婦人画報」に、「新郎」を「新潮」に、二月、「十二月八日」を「婦人公論」に、「律子と貞子」を「若草」に発表。四月、創作集『風の便り』を利根書房から刊行。五月、「水仙」を「改造」に発表。六月、書き下ろし長篇小説『正義と微笑』を錦城出版社から、創作集『女性』を博文館から刊行。この頃から、しばしば点呼召集され、軍事教練を受けた。七月、「小さいアルバム」を「新潮」に発表。十月、「花火」を「文藝」に発表したが、時局に適せずとの理由で全文削除を命ぜられた。母タ子重態の報に接し、妻子を伴って帰郷。これによって義絶も自然解消となる。十一月、『信天翁』を昭南書房から刊行。十二月、母危篤の報に、単身帰郷。十日に母死去。享年六十九歳。

昭和十八年（一九四三）　三十四歳

一月、「故郷」を「新潮」に、「黄村先生言行録」を「文学界」に発表。亡母法要のため、妻子を伴って帰郷。四月、「鉄面皮」を「文学界」に、六月、「帰去来」を「八雲」に発表。九月、書き下ろし長篇小説『右大臣実朝』を錦城出版社から刊行。十月、「不審庵」を「文藝世紀」に発表。月末、小山書店のすすめにより、「雲雀の声」二百枚を完成したが、検閲不許可をおそれて出版を見合わせる。

昭和十九年（一九四四）　三十五歳

一月、「佳日」を「改造」に、「新釈諸国噺」（のち「裸川」）を「新潮」に発表。熱海からの帰途、神奈川県下曾我村の大雄山荘に太田静子を訪問。三月、「散華」を「新若人」に、五月、「雪の夜の話」を「少女の友」に、「武家義理物語（新釈諸国噺）」を「文藝」に発表。小山書店から、新風土記叢書の一冊として『津軽』の執筆を依頼され、五月十二日から六月五日にかけて津軽地方を旅行。七月、小山初代青島《チンタオ》で死去。享年三十二歳。八月、長男正樹誕生。「東京だより」を「文学報国」に発表。創作集『佳日』を肇書房から刊行。九月、「貧の意地―新釈諸国噺―」を「文藝世紀」に発表。「佳日」の映画化「四つの結婚」が封切られた。十月、「人魚の海―新釈諸国噺―」を「新潮」

に発表。この月から翌年三月まで、輪番制の隣組長・防火群長を務めた。十一月、「仙台伝奇・髭候《ひげさふらふ》の大《だい》尽《じん》」（のちの「女賊」）を「月刊東北」に発表、新風土記叢書『津軽』を小山書店から刊行。十二月、「雲雀の声」が発行間際に空襲で全焼した。魯迅の仙台医専時代の調査のため仙台に行く。

昭和二十年（一九四五）　三十六歳

一月、漢訳「竹青」を「大東亜文学」に発表、『新釈諸国噺』を生活社から刊行。三月、妻子を甲府の石原家に疎開させる。四月、空襲で家を一部損壊、留守を小山清に託して甲府に疎開。七月、空襲で石原家全焼。妻子を伴い四昼夜かかって金木の生家に辿り着く。九月、書き下ろし長篇小説『惜別（医学徒の頃の魯迅）』を朝日新聞社から刊行。十月、「雲雀の声」のゲラ刷りをもとに「パンドラの匣」を「河北新報」に連載（翌年一月完結）。『お伽草紙』を筑摩書房から刊行。農地改革によって地主制度が解体、津島家も斜陽の運命をたどる。

昭和二十一年（一九四六）　三十七歳

一月、「庭」を「新小説」に、「親といふ二字」を「新風」に、二月、「嘘」を「新潮」に、「貨幣」を「婦人朝日」に、三月、「やんぬる哉」を「月刊読売」に発表。四月、「十五年間」を「文化展望」に発表。戦後初の衆議院議員選挙に、長兄文治が当選した。五月、「未帰還の友に」を「潮流」に、六月、戯曲「冬の花火」を「展望」に、「苦悩の年鑑」を「新文藝」に発表。『パンドラの匣』を河北新報社から刊行。七月、祖母イシ死去。享年八十八歳。九月、戯曲「春の枯葉」を「人間」に、十月、「雀」を「思潮」に発表。十一月、創作集『薄明』を新紀元社から刊行。金木をひきあげ、三鷹の旧居に帰る。十二月、「男女同権」を「改造」に、「親友交歓」を「新潮」に発表。

昭和二十二年（一九四七）　三十八歳

一月、太田静子が三鷹の仕事部屋を訪ねた。「トカトントン」を「群像」に、「メリイクリスマス」を「中央公論」に発表。同居していた小山清が夕張炭鉱に去る。二月、下曾我村に太田静子を訪ねて五日間滞在。その日記を借りて静岡県三津浜の宿で「斜陽」を起稿する。三月、「ヴィヨンの妻」を「展望」に発表。月末、三鷹駅前の屋台で山崎富栄と知りあう。次女里子誕生。四月、「父」を「人間」に発表。この頃、三鷹下連雀に仕事部屋を設け、「斜陽」の原稿を書き継ぎ六月末完成。五月、「女神」を「日本小説」に発表。七月、「フォスフォレッスセンス」を「日本小説」に発表。「斜陽」を「新潮」に連載（八、九、十月）。創作集『冬の花火』を中央公論社から、創作集『ろまん燈籠』を用力社から刊行。仕事部屋を小料理屋「千草」に移す。八月、創作集『ヴィヨンの妻』を筑摩書房から刊行。九月、仕事部屋を山崎富栄の部屋に移す。十月、「おさん」を「改造」に発表。十一月、太田静子に女児誕生。認知し治子と命名。十二月、『斜陽』を新潮社から刊行。ベストセラーになる。

昭和二十三年（一九四八）　三十九歳

一月、「犯人」を「中央公論」に、「饗応夫人」を「光」に発表。三月、「美男子と煙草」を「日本小説」に、「眉山」を「小説新潮」に発表。「如是我聞」を「新潮」に連載（五、六、七月）。「井伏鱒二選集・第一巻後記」（筑摩書房、六月に第二巻、九月に第三巻、十一月に第四巻）を発表。『太宰治随想集』を若草書房から刊行。熱海起雲閣別館で「人間失格」を執筆しはじめる。四月、「渡り鳥」を「群像」に、「女類」を「八雲」に発表。『太宰治全集』第一回配本（第二巻）を八雲書店から刊行。この頃しばしば喀血する。五月、「桜桃」を「世界」に発表。大宮市の小野沢方で「人間失格」を脱稿して帰京し、朝日新聞の連載小説「グッド・バイ」の執筆に取りかかる。六月、「人間失格」第一回を「展望」に発表（八月完結）。十三日午後十一時半から十四日午前四時頃の間に、山崎富栄と仕事部屋を出て、玉川上水に入水した。満三十九歳の誕生日にあたる六月十九日早朝に遺体発見。二十一日、葬儀委員長豊島与志雄、副委員長井伏鱒二によって自宅で告別式が行なわれ、三鷹の黄檗宗禅林寺に葬られた。法名、文綵院大猷治通居士。没後、六月、「グッド・バイ」が「朝日新聞」に、七月、「グッド・バイ」（遺稿のすべて）が「朝日評論」に、八月、「家庭の幸福」が「中央公論」にそれぞれ発表された。

あとがき
——あるいは、太宰治への手紙

元来、小心無器用の私としては、いろいろな意味で珍しくわがままな書き方をさせてもらった。そのことについて、「手紙」の書き手である故人をはじめ、読者や関係のみなさんに若干の感想と言訳めいたことなどを、これも気ままにのべて、あとがきとしよう。

この企画を細川研一さんがすすめて下さったのは、思い起こすだに恥じ入るが、もう十五年以上も前のことである。そのとき、自らの力量や遅筆を危ぶみつつも、つい、引き受けてしまったのは、いつにかかって、太宰治書簡に特別の魅力を感じていたからにほかならない。書簡集の面白さにかけては、昭和作家中随一というをはばからない。

それを十分に伝ええているかはおぼつかないが、どうやら、「手紙の時代」も終わりに向かいつつある今日、メール世代の、しかもはじめての読者も念頭におきながら、全集と年譜だけを傍において、思いきって文字どおりのフリーハンドで書いてみた。もちろん4Bの鉛筆による手書きで。これは、何度かの挫折と中断の果てにたどりついたやり方であって、決して安易についたわけではないが、それゆえの叙述の偏りや恣意的な放言も目立つかもしれない。しかし、逆にそのような方法によったからでもあろう、書いていて、それまで作品から受けていたものとは、いささかちがった太宰治（津島修治）像のようなものが浮かびあがって来ることもあった。もっと別のいい方をしよう。私などは時代おくれの古いタイプの読者＝研究者だが、それでもテクストと作家自身を安直に結びつけることには、できるだけ禁欲的であろうと努めて来たつもりだ。しかし、こと書簡については、よくも悪くもそのような自己規制から自由になって、作品よりはむしろ等身大の作者に向きあうことになった。もちろん、書簡もまたもうひとつの幻想の太宰治を生み出すのだが――。

太宰治はわが先師や亡父とほぼ同年代の生まれだが、その没した年齢は、今となっては当方の息子よりも若い。これは私だけのことではないと思うが、特に若いときに愛読した作家は、その生きた年齢を、当方はとうに過ぎているのに、不思議といつまでも自分より年長者のような気がするものだ。太宰治についてもそれは変わらない。ところが、このたびその書簡集を読んでいて、ときとしてどこかまだ未熟で危なっかしい年下の人物を見るような目差しで、その手紙の書き手を見ている自分に気づくことがあった。もとより、老成した生活者が面白い手紙を書くとはかぎらない。むしろその逆のことが多いだろう。この本にも、年若い太宰治に対する、したり顔した隠居の小言めいたものもまじっているにちがいない。それはそれで、何ほどかは太宰治への新しい視角を含んでいると思いたい。

結果として、昭和十一年（この年が、二・二六事件と阿部定事件の年であることは「苦悩の年鑑」にも書かれているが、かくいう私もこの暗い年の暮に生まれた。）の書簡を多く取りあげることになって、そのために叙述の重複や錯綜も目につくかもしれない。しかし、この時期の書簡がもっとも多くのこっており、しかも面白いのだ。太宰治を太宰治たらしめた疾風怒濤の時代でもある。かつて、青春とはまさに書簡の季節でもあった。わが凡庸の生涯の若き日にも、今では忘れ去りたい手紙の何通かを書いていることを告白しよう。その手紙の燃えのこりが、この本を書かせたのである。

ご覧のとおり、津島美知子『回想の太宰治』からもっとも多くの示唆を受けた。美知子夫人によれば、あれほど多く書簡を書きながら、太宰治自身は、基本的に受信した書簡を保存しないならわしだったという。その中でも、来簡集のかたちをとった「虚構の春」や全集の「関係書簡」から、可能なかぎり、太宰書簡と対応するものを選んで、往復書簡のようなものをあげるように努めてみた。また、掲出した三十通の書簡だけでなく、その前後の手紙もできるだけ引用して、その周辺の状況をなるべく彼自身のことばで語らせるようにこころがけた。当方のこちたき解説などよりは、少しでも、太宰書簡の生の魅力を伝えたかったからである。

いつものことながら、このような仕事の性質上、とりわけ今回は、わが敬愛する山内祥史さんの精細無比の「年譜」（筑摩書房版『太宰治全集』別巻）にもっぱら頼って書いた。同じく山内さんによる『太宰治著述総覧』（東京堂出版）、『太宰治論集 同時代編』全十一巻（ゆまに書房）の恩恵も受けた。山内さんのすごみを感じさせられた日々でもあった。（そういえば、山内さんは知る人ぞ知るはがきの名手だ。）山内さんに謝意を表する。

さて、出版が今日に至ったのは、もっぱら私の怠惰のせいである。その間、細川さんも、その後を引き継いでともかくも本のかたちにしてくれた今城啓子さんも、手のかかる書き手の私を見捨てることなく、おそらくはしばしば困惑しつつも、おだやかに、しかしねばりづよく執筆を促し続けて下さった。お二人からも何十通かの手紙をいただいている。以上のような成行きの末に、この本が太宰治の記念すべき年に出ることになったのは、まったくの偶然である。それがたびかさなる背信への償いになりえているかどうかはともかく、お二人に、あらためて感謝したい。

そして、もちろん、年若き太宰治にもまた――。

平成二十一年四月二十五日

東郷克美

［著者紹介］

東郷克美（とうごう　かつみ）
1936 年鹿児島県に生まれる。
1959 年早稲田大学教育学部卒業。
成城大学文芸学部教授を経て、2007 年まで早稲田大学教育学部教授。
日本近代文学研究（早稲田大学名誉教授）。
［主な著書］
『異界の方へ――鏡花の水脈』（有精堂出版、1994 年）
『太宰治という物語』（筑摩書房、2001 年／第 10 回やまなし文学賞）
『佇立する芥川龍之介』（双文社出版、2006 年）
『ある無名作家の肖像』（翰林書房、2007 年）
［編纂］
『井伏鱒二全集』全 28 巻・別巻 2（筑摩書房、1996 年～2000 年）

太宰《だざい》治《おさむ》の手紙《てがみ》

NDC 914/iv, 305p/20cm

初版第 1 刷――2009 年 7 月 1 日

著者――――東郷克美《とうごうかつみ》
発行者―――鈴木一行
発行所―――株式会社 大修館書店
〒 101-8466 東京都千代田区神田錦町 3-24
電話 03-3295-6231（販売部）/03-3294-2354（編集部）
振替 00190-7-40504
［出版情報］ http://www.taishukan.co.jp

編集協力――錦栄書房
印刷所―――精興社
製本所―――三水舎

ISBN978-4-469-22205-0　Printed in Japan